Make Michon

フェイクフィクション

Fake Fiction

目次

フェイクフィクション

Fake Fiction

Fake Fiction

第一章

1

あのとき、彼女は雨を、好きだと言ったのだったか。それとも嫌いと、言ったのだったか。そんなことも、もう簡単には思い出せなくなっている。

どちらにせよ、雨はすでに上がっている。フロアの端から端まで並んだ南向きの窓には、左真横から陽の光が当たり始めている。

あと数時間で、この泊まり当番も終わりになる。

同じ刑生組対課《けいせいそたい》（刑事生活安全組織犯罪対策課）の、だが係は盗犯捜査の泉谷《いずみや》巡査部長が、大きく伸びをしながらこっちを向いた。

「鵜飼《うかい》係長。ほんと、寝なくて大丈夫なんですか」

確かに、彼は自分よりいくつか若い。だが六日に一度の泊まりが骨身に応えるほど、こっちも耄碌《もうろく》はしていない。五十歳になるまで、まだ半年はある。

鵜飼道弘《みちひろ》は組んでいた腕を解き、背もたれから体を起こした。

「……一服、してくるよ」
「はい、どうぞ」
一服くらい好きに行け、と泉谷は思ったかもしれない。だがこの、五日市《いつかいち》警察署の庁舎内にタバコが吸える場所はない。吸うなら庁舎裏手の駐車場まで出なければならない。しかし一時間ほど前までは雨が降っていた。風も強かった。あんなところで一服したら、一本吸い終わる頃にはずぶ濡れだ。そもそもタバコに火が点《つ》けられたかどうか。火が点いたところで、最後まで濡らさずに吸いきれたかどうか。挙句、あのとき泉谷は椅子に腰かけたまま大鼾《おおいびき》を搔いていた。勝手にいなくなるわけにはいかなかった。

まあいい。吸わずにいられたのだから、それに越したことはない。

階段で二階まで下りてきた。署内はどこも静まり返っている。

同じ東京の治安を預かる警視庁の警察署といえども、新宿や渋谷といった都心にある警察署と、ここのような都下の警察署では全く事情が違う。

交番勤務以外の内勤警察官は、六日に一度「本署当番」に就く。この泊まりがそれだが、六日に一度というサイクル自体は同じでも、都心と都下では、その中身は完全なる別物といっていい。

たとえば、だいぶ前に勤務したことのある麻布署。あそこは六本木を管内に抱えていたので大変だった。少し暗くなったらもう喧嘩、恐喝、痴漢、置き引き、強引な客引き、キャッチセールス。夜になれば酔っ払いが増え、器物損壊、また喧嘩、ボッタクリ、路上で寝る、寝ている者の懐から財布を抜く、カバンから抜く、歩くのが面倒になって自転車を盗む。明るくなったらなったで、出社したら事務所が荒らされている、金庫が破られている、起きたらリビングの宝石箱がなくなっている。本当に、ひと晩のうちに何度も何度も臨場させられた。

だがここは違う。五日市署の泊まりで、ひと晩のうちに二度出動したことは、少なくとも鵜飼が異動してきてからは一度もない。何しろ、暴行・傷害事件は起こっても年に十件かそこらなのだ。侵入盗も、多い年で十数件。管内で一番多いのは万引き、二番目は自転車・バイク等の乗り物盗とか、そんな土地柄だ。

単純に、人が少ないから犯罪も少ない。それだけのことではあるが、だからといって、絶対に重大事件は起こらない、というわけではもちろんない。

ちょうど、鵜飼が一階まで下りたときだった。

総合受付の奥、今日のリモコン担当者が無線台に齧《かじ》りつき、何やら警視庁本部と忙《せわ》しなくやり取りをしているのが目に留まった。他にも三人ほど、彼の周りに集まっている。

まもなく、彼自身の声が館内スピーカーから流れてきた。

《至急至急、西多摩郡、檜原《ひのはら》村下元郷《しももとごう》付近の路上で、死体発見との入電あり。各移動、各ＰＭ（警察官）は急行されたい》

ここ、五日市署の所在地はあきる野市五日市。行政区でいうと西多摩郡は隣になるが、警察署の管区でいえば西多摩郡檜原村は五日市署のそれに含まれる。

鵜飼は受付カウンターを通り、無線台の方に進んだ。

途中で、リモコン担当がこっちを振り返る。

西野《にしの》警部補。交通警備課運転免許係の担当係長だ。

「ああ、鵜飼係長、ちょうどよかった」

鵜飼は、刑生組対課強行犯捜査係の警部補。死体発見とあらば、まさにそれを扱う部署の担当係長だ。

「……死体って」

「ええ。近所の住人が、車で通りかかって見つけたらしいです。しかもそれが、どうも」

西野が、自分の喉元に右手を持っていく。

手刀の形にしたそれを、右から左に素早く動かす。指先で喉笛を掻き斬った恰好だ。

「……首なし、らしくて」

雨上がりの、早朝の山道に、首なし死体。近所の住人がなぜこんな早い時間にその場所を通ったのかは分からないが、冗談ではなく、死ぬほど驚いたのは間違いないところだろう。

「駐在は」

「上元郷《かみもとごう》の、安村《やすむら》巡査部長が向かってます」

「現場に頭部は」

「発見者によると、見当たらないということでした。まあ、ガードレールかなんかを越えて、斜面を下ったところに落ちてるのかもしれませんが」

「今日の当番、鑑識いないんだよな……それはまあ、今すぐ呼んでもらうとして、じゃあ私は、今から泉谷チョウと現場に向かいます」

「よろしくお願いします」

まもなく、泉谷も一階まで下りてきた。

「鵜飼係長」

「ああ。マル害（被害者）、首がないんだとさ」

「えー……」

「行こう」

庁舎裏手の駐車場に出て、泉谷と二人、捜査用ＰＣ（覆面パトカー）に乗り込む。鵜飼は助手席に座り、西野に聞いてきた死体発見現場の位置をカーナビで確認した。

やはり、少し山に入った辺りの道だ。

「下元郷の、上りで大きな、左カーブ……ああ、たぶん、この辺りだな。檜原街道を、土産物屋の手前で右折して、南秋川《みなみあきがわ》を渡ったら右に上っていって……うん、この辺だろ」

画面を覗き込んでいた泉谷が頷く。

「分かりました。じゃ、あれですね、貴布禰《きふね》伊龍《いりゅう》神社にいく坂道の途中、ってことですね」

「かな。よろしく頼む」

「はい、出発します」

行政区を跨《また》ぐとはいっても、距離にしたら六・四キロ。十五分もあれば余裕で着くだろう。

署の駐車場から都道三三号に出たら、右折。しばらくはこのまま、道なりに進むことになる。早朝なのでサイレンは鳴らさない。赤灯《あかとう》も点けない。そもそも、車なんてほとんど走っていないのだからその必要はない。

路面はまだ黒く濡れているが、風が強かったせいか、空は青々と晴れ渡っている。目的地に待っているのが首なし死体だなどと思わなければ、それなりに爽やかな眺めではある。正面に見えるあれは、大岳山《おおだけさん》か。あるいは、この角度だと浅間嶺《せんげんれい》か、雲取山《くもとりやま》か。そもそも山に興味があるわけではないので、鵜飼にはよく分からない。

すぐに商店の類は見当たらなくなり、辺りは雑木林と民家が点在するばかりになった。道は、大きな山影に吸い込まれるように続いている。それらの山も、やがては自然と見えなくなる。山に近づく、山に入るというのは、そういうことだ。

泉谷が、前を見ながら首を傾《かし》げる。

「しかし、首がないって……どういうアレなんですかね」

いわゆる「刑事」として、考えられる「筋」はいくつかある。

「俺なんかに考えつくのは……遺体の身元を分からなくするために切断した、という可能性。あるいは、山中で突然死して、その後、露出している頭だけを野生動物に食い荒らされた、という可能性」

「あります？　そんなこと」

むろん、遺体の状況を見てみるまでは、なんとも言えない。

「あとは……もっと上の方で首吊り自殺をして、時間が経って頸部《けいぶ》の腐敗が進み、自重を支えきれなくなって首が千切れ、胴体だけが転落、それが現場まで転がり出てきた、という可能性」

「それは、なんかありそうですね」

この道の右側、地図でいったら北側一帯が「秋川渓谷」になる。

秋川は多摩川最大の支流。周りには大自然が広がっており、豊かな四季を楽しむことができる。川釣りやハイキングをするもよし、バーベキューやキャンプをするもよし。都心から一時間強で来られるアウトドアエリアとして、最近はそこそこ人気があるという。

泉谷が、ナビを横目でチラ見する。

「檜原街道を、まもなく右折……と」

「檜原街道」は都道三三号の、この区間限定の別称だ。

泉谷は、特に目立つ看板があるわけでもない、信号機があるわけでもないT字路を見逃すことなく右折。南秋川に架かる短い橋を渡ったら、またすぐに右折。緩い傾斜になっている細道を上っていく。

実際に現場近くまで来てみると、さっきの「首吊り死体の首が千切れて胴体が転落」という説は成立しそうにない、と分かってくる。

道の左側、向きでいう山側はほぼ垂直に切り立っており、落石や土砂崩れを防止するためだろう、壁面は高さ四メートルもあろうかという金網で完全に覆われている。見上げれば、確かに金網の上には鬱蒼と樹が茂っている。しかし、あの辺の枝で首を吊っても、おそらく胴体は道路には落ちてこない。角度的に、金網の内側に入ってしまう可能性の方がずっと高い。そうなったらドライバーにも歩行者にも容易には発見されず、ただ辺りに原因不明の腐敗臭を撒き散らすだけになっていただろう。

泉谷が前方を指差す。

「あれですね」

「ああ」

ちょうどカーブを曲がりきった辺りに、パンダ（白黒パトカー）が二台、白い軽トラックが一台停まっている。近くには制服警察官が三名立っており、その一人がこっちに手を振っている。

泉谷はパンダの後ろに車を停め、二人が同時にドアを開けた。

手を振っていた制服警察官、上元郷駐在所の安村巡査部長が、会釈しながら駆け寄ってくる。

「お疲れさまです」

鵜飼も頷いて応じた。

「ああ、お疲れ……死体は、まだそこにあるの」

「はい。私が現着したあとは、誰も、指一本触れていません」

鵜飼はカーブの前後を指差した。

「もう、向こうとこっち、テープで囲って、封鎖して、現場保存。ゴムマット持ってきた？」

「はい、トランクに入ってます」

「それも敷いて、死体の周り、踏み荒らさないように。発見者は」

安村が、軽トラックの手前に停まっているパンダを指差す。

「車内で待ってもらってます」

鵜飼は泉谷を振り返った。

「じゃ泉谷チョウ、発見者の話聞いて」

「分かりました」

再び安村に訊く。

「この道って、どっかに抜けてるの」

「いえ、神社の少し先の民家で、行き止まりです」

「じゃあ、ここらの住人以外は、ここを通る可能性はないな」

「はい、だと思います」

「じゃあ、鑑識作業が終わるまでは、緊急の用事でない限り、自宅で待機してもらって。緊急だって言ったら……ま、仕方ないから、道の端っこ通ってもらって、しばらくは帰ってこないように言って」

承知したのかどうかは分からないが、安村は浅く頷いてみせた。

鵜飼は、左に大きくカーブする道に向き直り、歩き始めた。

道の右側、二台並んだパンダと鉢合わせするように、軽トラックがこっちを向いて停まっている。死体は、その軽トラックの十メートルほど先の路上に横たわっていた。そのまた十メートルほど先にもう一名、制服警察官が立っている。誰かきたらそこで止めるつもりなのだろう。

後ろから、さっきの安村が追いついてきた。歩行用のゴムマットを重そうに抱えている。

鵜飼は頷いてみせた。

「じゃそれ、バーッと敷いちゃって」

「はい」

安村はロールになっているそれを路面に広げ、死体近くまでいけるよう、通行帯を確保した。

「はい、ありがと」

鵜飼はそこを通り、まさに死体の真横まで近づいていった。

道の右側、谷側のガードレールのすぐそば。死体はうつ伏せ、ほぼ「気をつけ」の姿勢で、上半身をこちらに向けて倒れている。頭がない、というよりは、まさに首がない。肩から上が綺麗になくなっている。本来首があるべき場所には、正円に近い、大きな傷口があるだけだ。その中心よりやや上寄りに、頸椎《けいつい》の断面と見られる白っぽい丸が見てとれる。出血はないように見える。断面に見えている肉の色にも鮮やかさはない。少なくとも死亡直後ではない、というのは断言してよさそうだ。

着衣は明るい色のスーツ。だが全体が泥で汚れているため、元の色は定かではない。今は茶色に見えるが、本当はライトグレーとか、そんな色だったのではないだろうか。靴は左右とも履いていない。両足には黒に近い色の靴下があるだけだ。

着衣がこれで頭もないのでは、マル害の年齢を推定することもできない。着衣を検めて身元を示すものが一つでも出てくればいいが、わざわざ首を刎《は》ねるくらいだから、そんなものの一切は抜き取られているものと覚悟しておいた方がいい。指紋を採取して照会しても、前科者のそれと一致することはないだろう。その可能性があるならば、犯人はおそらくマル害の両手首も切断したはずだ。

そう、犯人。

この首なし死体にあるのは、突然死したのち野生動物に頭部を食い荒らされたとか、首吊り死体の胴体だけが転がり落ちてきたとか、そういう経緯でできた創傷ではない。おそらく何者かによって殺害され、頸部を切断され、この場所に遺棄された。人間が、鋭利な刃物を用いて、明確な意図を持って頸部を切断した。この死体にあるのは、そういう傷口だ。

つまりこの事案は、死体損壊・遺棄事件であるのと同時に、殺人事件でもある。

そういう、筋読みは成り立つ。

十月五日、十七時十五分に始まった本署当番は、通常であれば、翌六日の朝八時三十分には終了になる。当番時間内に処理しきれなかった書類仕事を残って片づけるなど、現実はなかなか時間通りにはいかないものだが、あくまでも原則は、そういうことになっている。

ただし、ひとたび事件が起きてしまえばその限りではない。

五日市署に死体発見の報が入ったのが、六日朝の六時二分。鵜飼たちが現着したのが六時二十三分。本署鑑識係の現着が七時二十分頃で、死体を本署に移送したのが八時ちょうど。その後も現場では鑑識作業が続けられたはずだが、鵜飼は周辺地域への聞き込み、いわゆる「地取り」に回ってしまったため、鑑識作業が何時に終わったのかは分からない。

日勤の刑生組対課係員七名が現着したのが七時五十分頃。まもなく、鵜飼と泉谷を加えた九名で地取りを開始し、本署に戻ったのが十一時過ぎ。鵜飼から刑生組対課長に、犯人らしき人物を発見するには至らず、またその目撃証言も拾えず、との報告をし、それを踏まえて課長と署長、副署長とが協議した結果、警視庁本部の刑事部捜査第一課に捜査協力を要請するとの結論に至った。これが十一時半頃。要請を受けた捜査一課の課長が、幹部を引き連れて警視庁本部から到着したのが十三時頃。特捜（特別捜査）本部の設置が決まったのが十三時二十分頃。

特捜は本署四階の講堂に設置することになり、早速三十台の会議テーブルが配置され、その各テーブルに二部ずつ、主に鵜飼が作成した事件の詳細を示す資料が並べられた。

本部から捜査第一課殺人犯捜査第六係の捜査員十一名が到着したのは、十五時十分頃だった。

その時点ではまだ、死体を移送した大学の法医学教室から検案及び司法解剖の報告がきていなかったので、刑事部鑑識課の、検視官の報告をもとに初回の会議を行うことになった。

すでに隣接署からの応援要員も集まっており、総勢四十七名という特捜本部の形はできあがっていた。

あとは捜査一課長と五日市署長、その他の幹部が講堂に入ってきたら、会議開始だ。

鵜飼が声をかけられたのは、そんなタイミングだった。

「あれ……鵜飼か？　鵜飼だろ、お前」

声の方を向くと、多少老けてはいたが、確実に見覚えのある顔がそこにあった。いや、老けたというよりは、贅肉と一緒に貫禄もついた、と言った方が正しいか。

そう、以前はこの顔がもっとシャープで、肌もつるっと若々しかった。制服よりはスーツ。だから地域課で一緒だったのではなく、内勤だ。間違いない、自分も彼も内勤だった。だとすると、竹の塚署より前、ということは小金井署時代か。いや、もっと前だ。ああ、目黒か。目黒署のときに一緒だった――。

「……梶浦《かじうら》さん」

垂れ気味の目を細めて、彼、梶浦将生《まさき》は鵜飼に手を伸べてきた。

「久し振りだな、鵜飼。もう何年になる。十、十……十五年くらいか、なあ」

手を握ったついでのように、二の腕を叩かれる。

「ええ……それくらいに、なりますか」

梶浦の、チャコールグレーのスーツの襟には小さな赤いバッジが着いている。そこには金色の文字で「Ｓ１Ｓ」とある。

Ｓ１Ｓ＝Search 1 Select
「選ばれし捜査一課員」の象徴とされる赤バッジだ。

鵜飼は手を引っ込めながら、一つ頷いてみせた。

「ここで、梶浦さんと会えるとは思ってませんでした。それも、捜一ですか……でもなんか、納得です」

また二の腕を叩かれる。

「なに言ってんだよ。ほんとはマルＢ（暴力団担当）の方が合ってるって、思ってんだろ」

確かに。梶浦が捜査一課というのは、本音で言ったら意外だし、それだけに、嫌な予感もしないではなかった。


初回の会議はほぼ検視結果の報告だけで終わりになった。あとは捜査員の組分け。基本的には、本部からきた捜査一課員と地元所轄署の捜査員とでペアを組む。

「次……地取り二区。捜査一課、梶浦担当主任。五日市署、鵜飼担当係長」

「はい」

「……はい」

偶然ではあるまい。梶浦が幹部に「自分は鵜飼と組ませてください」と進言したのだと思う。

互いに席を立ち、講堂の後ろの方で、まるで初対面のように名刺を交換する。

「改めまして、よろしくお願いします」

「よろしく……なに、現場に最初に行ったの、お前なんだって？」

ここは頷いておく。

「ええ。刑事では自分と、泉谷というデカ長（巡査部長刑事）が最初です」

梶浦も小さく、繰り返し頷く。

「ま、台風ってほどじゃなかったにしろ、こっちは昨夜、けっこう降ったみたいだし、風も強かったらしいからな。鑑識が何も拾えなかったのは仕方ないよ。それよりも気になるのは、着衣の汚れだよな。アスファルトの地面に転がされてたってのに、あの泥汚れはおかしい。まずは、その辺からだな」

それについては自分も、問題だと思っていた。


その日は、三時間余りの地取り捜査を終えて署に戻り、二十時からは再び捜査会議。今回は司法解剖の結果も出ており、それについての詳しい報告があった。がしかし、首なし死体の身元は依然として不明。鵜飼たちの組を含む地取り班も、これといった成果は報告できずじまいだった。

二十二時前には会議も終わり、あとは講堂で冷えた弁当をツマミに缶ビールを飲むだけになった。

食べ始める前に、鵜飼はひと言断《こと》わりを入れた。

「梶浦主任、すみません。先にちょっと、一服してきます」

十五年前はともかく、現在の梶浦がタバコを吸わないことはすでに確認済みだ。

「ああ、どうぞどうぞ」

講堂を出て、エレベーターで一階。裏手の駐車場に出つつ、携帯電話を構える。警視庁から支給されている貸与品ではなく、個人用の方だ。

電話帳から【八巻和也《やまきかずや》】を選び、通話ボタンを押す。

五回以上コールを聞いた。出ないかと思ったが、ふいにブツリと途切れた。

『……もしもし』

どういう状況かは分からないが、控えめな声量だった。

「ああ、俺だ」

『どうも……夕方のニュースに、ちょっと出てましたね』

「まあ、今のところは、あんなもんだ」

『何か問題、ありましたか』

「それも、まだ分からん」

『何もなければ……連絡、いいですから』

「うん……まあ、そう言うなよ。こっちの都合にはなるが、またかけるから」

『はい。でもほんと、無理しないでください』

「君もな」

『俺は……無理しますよ。そのために、歯ァ喰い縛ってここまでやってきたんですから』

それは、痛いくらい分かっている。

2

たとえばサッカー。サッカーをやる上で、足の速さは絶対的な武器になる。それは間違いない。だが、足が速い奴は全員サッカーが上手《うま》いかというと、全くそうとは言えないのは馬鹿でも分かる。

サッカーが上手いというのは、パスもできてドリブルもできて、シュートもできてチームメイトとの連携も図れて——要するに、数え上げたらきりがないくらい、走る以外にも多くの能力が求められるのが、サッカーという競技なわけだ。

格闘技でも、これと同じことがいえる。

「潤平《じゅんぺい》さん、集中集中ッ」

また、後輩に怒られてしまった。

「オエッ」

潤平が今やっているのは、パンチを打った直後に相手のタックルを切る動作、の反復練習だ。単純な動きではあるが、それを三分間ぶっ続けでやるのは、けっこうキツい。

潤平の格闘技初体験は、小学校四年のときに始めた空手だった。いわゆる「伝統空手」というやつで、型を覚えてその、美しさというか習熟度というか、そういうものを競う流派だった。

そう。格闘技なのに「闘わない」種類の、空手だったわけだ。

潤平はこれに飽き足らなくなり、中学に入ると同時に別の空手道場に移った。同じ空手でも、そこは実際に「当てる」流派だったからだ。しかしそこでも、拳で打っていいのは胴体だけで、顔面を打つのは「危険過ぎる」という理由で禁止になっていた。

いや、K‐1とかキックボクシングの試合じゃ、普通にみんな顔面打ってるぜ。そんなのおかしいだろ——。

「……ん、あれ？」

潤平はこのとき、初めて「自分は馬鹿なのかもしれない」と心配になった。自分がやっている空手と、テレビでやっているK‐1、あるいはキックボクシングとの違いに、このとき、ようやく気づいたのだ。

K‐1とかキックボクシングをやってる奴は、みんな手に、ボクシングみたいなグローブをはめてるぞ——。

でもそれに気づけただけ、少し利口になった気もした。自分の進むべき道が、急に拓《ひら》けて見えたように感じた。

すぐにキックボクシングのジムを探し、自宅から一番近いところに入会した。そこからは驚くほど順調で、中二のときに中学生の部で優勝、高一のときに高校生の部で優勝。以後二連覇を成し遂げ、高三で上京してプロデビュー。そこからは破竹の十一連勝という、スター街道まっしぐら、に近いくらいの活躍を見せた。

だが次の、十二試合目がマズかった。あれで、全てが消えてなくなった。

ノンタイトル戦ではあったが当時の日本ライト級王者と対戦し、超強烈な右フックを喰らっての失神KO負け。拳句、左下顎を二ヶ所骨折したため、復帰には一年半以上かかるだろうと言われた。だが実際に怪我が治ってみると、もうそのときには、殴られるのが怖くて仕方がなくなっていた。殴られるのが怖いだなんて、人生で初めての感覚だった。

で、引退。この当時二十四歳。

その後はしばらく、格闘技と名のつくものは一切見なくなった。もう普通に、地道に働こう。で、可愛《かわい》いお嫁さんをもらって、小さくても幸せな家庭を築こう。本気でそう思っていた。

ところが、トラウマなんてものは時間が消し去ってしまうもののようで。三年もすると、また何か格闘技がやりたくなってきた。それも、空手とかキックボクシングといった打撃限定の格闘技ではなく、組み技、投げ技、寝技まである総合格闘技。あれにチャレンジしたくて堪らなくなっていた。

これはもう、性分だから仕方がないと、自分でも諦めることにした。しかも今回は、試合に出ようとかプロになろうとか、そういう目標があっての復帰ではない。単なる楽しみ。純粋に「生活」の一部、言わば「日々の励み」としての格闘技修行だ。

だがこれに、意外なほど潤平はハマった。

立ち技限定の打撃格闘技、要するに「殴る、蹴る」しかできなかった入会当初の潤平は、キャリア二年の中学三年生にもいいように転がされ、首を絞められ、腕や脚の関節を極《き》められ、すぐに「参った」をする有り様だった。打撃技だけでは全く歯が立たないことを思い知らされた。

オイオイ、面白えじゃねえかよ、燃えてきたぜ――。

だからといって、悔し紛れにロッカールームで中学生を蹴飛ばしたりは、もちろんしない。キックボクシング時代の後輩で、今はこの総合格闘技ジムでインストラクターをやっている紋川《もんかわ》に、基礎からみっちり叩き込んでもらうことにした。

「潤平さんはとりあえず、タックルを切ることを重点的に覚えましょう」

「オッシャ、俺はタックルを切るぜッ」

そう宣言してはみたものの、これが予想以上に難しかった。パンチやキックの隙を突いて相手が仕掛けてくるタックルを想定するだけで、ここまで打撃のフォームから目配りから、タイミングから重心移動まで、何もかも変えなければならなくなるとは、当初は思ってもみなかった。

でもそれが、とてつもなく面白かった。

一つひとつできるようになるのが、楽しくて仕方がなかった。

最初は、とにかくタックルを切る。それができるようになったら、次はそのまま、相手を押さえ込む。今は、その押さえ込みを維持しながら、さらに相手を殴る、なんてこともできるようになってきた。

「ハァーイ、オッケーでェす、お疲れっしたァ……潤平さん、めっちゃいいじゃないですか。フェイントにも、全然引っ掛からなくなりましたね。キレッキレですよ、ほんと。次の大会、どうですか。年齢別で、出てみませんか」

キツい。二十九歳の体には、この三分が、けっこう応える。

あ、試合？　試合は、いいよ。遠慮しとく。

キックボクシングを引退した直後は、本当に金がなかった。多少はファイトマネーももらえていたのだから、あれを無駄遣いせずに貯金しておけばよかったと、心底後悔した。だからといって、親を頼るわけにはいかなかった。「俺はキックボクシングで天下を獲る」と啖呵を切って家を出てきたため、それは意地でもしたくなかった。

だから、仕事を探した。わりと真剣に。

しかし、格闘技の経験しかない高校中退の田舎者を雇ってくれる会社なんて、そう簡単には見つからなかった。そもそも自分に何ができるのかが、自分で分かっていなかった。だから、何ができないのかも分からなかった。レストランの厨房に押しかけて「コックをやらせてください」と頭を下げたところ、「調理師免許持ってんの?」と訊かれ、「は?」と首を傾げたら、そのまま裏口から追い出された。そういうことの繰り返しだった。

そんなとき、疲れ果てて座り込んだのが、たまたま今の職場の裏手の道端だった。

白い調理帽、調理着にゴム長靴を履いたオッサンが、缶コーヒーを飲みながらこっちを見ていた。タバコも吸っていた。

そのオッサンが、潤平に声をかけてきた。

「……ニイちゃん、いい体してんな」

多少鈍《なま》ってはいたが、ガリガリに痩せ細ったわけでも、リバウンドでプヨプヨになったわけでもなかった。まだまだ、細マッチョな体型はキープできていた。

「ああ、どうも……恐縮です」

オッサンは、潤平を「ピッ」と指差した。

「ニイちゃん、ボクサーだろ」

一瞬、現役時代の自分を知っているのかと思ったが、そういうことではなさそうだった。

「ああ、まあ……正確に言うと、やってたのは、キックボクシングですけど」

「ほぉら当たりだ。いやね、二の腕がよ、いいと思ったんだよ。引き締まってて、力も持久力も、ありそうだしよ……どうだい、暇してんだったら、ウチの工場で働かねえか」

正直、もう雇ってもらえるならどんな会社でもいいと思ってはいたが、急に「働かねえか」と言われると、ちょっと選《え》り好《ごの》みしたくなった。

「えっと、そちら、なんの工場、ですか」

「あんこ。美味《おい》しい美味しい、餡子《あんこ》の工場」

ここは、これまでの就職活動で培った知識を披露すべき場面だと思った。

「あの、俺、調理師免許とか、持ってないっすけど」

オッサンは「いやいや」と扇ぐように手を振りながら、足元に吸い殻を落とした。

「そんな、調理師免許なんか要らねーよ。ニイちゃんはさ、その腕っぷしで勝負してくれたら、それでいいんだよ」

そのまま裏口から引っ張り込まれ、手を洗わされて着替えさせられ、オッサンと同じ調理帽、調理着、エプロン、ゴム長靴にマスクという恰好になって、工場内を案内された。

潤平の想像より内部は狭く、天井も低かったが、銀色のパイプやタンクみたいなものがいろいろと繋がったり、回転したりしており、そういうところは、まさに「稼働中の工場」といった風景だった。いわゆる「工場」のイメージと違ったのは、やたらと水の音がしていたことだろうか。大きなタンクに水を溜めたり、それを流したり、何かを洗ったり、コンクリート床を清掃したりと、とにかくずっと水の音がしていた。

あとは、蒸気。作っているのが餡子なのだから当たり前だが、小豆を煮る、その釜から溢れ出る熱風のような蒸気。さらにザラメを足して煉《ね》りながら煮詰めるときの、甘い匂いの蒸気。工場だからといって、機械油の臭いとか鉄臭さは全くしない。とにかく全体的に、甘く優しい匂いが漂っていた。

のちの自己紹介で名字は「井下田《いげた》」だと知るが、そのオッサンが「試しに」と食べさせてくれたのは、皮と餡子が別包装になっている、食べる直前に自分で作るタイプの最中《もなか》だった。

「ニイちゃん、甘いものは好きかい」

それまでは基本的に、肉と炭水化物と水しか口にしない半生だった。食に対する拘《こだわ》りは、限りなくゼロに近かった。

「……まあ、はい、大丈夫です」

「じゃ、好きなだけ餡子入れて、食ってみな」

「あ、ども……恐縮です」

ところが、これが実に美味《うま》かった。皮が煎餅みたいに香ばしくて、餡子には小豆の味が濃厚に詰まっていて、それでいて甘過ぎなくて、それまで食べたことのある最中とは、全く違うお菓子だった。

「うんーまッ……これ、あの、ちょっとなんか……」

「じゃ、こっちおいで」

そうやって次に紹介されたのが、最初の仕事だった。

「ニイちゃん、こんな感じで」

「はい……」

大きな木製の樽《たる》に、米袋みたいな紙製のそれから出した何十キロもの小豆を空けていく。そこに真水を投入し、井下田はジャカジャカ、力強く樽の中を掻き回し始めた。

まさに「小豆洗い」だ。

「やってみなよ」

「はい……」

一分やそこらなら、やってやれないことはなかった。

「あの、すんません……これ、右左、替えても？」

「いいよ。トレーニングを兼ねてな、左右均等にやるのはいいこった。一石二鳥だ」

「ちなみに、ここに就職したら……」

「しばらくは、この洗浄係だな」

なんか、「お前は一生『小豆洗い』だ」と、そう宣告されたような気がした。


その半月後、この北村《きたむら》製餡所に二台ある、洗浄器を兼ねた「煮釜」の修理が完了し、以後、潤平が小豆を手洗いすることはなくなった。その後は「煉り」という生餡《なまあん》とザラメを煮詰める工程を井下田から教わり始めた。銅釜で餡子を煮る、とにかく煮る、徹底的に煮詰める、その極意を習得するよう努めた。今のところ、まだ「その道の達人」とまではいえないが、まあまあ、半人前以上にはなれたのではないか、と思っている。

潤平がここで働くようになって、もうすぐ五年。その間には、潤平の師匠ともいえる井下田の退職があり、二代目からその息子の三代目に社長の交代があり、潤平の格闘技修行再開があり、僅かではあるが昇給も毎年あった。ボーナスは出たり出なかったりだが、さして不満はなかった。作っているのが餡子だからだろうか。なんとなく、いつもふんわりと幸福感があって、ギスギスした気持ちになることはほとんどなかった。

強いて言うとしたら、女性従業員の顔触れには、若干不満があっただろうか。いや、「あり」か「なし」かで言えば、明確に「あり」だ。

純粋な従業員という意味では、潤平が入る十年以上前からいるベテラン、田所友実《たどころともみ》という五十代の大酒飲みが一人いるだけ。社外に目を向けてみても、小豆やその他の材料を配達に来るのは全員男だし、唯一、外部との接触がある販売所も、切り盛りしているのは社長の奥さんなので、潤平の出る幕はなかった。

だがそんな日々が、突如として終わりを告げることになった。

普段は販売所の方で、パックした餡子とか、最中とか羊羹《ようかん》とかを売っている社長の奥さんが、昼休みの終わり頃に、小柄な女の子を一人連れて工場に入ってきた。

「ちょっとじゃあ……帽子と、調理着だけ、着てもらってもいいかしら」

「はい」

いや、正確に言ったら、潤平はその声を聞いて振り返ったのかもしれない。

あ、可愛い——。

脳味噌が、一瞬にしてこし餡になるくらい、その娘《こ》は可愛かった。

奥さんを見上げる黒くて大きな目、ちょこんと小さな鼻、常に口角が笑みの形に上がったままの唇、艶々で柔らかそうな頬。絶対に口に出したりはしないが、正直な気持ちを言えば「今すぐ食べてしまいたい」ということに尽きる。そんな可愛さだった。

調理帽と調理着を着用させたということは、就職希望者ということだろうか。いやいや、たまに物好きなタウン誌の記者や学生が取材に来ることはある。でもそういう連中を受け入れるのは、たいていは暇になった夕方頃だ。ということは、やっぱり就職希望者か。それはつまり、近い将来の同僚か、未来の嫁か。

ああ、すんげー可愛い。

何歳くらいだろう。ブレザーでも着せたら中学生に見えなくもないが、さすがにそれは、常識的に言ってないだろう。ならば、高校を卒業したくらいだろうか。でも二十代半ばだと言われれば、そのように見えなくもない。たまたま今日は花柄のスカートなんぞを穿《は》いているから幼く見えるだけで、大人っぽいシックな恰好をして化粧をすれば、それなりに見えるようにも思う。

何歳くらいだろう。全然分かんない。

見学の三日後から、彼女は北村製餡所の従業員として働き始めた。

「有川美祈《ありかわみのり》です。よろしく、お願いします……いたします」

名前まで可愛かった。「美しい」に「祈る」なんて、そんな穢《けが》れのない、清らかな名前がこの世にあったのか、というくらい可愛いと思った。

初日というのもあり、社長が工場のあちこちを案内して回ったり、田所のオバサンが梱包とか通販の発送の仕方を教えたりしていたので、なかなか潤平が話をする機会はなかった。

ようやく声をかけられたのは、夕方の四時過ぎだった。

工場裏手の道を渡ったところにある自販機でコーラを買い、ラッパ飲みしながらチラチラ販売所を覗いていたら、彼女の方から出てきて挨拶をしてくれた。

「あ、あの……河野《かわの》さん、お、お疲れさまです。あの……何も、まだ、何も分かりませんけど、頑張って、いろいろ覚えますので、早く、その……いろいろできるように、頑張りますので、よろしく、お願いします」

緊張から少し声が震えているところまで、もう何もかもが可愛いと思った。

「あども、恐縮です……あ、俺のことは、潤平でいいよ。みんなもそう呼んでるから、美祈ちゃんも、そう呼んで」

「はい……じゃあ、潤平、さん、ということで……はい、よろしく、お願い、いた……」

「美祈ちゃん、今いくつ？」

私のことですか？　みたいに鼻を指差す仕草なんてもう、天使かよ、というくらい可愛かった。

「うん、歳、いくつ」

「十九に、なりました」

「へえ、そうなんだ。俺、二十九なんだけど、全然そんな、歳の差なんて感じないね」

すると、どうしたことだろう。

美祈は、何かのスイッチがオフになったみたいに、急に動きを止め、表情も失い、黙ってしまった。ひと言で言うと「きょとん」なのかもしれないが、それにしては長い沈黙だった。

なんというか、どうにも、居たたまれないタイプの「間」だった。

「……あ、いや、感じてないのは、俺だけ、かな、ハハ……いやいや、やだな、なに、ジョークよ、ジョーク。十歳は差ァあり過ぎですってェ、みたいに、ツッコんでよ、ねえ……あ、それともあれ、美祈ちゃんは、ツッコミというよりは、ボケ担当、みたいな？」

おい、頼むよ。いい加減、再起動してくれよ。

3

司法解剖の結果、例の首なし死体の死因は「頸椎断裂」であると報告された。出血性ショックや多臓器不全などではなく、頸椎の断裂。死後一日から三日。これ以上の死亡日時の絞り込みは、非常に難しい状態だということだった。

これには鵜飼も驚かされた。

犯人は、なんらかの方法でマル害を殺害したのち、その身元を分からなくするために首を切断したのではなく、首を切断する行為それ自体が、殺害方法だったわけだ。胴体に残っていた血液量と切断面の形状から、司法解剖を担当した法医学教室の教授が、そのように判断したという。

死刑でいえば、これは「斬首」に当たる。見た目は残虐極まりないが、死亡に至るまでの時間が極めて短い点、また執行者に高い技術が求められる点から、斬首は「高貴な死」と定義される場合すらある。

特捜がこのマル害の身元を割り出せていない現状、これを「高貴な死」と位置付けるべきか否かは分からない。しかし、犯人が「高い技術を持つ殺人者」であるというのは、認めざるを得ないところだろう。

戦国時代、切腹で自害しようとし、しかし上手く死にきれなかった場合、その者の名誉を保つという意味合いで、あえて首を切断してやる、その行為を「介錯《かいしやく》」と呼び始めた。江戸時代にはこれが形式化され、腹を切る前に「介錯」するようになったという。

この「介錯」には、非常に高い技術が求められる。日本刀を用いても一回で綺麗に切断できるとは限らず、むしろ何度も何度も刀を叩きつけるように振り下ろし、ようやく切断するに至るケースの方が多かった、という説もある。

それをこの犯人は、一発でやってのけたというわけだ。しかも、切腹に失敗した瀕死の相手の首を刎ねたのではない。複数人で押さえつけ、身動きのとれない状態にした上で切断したのでもない。それは、検視官の報告から分かっている。首から下に大きな外傷はなく、四肢には拘束されたような圧痕や内出血も、防御創や擦過傷の類も全く見当たらなかった。

犯人はある程度刃長のある、また重みもある凶器で、マル害の首を生きたまま、一刀のもとに切断してみせた。

この結果を踏まえた上で、鵜飼たちは地取りをしなければならない。

檜原村の現場に向かう、捜査用ＰＣの後部座席、その右側。

梶浦は窓の外に目を向けながら、誰にともなく訊いてきた。

「この辺って、農業は、何が盛んなの」

運転席にいる泉谷がミラー越し、梶浦に目を向ける。

「私も、そんなに詳しくはないんですが、芋類が多いみたいですね。ジャガイモとか、コンニャクイモとか」

「収穫は？　米なら、十月だったらもう、普通に終わってるじゃない……ああ、俺、生まれが秋田だからさ。米の季節だったら分かるんだけど、コンニャクイモとかだと、あんまりピンとこなくてね」

助手席にいる、捜査一課の高市《たかいち》巡査部長が笑いを漏らす。

「梶浦主任、なんでそんなに、作物のことが気になるんですか。土産の心配なんて、まだまだ早過ぎでしょう」

梶浦が斜め前、助手席に目を向ける。

「いや、だって第一発見者は、軽トラで朝五時半過ぎか、あの辺を通りかかって死体を発見したんだぜ。そりゃさ、農作業がある季節だったら分かるよ。米が植わってる時期だったら、朝五時半に田んぼに行くことだってあるだろうさ。でも、終わってんじゃさ……」

仕方がない。正解を教えてやろう。

鵜飼は右隣、梶浦に目を向けた。

「……今、まさにコンニャクイモの収穫時期なんですよ。第一発見者の沢松《さわまつ》さんも、コンニャクやってるみたいですしね」

「ああそう、そうなんだ……へえ。知らなかった」

そうだった。思い出した。梶浦とは、こういう「刑事」だった。

目つきが鋭いわりに、表情は柔らかい。惚《とぼ》けた口調で話しかけながら、その実、重要な情報を相手が吐き出すよう、会話を誘導する術《すべ》に長《た》けている。明朗に見せて計算高く、それでいて、ときに涙もろい。その涙も、本物なのか芝居なのか分からないのだからタチが悪い。これが女だったら「魔性の」となるのかもしれないが、男なので、それも警察官なので、結果、梶浦は「優秀な刑事《デカ》」ということになる。

今回、梶浦と鵜飼が担当するのは地取り二区。死体発見現場より北にある民家を対象に聞き込みをして回る予定だ。高市と泉谷の組は現場の南側。地取り班は全部で五組あり、その他の三組は檜原街道沿いの集落を担当する。

現場を過ぎた辺りで、鵜飼と梶浦は車から降りた。車両はそのまま高市組に任せ、昼頃、また迎えにきてくれるよう頼んである。

「じゃ、梶浦主任、のちほど」

「おう」

梶浦が片手を上げて車を見送る。

鵜飼も一緒に見送ってから、手帳に挟んでおいた今日の聞き込み対象者リストを開いた。まず当たるべきは、なんといっても第一発見者となった沢松紀仁《のりひと》だろう。ついさっき、署を出る前に電話を入れ、在宅であることは確認できている。

「じゃあ、この沢松宅から、いきますか」

リストにある【沢松紀仁】の文字を指しながら、梶浦に目を向けた。ごく普通に「そうだな」みたいな反応が返ってくるものとばかり、鵜飼は思っていた。

だが、違った。

梶浦は変に眉をひそめ、鵜飼を睨むように見ていた。

なんだろう。

「……第一発見者からじゃ、何か、マズいですか」

「いや、別にマズくはないよ」

口調とは裏腹、梶浦の険しい目つきは変わらない。

「どうか、しましたか」

「それは俺の台詞《せりふ》だよ、鵜飼」

どういうことだろう。

「自分……何か、しましたか」

「何かしたかどうかは、俺は知らんけど、何かあったのかな、とは思うよ。普通に」

普通に、か。

「いや、なんのお話か、分からないんですが」

「そういうところだよ、まさに。少なくとも十五年前のお前は、鵜飼道弘という男は、先輩に『何かあったのか』と訊かれて、それに対して『なんのお話か分からない』なんて、寝惚《ねぼ》けた返答をする男じゃなかったぜ」

やはりあの、再会したときに感じた「嫌な予感」は、的外れなどではなかった。

「そんな、梶浦さん……勘弁してくださいよ。久し振りに会って、その……ちょっと距離感を見失うことって、あるじゃないですか。それこそ普通に」

もっと上手い言い訳はないのか。もっと昔の自分みたいな、昔の自分に戻ったみたいな、そういう言葉遣いはできないのか。声は出せないのか。

梶浦が、小さくかぶりを振る。

「そういうことじゃ、ねえんだよな。もっとさ、なんツうのかな。だから……ああ、目が暗いんだよ、今のお前は。別にいいけどさ、目の一つや二つ暗くたって。ま、たいていは二つだけど……それをどうにかしろなんて無茶は、俺だって言わないよ。でもさ、何かあったのかって訊いてんだからさ、ちょっとここんとこ胃の調子が悪くて、とか、田舎は静か過ぎて逆に不眠症で、とかさ、なんかあんだろ、言うことは……そういうこともさ、十五年振りに会った先輩に、いきなり打ち明けられるかっていうと、難しいのかもしれないけどよ……」

そこまで言い終えると、梶浦はやや前傾姿勢をとりながら、上り傾斜になっている道を歩き始めた。

鵜飼はただ、それに付いていくだけだった。


沢松紀仁には、農業機械を置く車庫のようなところで話を聞いた。今はトラクターを外に出し、空いた場所にゴザを敷き、そこに形も色も悪いカボチャのような作物を並べてある。おそらく、これがコンニャクイモなのだろう。

沢松は、旨そうにタバコを吹かしながら説明してくれた。

「いや、たまたま昨日は、娘の楽器をさ……吹奏楽部なんだけどね、高校の……刑事さん、チューバって分かる？　分かんねえだろうな。人間のさ、子供くらいある金管楽器だよ。こうやってね、抱えて吹くの。それをさ、娘がたまに、学校から持って帰ってきてね……別にさ、家で吹くのはかまわねえのよ。近所迷惑になるわけでもねえし。テレビなんかも、ほら、野球ならさ、音聞こえなくても分かるから。見てれば、打った、ホームランか、ああ、なんだファウルかよ、なんてね……ただ、母ちゃんがドラマかなんか見始めっと、うまくねえよな。台詞分かんなくなっちゃうから。ま、それはいいとして……」

梶浦が頷きながら訊く。

「じゃ、あれですか、娘さんのチューバを軽トラで運んであげるために、あの時間、あの場所を通りかかったわけですか」

それだと、泉谷巡査部長が聞いた話とだいぶ違ってくる。

案の定、そういうことではなかった。

「いや、娘を学校まで送ってやる前に、ひと仕事しておこうと思って、早めに家を出たのよ。そしたら……」

沢松が、昨日の西野担当係長がしたのと同じように、首を「斬る」ジェスチャーをしてみせる。

「……アレだもん、びっくりしちゃったよ。かろうじて腰は抜かさなかったけど、膝は震えたね。ガクガクきたよ」

梶浦が顔をしかめる。

「そりゃ、びっくりしますよね……ちなみに、その後もしばらく、あの道は通行止めになってたと思うんですが、じゃあ娘さん、大変だったんじゃないですか。軽トラで送ってもらえなくて」

「いや、母ちゃんがもう一台の方で送ってったから、そら大丈夫だったけど……でも母ちゃん、通行止めになってたなんて、別に言ってなかったな」

もうそのときには解除されていた、というだけの話だろう。

梶浦が、さも申し訳なさそうに眉をひそめる。

「びっくりしたアレを、思い出していただくのも、大変心苦しいんですが、どうですかね……あの仏さんに、見覚えはありませんでしたか」

それにはちょっと、沢松も笑いを漏らした。

「見覚えも何もあんた、首がないんじゃ、分からんでしょ」

「ええ、普通はそうだと思いますけども、でもたとえば、着ているものが、誰かのと似てたとか、背恰好が似てたとか」

「そう言われてもね……いやぁ、やっぱり頭がないとさ、背恰好も何もないでしょ。分かんないよ」

「着ていたものは、どうですか」

「それだって、最初に見たときは、もっとドロドロだったから。まだ雨も、ちょっと降ってたし。それが止《や》んで、泥も少しは落ちて、段々乾いて……あれって結局、何色だったの？」

梶浦が、自分のスーツの襟を摘んでみせる。

「これと同じくらいのグレーです」

「そんなの、勤め人なら、誰でも一着は持ってんじゃないの」

「まあ、それはそうなんですが……この近所で、普段からこういうのを着る方は」

「あたしなんかは、農協の、支部の役員会とか、何かの挨拶回りとか、あとはせいぜい、子供の授業参観くらいのもんだけど。他の連中だって……たぶん、似たようなもんだと思うよ。この近所に、普段から背広着るような、勤め人は住んでないから」

「となると、この近所で、急に姿が見えなくなった方とかは」

今度は沢松が顔をしかめる。

「なに、あの首なしが、この近所の誰かじゃねえか、ってのか」

「ない、ですよね」

「そらねえよ。もし近所の誰かだったら、そらすぐ分かるよ。分かってたら、最初っからそう言ってるよ」

そうだろうと、鵜飼も思う。

だがこれこそが、梶浦の「話法」だった。

「ですよね……ということは、あの仏さんは、この近所に出入りしていた誰か……役所の人とか、銀行、証券マンとか、何かの営業マンとかね、そういう外部の人間って可能性が高くなってくる。その辺り、何か思い当たることはないですかね」

聴取の際、相手の思考を、ある種の条件や範囲にはめ込むのは得策ではない、という考え方がある。刑事捜査では、むしろその方が一般的といえる。だが梶浦は、あえてこういう訊き方をする。情報で情報を釣る、供述を誘導する、そういう手法を昔から得意としていた。だからといって、決して捜査側に都合のいい供述だけを抽出したりはしない。細かいことは分からないが、たとえば相手の目の動きであったり、声色の変化であったり、そういう点から「何か」を感じ取り、あくまでも供述のヒントや助けになる餌として、情報を撒く。たぶんそういうことなのだろうと、鵜飼は見ていて、聞いていて思う。

しかしそれも、今回は上手くハマらなかった。

沢松がかぶりを振る。

「……いや、あんまり見かけない、っていうか、滅多に見ねえよな。ってか、まず見ねえわな。だって普通に考えてよ、銀行や証券の人間が、こんな山ん中まで営業にくるかい？　貯金から年金から、何から何まで農協に握られてんのによ。それ分かってて、わざわざこんなとこまで、無駄足運ぶ奴がいるかい？」

梶浦が「なるほど」と苦笑いを浮かべる。

これも彼の本心から出た笑いかどうか、鵜飼にはなんとも言えない。


昼頃、高市組に迎えにきてもらって、車で市街地まで出て昼食を摂り、食べ終わったらまた担当区域まで送ってもらって、さらに夕方まで聞き込みを続けた。だが留守宅も多かったので、この日は比較的早めに切り上げることになった。特捜に戻ったのは夕方、十八時半頃だった。

収穫と呼べるようなものは、何もなかった。

「そもそもさ、鵜飼……」

「ええ」

マル害はこの地域に縁のある人間ではなく、ましてやあのカーブした路上で殺害されたのでもなく、どこか別の場所で殺害されて、あの路上に遺棄されただけなのではないか。そういう意見が、梶浦の口からだけでなく、特捜のあちこちから聞こえてきていた。死亡日時も、死体発見から三日程度と幅がある。死体を動かすには充分過ぎるほどの時間だ。

可能性でいえば、そういった見方は捜査開始当初からあったわけだが、しかし、それを裏付ける証拠が雨で流されてしまって何も残っていなかった。殺害現場は発見現場なのか、そうではないのか、判断する材料がなかった。

それについての新たなる情報が特捜にもたらされたのは、捜査開始から三日目、十月八日金曜日になってからだった。

二十時開始の会議冒頭、殺人班（殺人犯捜査）六係長から報告があった。

「本部の、科捜研（科学捜査研究所）から報告があったので、要約して伝える……マル害の着衣に付着していた土と、発見現場付近から採取した土とを比べてみたところ、両者は全くの別物であるとの鑑定結果が出た。つまり、マル害はどこか別の場所で殺害され、全身に泥が付着するような状況下に置かれ、その後に檜原村の、あの路上に遺棄されたものと考えることができる。マル害の着衣の上がどの地域のものかは、まだ結論が出ていない」

ようやくか、というのが鵜飼の正直な気持ちだった。

だが、ここでまた足踏みだろうとの予測もしていた。

その夜もまた、地取り一区から報告をしていった。みな、担当地区の住人にはひと通り当たり終わり、早いところは二回目の聴取という報告もあった。捜査に進展がないと、三回、四回と同じところに話を聞きにいくこともある。少しずつ、住人にも迷惑がられるようになり、それに伴って、捜査員のモチベーションも少しずつ下がっていく。職務上あってはならないことだが、しかし警察官も人間なので、そういう状況でやる気が出るか削《そ》がれるかといえば、明らかに削がれることになる。

その後はナシ割り班の報告。遺留品や証拠品から捜査を進める彼らは、主にマル害の所持品の分析を進めている、ということだった。

そうはいっても、所持品と呼べるものはそもそも着衣だけ。明るいグレーのスーツの上下、ワイシャツ、インナーシャツ、ネクタイはなし、ベルト、ボクサーパンツ、靴下、以上。ポケットには何も入っていなかった。

紳士服店を回っていた、捜一のデカ長が報告する。

「マル害のスーツに、量販店のタグなどがないことから、今日は販売店ではなく、生地メーカーを当たりました……がしかし、その、サンプルを集めることはできるのですが、鑑定、分析となると、やはり科捜研に頼らざるを得ず、先ほど、土の分析を急がせているという話もありましたので、ならば、明日からはもう少し分かりやすい、ボタンメーカーを当たろうと思っています」

要するに、今日も収穫は「なし」ということだ。

鵜飼はずっと、マル害の写真を見ていた。ステンレス製の解剖台に載せられた、首なし死体の全裸写真だ。

首がないことを除けば、比較的綺麗な死体ではある。死後、七時間から八時間くらいは仰向けにされていたのだろう、背面に多くの死斑《しはん》が出ている。しかし、その後に姿勢を変えられたらしく、前面にも濃さの違う死斑が現われている。この点だけを見ても、死体が死後、一定時間を経て動かされた可能性はあったわけだが、それが寝返り程度なのか、あるいは別の場所から本件の現場に遺棄し直されたのかまでは断定できなかった。それが科捜研の報告によって、殺害現場と発見現場は別、と断定されたのだから、これは一つ大きな進展といっていい。

しかし、それ以上のものでは決してない。

他にも写真から分かることはある。

肌の質感から、十代、二十代ではない、との印象は受ける。特に腰回り。長年ベルトの締め付けに耐えてきた結果であろう色素沈着や、加齢が原因と見られる弛《たる》みが見てとれる。マル害は決して太ってはいない。むしろ中肉より痩せ型に近いくらいだが、それでも腹回りには弛みがある。そこに、誤魔化しようのない加齢の痕跡が窺える。

せめて歯があれば、特捜もマル害の身元を特定しやすかったのだが、頭ごとないのでは仕方がない。

そう。なんとかして、この男の身元を明かさないことには、埒が明かない。

鵜飼が注目しているのは、左手の甲の痣《あざ》だ。写真では、死斑とかぶって少々見づらくなっているが、よく見ればあるのは分かる。ちょうど「タツノオトシゴ」みたいな形、といったらいいだろうか。「?」の真ん中が膨らんだような、それがもう一回曲がったような、そんな形の赤い痣だ。

今すぐ挙手して、一か八か当ててみるか。いや、ここは梶浦に話を振ってみて、その反応次第で報告、という手順を踏む方が賢明か。

鵜飼は、左隣にいる梶浦に肩を寄せた。

「あの、ちょっと」

「……ん、なに」

「この、手の甲の、痣なんですけど」

「痣?」

梶浦が、鵜飼の向けた資料を怪訝《けげん》そうに覗き込む。

「……それは、死斑だろ」

「いや、これより、こっちの写真だと、もう少し分かりやすいんですけど」

別の写真を梶浦に見せる。

「……ね、痣でしょ、これ。間違いないですよ」

「なるほど。こう見ると、痣にも見えるな」

「ええ。けっこう珍しい形ですし、目立ちますよ、これ」

ふん、と梶浦が鼻息を吹く。

「この痣に、見覚えはありませんかって、情報公開してマスコミに流すか……それも、いいかもしれんな」

そう、思うかもしれないが。

「いや、自分……なんかこの痣、見たことがあるような気がするんですよ」

梶浦が、無言のまま鵜飼を睨む。

待っているようなので、鵜飼が続けた。

「確認してみないと、なんとも言えないんですが、なんかね……こう、向かい合って、一定時間、この痣を見ていたような記憶があるんです。それも、サツカンとか、そういうんじゃなくて、参考人とかいうのでもなくて……すみません、ちょっと、もうちょっと時間かければ、思い出せる気もするんですけど……なんか、弁護士だったんじゃないかなって、そんな気がするんですよね」

急に梶浦は大声をあげるかもしれない、と鵜飼は案じていた。

だが梶浦は、意外と冷静に手を挙げ、係長に「ちょっとすいません」と発言の機会を求めた。

ここを起点に、捜査は動いていく――。

その実感に、鵜飼は密《ひそ》かに震えた。

いや、動かしてしまったという、僅かばかりの後悔か。

4

潤平の師匠ともいえる、井下田寅雄《とらお》が北村製餡所を退職したのが、今から三年半くらい前。あの頃は、男手が先代社長と潤平の二人だけになってしまったので大変だった。その窮状を見かねて、ということだったのだろう。のちに三代目の社長となる北村正晃《まさあき》が、それまで勤めていた損保会社を辞めて工場を手伝うことになった。

学生時代にラグビーで鳴らした正晃は、歳こそ潤平より六つ上だが、パワーも根性もある、なんとも頼りになる男だった。

「潤ちゃん……いや、これからは俺も、『潤平さん』って呼ばなきゃな」

「やめてくださいよ、正晃さん」

当時は、まだ潤平の方が多少は餡子について知っていたので、このお団子屋さんのこし餡にはこっちの小豆を使います、とか、この和菓子屋さんのつぶ餡は灰汁《あく》抜き一回少なくていいです、みたいに教えることが多かった。

「潤平さん。なんでこの店のつぶ餡だけ、灰汁抜き一回少なくていいの?」

正晃が指差したのは、煮釜の下部から放出される、うどんの汁よりまだ薄い色をした「熱湯」だ。

潤平は慌てて、脳内のどこかにあるはずの、井下田の言葉を探した。正解もたぶん、その中にある。

「えーと……まあ、ですからその、なんとなく、俺も『灰汁』とは言ってますけど、これもまあ、元はと言えば、小豆から出たもんですんで。この中にも旨味はあるっつーか。これをエグ味と感じる人もいますけど、旨味の一種と考えれば、まあ、旨味ってことにもなるんで……要は、好みの問題っすかね」

正晃が大きく頷く。

「なるほど。灰汁も取り過ぎると、人によっては旨味がなくなったと感じる、ってわけか」

「そっす。その通りっす。恐縮です」

正晃は大卒なので頭も良かった。潤平が最後まで説明しなくてもたいていのことは理解し、さらに上をいく意見を出すこともあった。

あるときなど、煉り釜に使うヘラについて独自のアイデアを出してきた。

「……ということは、これってテフロン加工じゃなくて、むしろテフロンそのもの、要するに、無垢のテフロンの方がいいってこと、じゃないの？　テフロンの塊っていうか」

「そりゃまあ、そう、かもしれないっすけど、でも、テフロンの塊なんて、どこに売ってるんすか」

「知らないけど、あとで調べとくよ」

実際、正晃は無垢のテフロンの入手先を確保し、加工する業者も自分で見つけ、非常に耐久性の高い「煉り釜のヘラ」を完成させるに至った。

先代も、そんな正晃を頼もしく思ったのか、単に体力的にキツくなっていただけなのかは分からないが、一年もしないうちに社長の座を正晃に譲り、自身は引退。以後は趣味の釣りに興じる日々を送るようになった。

なので今現在、工場で実際に餡子を作っているのは正晃と潤平の二人だけ。とはいえ、腰痛持ちの先代と二人だった頃と比べたら、今の方が仕事は格段に楽だ。正晃は頭も良いが体も大きくて丈夫なので、率先して重たい荷物も運んでくれる。いや、それ以上だ。潤平が一つずつ運ぶ三十キロ入りの小豆の袋も、正晃は、調子のいいときは二ついっぺんに運ぼうとする。

「社長、ほんと無理しないでくださいよ」

「大丈夫、大丈夫。俺だって、まだまだ現役なんだから」

確かに。正晃は今も社会人ラグビーのチームに入っており、たまには試合にも出ている。潤平がまた格闘技をやるようになったのも、半分くらいは正晃の影響と言っていい。

だから、というかなんというか。

潤平は今、正晃が既婚者でよかったと、心から思っている。販売所だけとはいえ、製餡所の仕事を手伝ってくれる奥さんがいてくれて、本当にラッキーだった。

そうでなかったら、正晃は頭が良くてやる気もある、体も丈夫でスポーツもできる、非の打ちどころのない独身若社長ということになってしまう。そんな「プリンス」を差し措《お》いて若い女性従業員に――つまりは美祈だが、彼女に声をかけるなど、潤平がしていいわけがない。高校中退の田舎者で、格闘技も再開したばかりの半端者で、製餡所でもヒラ社員に過ぎない潤平が、正晃に敵うわけがない。

だから、本当によかった。

この製餡所に、独身男性が自分一人で。

「美祈ちゃん、毎日ちゃんと、自分でお弁当作ってくるんだね。偉いね。きっと、いいお嫁さんになるね」

美祈は「子供用？」と訊きたくなるような小さな弁当箱に、いつも小さなお握りを二つと、ちょっとしたおかずを詰めて持ってくる。それを梱包などの作業をする小さな部屋で、一人で食べる。ちなみに田所のオバサンは住まいが近所なので、昼休みはいったん家に帰る。正晃の自宅は工場の上にあるので、彼も昼休みは工場にいない。

よって、昼休みは大体、潤平と美祈の二人きりだ。

「俺も、まあまあ独り暮らし長いけど……でも駄目だな、料理は全然。なんだかんだ、コンビニとか定食屋で済ませちゃうことが多いもん」

うん、と美祈が小さく頷く。どういう意味かは分からなかったが、まあいい。話題を変えよう。

「あ、そうだ。美祈ちゃん、ディズニーランド好き？　友達とかと、よく行く感じ？　俺さ、実を言うと、まだ一回も行ったことないんだよね。格闘技ばっかやってて、そういう青春時代じゃなかった、みたいな」

煮物のニンジンを口に入れた美祈が、ふいに潤平を見る——見て、視線だって完璧に合っているのに、でも、それ以上の反応はない。

美祈と話していると、よくこういう「間」ができるのだが、今のこれはどう解釈すべきなのだろう。

ディズニーランドは、そもそも好きじゃない、ということか。友達となんか行かない、ディズニーなんて、普通はカレシと行くもんでしょう、という意味か。あんたが一回も行ったことないとか、どうでもいいし、あんたの青春時代がどうだったかなんて、まるで興味ねえし——いやいや、美祈はそんな、田舎のヤンキーみたいな言い方をする娘じゃない。もっとピュアで、優しい心の持ち主のはずだ。

「だから、その……なんとかマウンテン、とかさ」

しゃぶっているうちに、ニンジンは融《と》けてなくなったのか。

美祈が、ようやく口を開く。

「私も……です」

これはさすがに、同意と見なしていいだろう。共感とか、同感とか、そういう種類の反応だろう。

でも、何が？　どこが？　何が「私も」なの？

「え、なに、美祈ちゃんも、ディズニー行ったことないの？　え、そうなの？　ほんと？」

美祈が首を横に振る。何を、どこを否定した。

「一回も？　全く行ったことないの？　シーもないの？　ディズニーシーの方も、ないの？」

この次に潤平が言うべき台詞は、もう決まったも同然だった。それ以外は絶対にあり得ないと言ってもいい。

じゃあさ、今度の休み、俺と一緒に行こうよ。二人の、初ディズニーランド、行こうよ――。

だがしかし、いろんな意味で、あらゆることが、間違っていた。

「あの、そう、じゃなくて……私も料理、全然、できなくて……これ、この煮物……冷凍食品です」

「あ……ああ、そう。そう、なんだ」

そうか、そっちか。でもこれは、ちゃんと確かめないで勝手に話題を変えた、自分の方が悪かった。

美祈は、ちっとも悪くない。


若干会話がたどたどしくても、多少変わったところがあろうとも、そんなことで恋心というものは、減ったり冷めたりするものではないわけで。

「だからさ、美祈ちゃん、ディズニー行こうってば」

「ああ、はい」

「はいって、じゃあいつ。今度の日曜？　それともその次？」

「すみません……まだ、分からないです」

むしろ熱く燃え盛り、猛《たけ》り狂《くる》うわけで。

「じゃあディズニーの前にさ、なんか食べに行こうよ。美祈ちゃん、食べ物は何が好き？　ステーキとか、豚カツとか、お寿司は？　フレンチとかイタリアンでも、まあまあ、俺はイケるけど」

「好きなのは……お稲荷《いなり》さんが、好きです」

その道が険しければ険しいほど、男とは前のめりになっていく生き物なのだ。

「では、今日もみなさん、お疲れさまでした。ありがとうございました。また明日、よろしくお願いいたします」

「よろしく、お願いしまッす。お疲れッしたァ」

「お疲れさまでした……」

北村製餡所は、出社時間こそ担当作業ごとにバラバラだが、退社時間はみな一緒という、大変ありがたいシステムになっている。具体的にいうと、正晃と潤平の出社は朝六時、田所のオバサンと美祈は九時、奥さんが販売所を開けるのは十時過ぎ。でも退社は、一斉に夕方五時半。よって「美祈ちゃん、そこまで一緒に帰ろうよ」「いいですよ」という会話が成立すれば、タイミング的にはそれも可能ではある。「ちょっと、そこの焼き鳥屋でも寄っていこうか」「いいですよ」というのも、決して実現不可能ではない。

ただし、それはもうちょっと先の話だ。

「敵を知り、己を知れば、百戦殆《あや》うからず」という言葉がある。

美祈は敵ではないが、今はまず、彼女のことをもっとよく知るべきだと、潤平は考えた。とにかく普通には会話が成立しないのだから、対面形式での情報収集では思ったような成果は得られない。だったらもっと積極的に、こちらから情報収集に動こうと、そういうことだ。

とはいっても、そんな大それたことをするつもりはない。ほんのちょっと、彼女のあとを尾《つ》けて行ってみようかなと、その程度のことだ。ストーカーとか、そんなそんな、決してそういう、悪意があっての行動ではないので、大丈夫なはずだ。大丈夫な範囲に止めようと、潤平は思っている。

トートバッグを肩に下げた美祈が、なんの変哲もない東京の住宅街を歩いていく。花柄のスカートなんてのは、あの最初の工場見学のときだけで、その後は動きやすいように、ピタッとしたジーパンしか穿いてこなくなった。それはそれで、非常にいい。よく似合っている。

美祈の小さなお尻が、軽快なリズムを刻みながら、ガードレールの内側を進んでいく。コインランドリーの前を通過し、コンビニ前も素通りし、都道と交わる大きな交差点を渡って、まだ子供たちがキャッキャと喧《やかま》しく声をあげている保育園の窓を覗きつつ、右に曲がったら、またしばらく直進——。

初めのうちは、美祈が振り返ったらすぐ物陰に隠れられるよう、電柱から電柱に渡り歩いたり、自販機やコンクリート塀に一々身を寄せたりしていた。しかし、美祈が背後を気にする様子は全くといっていいほどなかった。潤平も、次第に探偵の真似事をするのが馬鹿らしくなり、普通に歩くようになった。

煌々《こうこう》と明かりを灯す電器屋のショーウインドウには、テレビが三台並んでいた。それぞれ違う局のニュースを流していたが、当然のことながら表示されている時刻は同じ。六時十一分。ということは、もうかれこれ三十分以上も歩いていることになる。

美祈はこんなに遠くから、毎日製餡所に通ってきていたのか。このままいくとJR中央線の三鷹駅に行き当たるが、さらに電車に乗ったりもするのだろうか。どちらにせよ、この距離を毎日徒歩というのは、なかなかハードだと思う。普通はバスか何かを利用するのではないだろうか。バス代くらい、言えば社長は絶対出してくれると思う。

しかも意外なことに、美祈は三鷹駅も通り過ぎ、高架下を通って吉祥寺方面に出て、暗くなり始めた住宅街を、さらに奥へ奥へと歩き続けた。

やがて美祈は、一軒の民家に入って――いや、そう見えたが、これは、ただの民家ではないかもしれない。二階建ての家屋そのものは周辺にある民家と大きくは違わないが、その玄関脇には、銅製の看板のようなものが掛かっている。

【サダイの家　西東京支部】

その看板以外に、たとえば表札のようなものはない。

これは、どういうことだろう。


ネットで調べてみると、「サダイの家」というのはキリスト教系の宗教団体のようだった。ただし、よくあるカトリックとか、プロテスタントなどとは若干異なるようで、そういった意味では、いわゆる「新興宗教」に分類されるタイプなのかもしれない。

そこまでで、潤平は読むのをやめてしまった。

別に、美祈がどんな宗教を信じていようがかまわない。潤平の実家は、確か浄土真宗だったと思うが、でもその程度だ。もしかしたら思い違いをしていて、本当は真言宗なのかもしれないし、それも違っていたら、それ以上は宗派の名前も思いつかない。自分の宗教観がその程度なのだから、美祈の信仰について何かを言う資格など、潤平にあるわけがない。

でも一応、気になったので実家に電話してみた。

「母ちゃん？　久し振り」

『ああ、珍しいね、あんたから電話してくるなんて……なに、まさか、今さら仕送りしてくれなんて言うんじゃないだろうね』

「違うって……いや、ちょっと、訊きたいことがあって」

『うん、だからなに。こっちは忙しいんだから。面倒な話と金の話はよしとくれよ』

母親が、あの狭い台所で夕飯の支度をしている様子を思い浮かべる。

「ああ、忙しい時間に、ごめんね……いや、ウチってさ、宗教なんだったっけな、と思って」

『は？』

「宗教、お墓の、宗教」

『日蓮宗《にちれん》に決まってんだろ。あんた、相変わらず馬鹿だね。それとも拳闘のやり過ぎで、余計頭が「パー」になっちまったのかい』

「あそっか、日蓮か……うん、サンキュウ。また電話するわ」

まあ、河野家の宗教はさて措くとして、だ。

翌日は、なんというか、

「おはようございます」

「あ、ども……おはようございます」

美祈が出勤してきても、積極的に話しかけようという気持ちが、若干薄まったというか、ほんの少し、距離ができてしまったというか。それはまあ、潤平が勝手に思っているだけのことではあるが。

急に、正晃が大きく手を振りながら近づいてきた。

「潤ちゃん、違う違う。福田《ふくだ》屋さんのは今回から『鬼ザラ』だって、さっき言ったばっかりじゃない」

「あっ」

マズい、うっかりしていた。

北村製餡所では「白ザラ」という高級ザラメと、さらに純度が高く粒も大きな「鬼ザラ」とを、商品や得意先によって使い分けている。福田屋のこし餡には今回から「鬼ザラ」を使うと、確かにさっき、正晃から聞いたばかりだった。

「すんませんッ、今すぐ取り替えます」

「ギリ、入れる前でよかったけどさ……どうしちゃったの。らしくないよ、潤ちゃん」

「ほんとすんません。恐縮です」

それから、今度は間違いなく鬼ザラを銅釜に六十キロ投入し、そこに四十リットルの水を入れ、火を点けた。煮た小豆から濾《こ》し出した「生餡」を混ぜるのは、ザラメがちゃんと溶けてからだ。

北村製餡所の最大の売りは、銅釜・直火で煉り上げたこし餡だ。こし餡は嫌らしい話、材料や手間暇を惜しまず、贅を尽くして作ることもできれば、クズのような小豆を細かく細かく砕いて、大量の砂糖で味を誤魔化して作ることもできる。北村製餡所の餡子は、さすがに「贅を尽くした」とまでは言わないが、でもそれに近いものであるという自負はある。

普段から「鬼ザラ」を使うのもそう。ステンレス釜ではなく銅釜を使うのもそう。

ステンレスという金属には、そもそも味がある。ステンレスのスプーンを舐めてみれば分かる。舌を刺激する、変な「金属味」がするのが分かるはずだ。ということは、ステンレスの釜で餡子を作ったら、その味が餡子にも染み出すということだ。だが銅釜にはそれがない。金属的な味移りがない。だから北村製餡所では銅釜を使う。銅釜・直火で、他所《よそ》よりも多めの水で、時間をかけてゆっくりと煉り上げる。

時間をかけて煉るのも拘りの一つだ。時間をかければ、それだけ生餡にしっかり糖が入る。短時間で仕上げた餡子はすぐ水っぽくなるが、じっくり煉り上げた餡子からは水分が出ない。水分が出ないから、長持ちする。味が落ちない。

こういったウンチクは全部、潤平が井下田から直接聞いたものだ。

「潤平よ。甘味ってのはな、人を幸せにするんだよ。安く作った餡子でも、食った人が幸せだって思えるんなら、そらそれでいいのかもしれねえよ……でもな、袋を引っ繰り返して裏を見て、実は着色料が入ってたり、人工甘味料だの、保存料だのが入ってたら、体にいいわきゃねえじゃねえか。そんなもので、口に入れたときだけ幸せになったって、そんなのはニセモンだよ。本物の甘味じゃねえ」

そういえば、井下田は元気にしているだろうか。

たまには電話でもしてみるか。

夕方、手が空いたので屋上に上がって涼んでいたら、あとから空の洗濯籠を抱えた美祈も上がってきた。

「あ、潤平さん……お疲れさまです」

昨日までとまるで変わらぬ様子で、潤平にちょこんと頭を下げる。変わらないも何も、美祈は昨日、潤平に尾行されたことを知らないのだから変わるはずがない。

潤平も、できるだけ自然に接しようと心掛けた。

「お疲れっす……ああ、洗濯物」

「はい、もう乾いてるだろうと思って」

潤平たちが使う調理着などは、以前は奥さんが、最近は美祈が洗ってくれている。

洗濯バサミを一つひとつ外し、一枚一枚、美祈は調理着を籠に入れていく。その横顔には、ほんの少しだけ笑みが浮かんでいる。ちょっと、幸せそうな笑みだ。結婚したら、美祈は毎日、こんな顔をして家族の洗濯物を取り込むのだろうか。

半分くらいのところで手を止めた美祈が、こっちを向く。

「あの……潤平さんは、タバコ、吸わないんですか」

「うん、吸わないよ」

「やめたんですか」

「いや、やめたんじゃないよ。もともと吸ってないから」

すると美祈は眉をひそめ、少しの間、足元に視線を落としていた。

「なに、どうかした？」

「……いえ、別に」

「俺、こう見えて、元空手家っていうか、キックボクサーだからさ。タバコとか、息切れの原因になりそうだから、吸ったことないんだよね。若い頃から」

「そうだったんですか……」

美祈は顔を上げ、少し力を入れて、笑みを作った。

「なんか、安心しました」

「え、あ……そう？　なに、俺が、タバコ吸わないから？」

「はい」

「タバコ吸う人、美祈ちゃんは、嫌いなの？」

また少し、美祈が眉をひそめる。

「嫌い、というか……良くないんじゃないかなって、思って」

「確かに、肺には悪そうだよね」

「いえ、肺とか、そういうのとは、違って、なんていうか……タバコを吸う人は、悪い人かも、しれないから」

悪い、人？　いや、マリファナや覚醒剤ならそうかもしれないが、タバコくらいで「悪い人」はないだろう。

「タバコを吸う人は、悪い人……なの？」

「そういうふうに、言われているので」

「言われてるって、誰に？」

急に、美祈はまた動き出した。残りの洗濯物を籠に収め、途中で取り落とした洗濯バサミも拾って、勢いよく頭を下げ、

「ごめんなさい、すみません……失礼します」

籠を抱えて、階段を下りていってしまった。

なん、だったのだろう。今のは。

タバコを吸わない潤平は、つまり「良い人」ということか。付き合う資格あり、と思っていいのか。

自分は、遠回しに「コク」られた——そういうことか。

5

唐津郁夫《からついくお》は、総本部中央監視室の奥にある個室で、七台並んだモニター画面を見ていた。

警備のために見ているのではない。警備員たちはこの個室の外で、別に設置した十二台のモニターをチェックしている。唐津が見ている七台とは対象が全く違う。

唐津が見ているのは、いずれも教祖である永倉天英《ながくらてんえい》に関する映像だ。彼女が寝起きする居室、教祖としての仕事をする執務室、個別の相談を受けるときに使う応接室、同じ応接室だが相談者の表情が分かるアングルでもう一台と、各部屋に通ずる廊下の映像が三台、その合計七系統だ。

今まさに、天英は一人の信者から相談を受けている。

《晶彦《あきひこ》の、様子が……このところまた、どういうわけか》

この女、矢部充子《やべみつこ》の次男である、晶彦は独身で三十三歳の引きこもりだ。亭主の友宏《ともひろ》は大手製薬会社のアジア事業統括局長、来年には取締役に就任する見込み。つまりは社会的成功者である夫と、まるで世間知らずの妻、二人に甘やかされて育ったため自立できない息子、という破綻家族の典型的パターンだ。

天英が、両手を組んだまま静かに頷く。

《……晶彦さんの魂は、今、躊躇《ためら》っています。外の世界は、悪意に満ち満ちています。晶彦さんには、それが見えるのです。外の世界を恐れるのは、晶彦さんが弱いからではありません。むしろ、世界がよく見えているから、理解しているから……晶彦さんは、そうとは言わないかもしれません。しかしそれこそが、晶彦さんが外の世界に蠢《うごめ》く悪意を、悪魔の存在を、当然のように感じている証拠なのです》

応接室は十五畳ほど。壁はクロスではなく、極めて白に近い水色のペンキで仕上げられている。インテリアに華美なものは一つもない。部屋の隅に置いたライティングビューローも、二人が向かい合っているテーブルも、腰掛けている椅子も、書棚も、全て使い古されたウォールナット色ではあるが、あえて少しだけ色を不揃いにしてある。知人から譲ってもらったものを、ただ並べただけ。そんな雰囲気にしてある。

天英が背にしている壁には高窓があるので、室内には程よく外光が射してきている。今は照明をオフにしているが、天気の悪い日は天井に仕込んだ間接照明をそれとなく点ける。明る過ぎず、暗過ぎない。信者から相談を受けるときは、天英の顔がほんのり明るく見えるくらいに調整するようにしている。

天英が小首を傾げる。

《晶彦さんに、聖水は与えていますか？》

矢部充子は《はい》と真剣な表情で頷く。

《できるだけ、毎日……たまに嫌がって、顔を背けるときもありますけど、そんな日は、寝てい

る間に、そっと……冷たくして、起こしてしまうといけないので、私が手で温めて、ぴたっと……湿らせる程度には》

天英が頷く。

《けっこうです。ただ、聖水は特効薬ではありません。短期間での効き目を期待すると、却《かえ》って逆効果になります。焦りや、見返りを求める心は、魂の穢れに繋がります。辛抱強く、清めてあげてください。サダイの御心を、伝えてあげてください》

矢部充子が頷くのを待って、天英が椅子から立ち上がる。

《充子さんご自身が……焦りや見返りを求める心に、惑わされてはいけません。晶彦さんの日常を不安に思う気持ちに、支配されてはいけません。まずは誰より、あなた自身が、清められなければなりません》

《はい、ありがとうございます》

ライティングビューローの前まで行った天英が、天板を引き開ける。中にはクリスタルのバルブアトマイザー——香水などを噴霧するための、バルブ付きのボトルが三本並べられている。噴き付けるときに握るバルブは、シルバー、ゴールド、ワインレッドと色分けされているが、ボトルの中身はどれも一緒だ。

全知全能の神「サダイ」の恵み、宇宙パワーをいっぱいに取り込んだ「超能聖水」が入っている。

天英が、ゴールドのバルブのボトルを持ち、充子の前に戻る。

《目を、閉じてください》

充子は言われるがまま目を閉じ、胸の前で手を組んだ。

《全知全能の神、サダイよ……我らが……迷える……永遠の愛と、不変の……》

天英が、充子の上から「超能聖水」を噴き掛ける。髪や肩、組んだ両手の甲がしっとりするくらい。

天英の祈りは続く。

《我らのために救いの……曙の光が我らの……》

充子の上半身が、ぐらり、ぐらりと揺れ始める。

《その道筋を真っ直ぐにせよ……充子さん。目を、お開けなさい》

充子が、その両目を見開く。驚いたように、あるいは怯《おび》えたかのように、大きく口も開く。

《ああ、ああ……天英先生》

《私ではありません。充子さん、あなたがいま見ているのは、感じているのは、サダイの光です。サダイの存在、そのものです。分かりますね》

《はい、分かります……サダイ、ありがとうございます》

《今の清められた心を、魂の奥底に止めなさい》

《はい》

《私と共に祈り、サダイの光を、己が魂に取り込みなさい》

《はい》

《祈りなさい》

矢部充子までは、まず問題なしと。

今日の午後の予約は、あと何人だ。

夕方までは、総本部一階にある礼拝堂にいた。理由はない。ただベンチに座り、正面の祭壇をぼんやりと眺めていた。

唐津が教会に出入りするようになったのは、もうかれこれ、二十七、八年も前のことだ。天英の実父、吉田英夫《よしだひでお》が牧師を務めていた、阿佐ヶ谷バプティズム教会。唐津は別に、悩みがあったわけではない。生き方を見失っていたわけでもない。ただ反目する組の構成員と揉め事を起こし、刃傷沙汰《にんじょうざた》になり、自身も深傷《ふかで》を負って逃げ込んだのが、たまたまあの教会だったというだけのことだ。

確かに、あのドアの取っ手を握った瞬間は、祈るような気持ちだったかもしれない。だが唐津自身、まさか本当に鍵が掛かっていないとは思わなかった。しかし実際に、ドアは開いた。

そのまますべり込み、ベンチとベンチの間に寝転んで身を隠した。右頰と左肩を切られ、左脇腹を刺されていた。致命傷ではないはずだが、出血が止まらない以上、いつまで意識を保っていられるかは自分でも分からなかった。

やがて、ゆらゆらと明かりが近づいてきた。懐中電灯だ。足音も聞こえた。誰だ。外から誰か入ってきた様子はないから、中の者か。だとしたらなんだ。牧師か、神父か、司祭か。何者にせよ、殺《や》るなら、その光の輪が自分の姿を捉える前だ。殺さないまでも、自身の立場を有利にするには先手必勝が絶対条件だ。

だが、体はまるで、唐津の言うことを聞いてはくれなかった。

「……おやおや、これはこれは、大変なお客様だ」

明かりの主はぼやくように言い、さらに唐津の全身を電灯で照らして検めた。

「歩けるのかい、歩けないのかい。おいこら、チンピラごぼう」

不意打ちの駄洒落《だじゃれ》。込み上げた笑い。同時に襲ってきた、脇腹を抉る耐え難い激痛。

笑わせるな、馬鹿野郎、痛えじゃねえか。たったそれだけの言葉も吐くことができない。

明かりの主は、教会の、それっぽい人間がしてそうな恰好はしていなかった。ニットとスラックスみたいな、ラフな服装だった。

「その傷で笑えるんなら、心配ないな……ほら、手ぇ貸してやるから、奥まできなさい。こう見えて、私にだって雑巾くらいは縫える。あんたの腹だって、縫って縫えないことはないさ」

冗談じゃねえ、というひと言も、やはり唐津は言えなかった。

親父さん――俺、徹《てつ》ちゃんにさ、とうとう、どなた？　って訊かれちゃったよ。参ったよ。なんで、なんでこんな――。

だが、ふいに始まった胸ポケットの振動が、唐津を現実に引き戻した。抜き出してみると、携帯電話には【小牧哲生《こまきてつお》】と表示されている。

総本部長からだ。

「……はい、もしもし」

『ああ、小牧です。今どちらですか』

「下の、礼拝堂にいます」

『こちらにすぐ、上がってきてもらえますか』

「総本部長室で」

『はい』

「分かりました。伺います」

『お待ちしています』

携帯電話をポケットに戻し、奥のドアから礼拝堂を出て、通路の先にあるエレベーターに乗った。総本部長室は四階。【4】に続けて【閉】も押す。

「総本部長……か」

そう呟き、一つ溜め息をついた辺りで四階に着いた。

廊下を進む間、男二人、女一人とすれ違った。男の一人は知った顔だったが、もう一人と女は知らなかった。だが三人とも、唐津のことは知っているようで、いくらか頬を強張《こわば》らせながら頭を下げてきた。唐津も会釈を返しておいた。

総本部長室のドアをノックする。

「……唐津です」

中から、間の抜けた声で「どうぞ」と聞こえた。

「失礼します」

若い頃からヤクザをやってきたから、というわけではないが、頭を下げること自体は苦にならない。多少思うところのある相手でも、それを顔に出さずにやり過ごすくらいの鍛錬は積んできたつもりだ。

小牧哲生総本部長が、執務机から応接セットの方に出てくる。こちらは天英の部屋のそれと違い、ソファは総革張りで肘掛はマホガニー、テーブルのフレームもマホガニーとなっている。一々自慢されなくても、見ただけで万人が高級品と分かる代物だ。

「どうぞ、お掛けください」

「失礼します」

いつのまにこの男は、顎ヒゲなんぞを蓄えるようになったのだろう。若い頃の小牧は、線の細い、真面目だけが取り柄の「ような」、一介の会計士だった。それが今や「サダイの家」の総本部長様だ。スーツやネクタイの趣味もだいぶ変わった。腕時計も、決して袖に隠さなくなった。

そして唐津には、滅多に頭を下げなくなった。

踏ん反り返った小牧が、大きく脚を組む。

「唐津さん、ニュースは見ましたか」

「……ええ」

ふん、と鼻息を漏らす。

「ええ、ってあなた……それだけですか」

「何を仰りたいんですか」

小牧が体を起こす。

「西多摩郡檜原村で発見された、首なしの死体。あれは、今尾《いまお》隆利《たかとし》じゃないんですか」

「ニュースで、そう言ってましたか」

「言ってませんよ。言ってませんけど、首なしの死体なんてね、そうそう、あっちからこっちから出てくるもんじゃないでしょう」

「あっちからも、こっちからも出てきたんですか」

「唐津さん、惚けんのはよしなさいよッ」

さっきのお返しというのではないが、一つ鼻で嗤っておく。

「私は別に、惚けてなんざいませんよ。知らないものは知らない。だからお尋ねしたまでです。知りもしないのに知ったかぶりをする、見えもしないのに見えたと言い張る、見えるだろうと唆《そそのか》す……その方が、私はよほど問題だと思いますがね」

小牧の眉がV字にすぼまる。

「唐津さん。私にはね、あなたとそんな、善悪二元論を語ってる暇はないんですよ」

「じゃあ、お暇《いとま》しましょうか」

「フザケんなよ……あれが今尾なのかどうか、それくらいはっきりさせなさいよ。それがあんたの仕事でしょう」

仕事、ときたか。

「お言葉ですが、総本部長。私はあなたに、今尾を『どうにかしろ』と命じられただけです。その後の、警察の捜査に関する情報収集まで、請け負った覚えはありません……が、お望みでしたら、そちらの方もやって差し上げましょうか。どうやらお困りのようなので」

小牧が、ほんの一瞬歯を喰い縛る。

「……言われなくても、それくらいしなさいよ。最終的に困るのは私じゃない。あなたと、天英でしょうが」

「天英が困っても、総本部長はお困りにならないと？」

「なんですか、それは。それで私を脅しているつもりですか」

「滅相もない。なぜそんなふうに思われるのですか」

しばらく待ったが、それに対する小牧の答えはなかった。

「……では、失礼いたします」

番茶の一杯も出てきやしない。


足立区千住にある、神栄会《じんえいかい》の事務所に移動した。

唐津は基本的に、車の運転は自分でする。酒を飲まないので、それで全く差し支えがない。若い者を顎で使うのも好きではないので、却って都合がいいくらいだ。

近くのコインパーキングに駐《と》め、事務所のあるマンションに入る。時計を見ると、六時二十三分。この時間なら、まだ二代目会長の吉泉《よしいずみ》もいるかもしれない。

エレベーターを三階で降り、すぐ左にあるドアのブザーを押す。

《はい、どちら様でしょう》

「唐津だ」

《はい、ただ今お開けします》

すぐに若い者がドアを開けに出てきた。

「お疲れさまです」

頷きながら玄関に入る。

「……会長は、まだいるか」

「いえ、今夜は会食の予定が入っておりまして。もう、三十分くらい前に出かけました」

「そっか。ちゃんと、連絡してから来ればよかったな」

「なんでしたら、唐津さんがいらしたと、一報入れておきますが」

「いや、いい。急ぐ話でもないし」

奥まで入って、応接セットのソファに腰を下ろす。

現会長の吉泉と唐津は、六対四の兄弟分。唐津は吉泉の、いわゆる「舎弟」というわけだ。

ヤクザは「家族」と同じで、舎弟や子分を増やすことで繁栄していく。親分にしてみたら、下の者がねずみ算式に舎弟や子分を増やしてくれたら、自分のいる地位がそれだけ自動的に高くなるのだから、交わす盃《さかずき》は多ければ多いほどいいということになる。むろん、その相手が厄介者でなければ、という条件はつくが。

そういった意味では、二代目の吉泉には大変申し訳ないことをしていると、唐津は常々思っている。

唐津は生涯、子分は持たないと決めてしまったからだ。

子分を持てば、そいつが食っていくだけのシノギは上げなければならない。子分が増えれば、それだけ多くのシノギを確保しなければならない。自分は仕方がない。高校中退のチンピラで、少年刑務所を一年半勤めたのち、初代神栄会会長に声をかけられ、あとは極道一本できてしまった。ヤクザ以外の生き方は知らないので、したくてもできない。また、少なからず義理もできてしまった。

しかし、それでも自分は吉田英夫と出会った。彼の教えに触れ、己が人生の過ちに気づいた。

後戻りはできない。前に進むことも、横道に逸れることも許されない。だが、立ち止まることならできる。ここから一歩も動かず、進みも退きもせず、ここで死ぬことならできる。そういう生き方をするのだと、心に決めてしまった。

たった一つ、迷いがあるとすれば、ノブのことだろうか。

さっき、玄関まで出てきてくれた組員に声をかける。

「須田《すだ》……そういえばノブは、昨日今日、来てるか」

キッチンの方に行きかけていた彼、須田がこっちを振り返る。

「はい、昨日は、ちょっと分かりませんけど、今日は午前中に、ちゃんといらしてましたよ。昼頃から三時間くらい、ずーっと会長の車、磨いていらっしゃいました。途中で、会長が笑いながら止めて……お前、そんなに磨いたら、俺の車、すり減って小《ち》っちゃくなっちゃうよ、って」

いかにも、ノブがやりそうなことだ。

「そっか。そりゃ、すまなかったな」

「いえ。一応……俺たちにとっては、叔父貴《おじき》ですんで」

縁からすれば、「一応」そういうことになる。

唐津とノブは九対一の兄弟分。唐津にとっては、限りなく子分に近い舎弟というわけだ。ノブは同じ形で、吉泉とも盃を交わしている。つまり、ここに何人かいる吉泉の子分たちにとって、ノブはどんなに頭が悪くても、一円のシノギも上げられなくても、縁の上では「叔父貴」になるのだ。

懐からフィリップモリスの箱を出し、一本銜《くわ》える。唐津が、タバコの火は自分で点けることをここの人間はよく知っているので、あえて誰もライターは差し出してこない。

三口目をゆっくりと吐き出したところで、さっきの須田が緑茶を持ってきてくれた。

「ああ、ありがとう……ちなみに、ノブが今どこにいるかなんて、分かんないよな」

須田が、さも申し訳なさそうに顎を出す。

「さすがに、すんません。夕方くらいまでだったら、日光街道に出たところの、工事現場に、よくいらっしゃるんですけどね。この時間だと、もう現場も閉めちゃってるでしょうし」

それは初耳だ。

「なんで、ノブが現場なんかに出入りしてんだよ」

「そこ、金森《かなもり》組の現場なんですよ。なんかそれで、知ってる人がいたんじゃないですかね。現場事務所で、よく職人と一緒に一服してたり、たまには交通整理とかも手伝ったり、してらっしゃいますよ。なんか、すげー楽しそうに」

楽しいのはけっこうだが。

「あいつに交通整理なんかさせて、大丈夫かな。正面衝突が多発するんじゃねえか？」

須田が、笑いながら首を傾げる。

「いや、それはさすがに、大丈夫だと思いますけど……なんなら、ちょっと電話してみましょうか」

その必要はない。

「いや、いいよ。自分でかけるから」

懐から携帯電話を出し、【ノブ】を押して番号を呼び出す。

かなり長くコールが続いたが、それでも留守電になることはなかった。

『……はい、もしもし』

「俺だ、唐津だ」

『うん……なに』

「今お前、どこにいる」

『コンビニ。コンビニの裏で、コンビニで買った、エロ本見てる』

「どこのコンビニだ」

『えーとね、東京都足立区、千住寿町……』

いきなり番地まで言われても困るが、大体の場所は分かった。

「ちょっと話がある。今から行くから、お前そこ動くなよ」

『え、でも俺、今すごい、オシッコしたくなってきた。漏れるかも』

「じゃ店で借りて、小便はしてもいいから、その店からは動くなよ」

『オシッコして、トイレにいればいいの？』

「オシッコしたら、店の外まで出てこい。そこからは動くな。いいか」

『うん、分かった。オシッコしたら、店から出て、動かない』

「三歩は動いてもいいから。ドアの少し横に立ってろ」

『分かった。オシッコしたら、店から出て、三歩動いて、ドアの横に立ってる』

「そうだ、そうしてろ」

大丈夫かな。

Fake Fiction

第二章

1

梶浦の急な挙手と、係長への進言には驚かされた。

「ちょっとすいません、ちょっといいですか」

「……なんだよ」

梶浦が、右手の親指で「こいつ」と鵜飼を指す。

「ちょっと、気になることを言うもんで」

「気になるって、何が」

「マル害の、遺体写真に関して、ちょっと」

「ちょっとちょっと、ってお前……じゃあなんで、さっきの自分らの報告のときに言わなかった」

「いま思いついた……んだろ？」

驚きはしたが、それ自体は鵜飼が望んだことなので異論はない。

むしろ、事がスムーズに運び過ぎて怖いくらいだ。

「ええ……はい」

係長は、だいぶ気分を害されたようだが。

「子供じゃないんだからさ、他所の報告中断してまで言うことなのかよ」

鵜飼なら「すみません、じゃああとで」と引っ込むところだが、梶浦は頑《かたく》なだった。

「いいからちょっと、聞いてくださいよ。ほら、お前も立てよ。自分で言えって」

ここまで舞台を整えられてしまうと、もうあとには退けない。

鵜飼は「はい」と立ち上がり、上席に一礼した。

「では、すみません……倉持《くらもち》主任、申し訳ありません……ええと、マル害の、死体検案時の、解剖前の写真をご覧いただきたいんですが。その、左手の甲です……上からの全身写真ですと、死斑と、見分けがつきづらいかもしれませんが、それの……この、三枚あとの、肘の辺りをアップで写している、ええと……これですね、こっちの写真で見ていただければ、分かりやすいと思うんですが、ここにある、この模様、赤っぽい……この辺りです。若干、切れてしまってますが……この、こう繋がって、こうなっている、ここまで……これは死斑ではなく、生前からあった、痣ではないかと思うんです」

係長の隣にいる、捜査一課の管理官が顔を上げ、鵜飼を見る。

「私には、これも死斑か、内出血のようにしか見えないが、もしこれが死斑ではなく、痣であるとすれば、確かに情報提供を募る材料にはなり得るな。まだご遺体はあっちにあるから、教授に確認してもらおう」

管理官が、同意を求めるように係長を見る。

今ここに、こうやって立っていること自体を悔やんでも仕方がない。自ら漕ぎ出してしまったのだから、もう漕ぎ続けるしかない。

行き着くところまで、行くしかない。

「それと、もう一つ……実は、自分はこの痣を、過去に、どこかで見たことがあるような、気がしておりまして。今すぐ、正確に思い出すことは、すみません、できないのですが、でも自分の友人とか、知人とか、警視庁の人間であるとか、そういうことではなく、また参考人であるとか、マル被（被疑者）であるとか、そういうことでもなく……なんとなく、ではありますが、弁護士だったんじゃないかと、漠然と、思っておりまして」

いったん座って、携帯電話を弄っていた梶浦が、またゆるりと手を挙げる。

「あの……今の、鵜飼担当係長の発言、というか記憶に、どれほど正確性があるかは分かりませんが、いま調べてみたところ、東京の弁護士会、三つ合わせても会員は二万人程度です。協力を要請して、安否不明の弁護士がいないかどうか、向こうに調べさせるか、あるいは最新の名簿を出させて、こちらで確認するのでもいいですが、それをやるくらいの価値は、あるんじゃないでしょうか……むろん、東京の弁護士ではない可能性も、あるとは思いますが」

薄笑いを浮かべた係長が、鵜飼を指差す。

「その前に君、今すぐ刑事課に行って、端末叩いてきなさいよ。職業が弁護士で、行方不明者届が出ていないかどうか」

正確には「刑事課」ではなく「刑事生活安全組織犯罪対策課」だが、今は指摘せずにおく。

残念ながら職業が弁護士で、ここ数日の間に行方不明者届が出されたケースはなかった。

だがそこは、梶浦がもうひと押ししてくれた。

「受理はしたがまだ端末に入力されていない、入力はしたがデータベースに反映されていない……考え得るケースはいくらでもあるでしょう。その一回の検索でヒットがなかったからといって、捨てていい線だとは思えません」

「まあ、確かにな……じゃあ、弁護士会をツツいてみるか」

腰が重いところはあるが、いったん動き出したら警察は速い。

特捜本部はその夜のうちに、東京にある弁護士会全てに名簿を提出させる算段を付けた。急いだのには理由がある。翌日が土曜日、さらに月曜日が祝日になるため、下手をしたら三日も間が空いてしまう可能性があったからだ。さらに言えば、特捜幹部が少々強引な手を使ったり、脅しに近い台詞を吐いたのには、相手が普段は利害で対立することの多い弁護士だから、「お願い」というよりは「要求」に近いニュアンスになった、というのもあったように思う。

その甲斐《かい》もあり、翌十月九日の午後には、東京で活動する弁護士のほぼ全ての名前と連絡先を網羅しているであろう名簿が、五日市署の特捜本部に揃った。

あとは虱《しらみ》潰しに電話をかけまくって、弁護士一人ひとりの安否を確認していくのみだ。

「では、始めてくれ」

「はい」

この「電話ローラー作戦」要員に選ばれたのは二十名。内訳は地取り班の十名全員、ナシ割り班から四名、デスク担当から四名、特命担当から二名。約二万人を二十人で当たるのだから、単純計算でいくと一人当たり千人調べなければならないことになるが、弁護士の何割かは給料制で、事務所に所属しているという。よって、一本かければ三名、多ければ五名、十名の安否がいっぺんに確認できる可能性もある。

「もしもし、シノダ弁護士事務所さんですか……突然のお電話で、恐れ入ります。私、警視庁五日市警察署、特捜本部の、梶浦と申します……はい、こちらこそ。いきなり、不躾なことをお伺いいたしますが、そちらに所属されている弁護士さんで、シノダヨシフミさん、イトウセイイチさん、ハラダアツオさんは今週六日以降、そちらに出勤されましたでしょうか……いえ、六日以降であれば一日でもいいんですが……そうですか。間違いなく、シノダさんも、イトウさんもハラダさんも……そうですか、分かりました、ありがとうございました……いえ、けっこうです。その確認だけですので……はい、失礼いたします」

作戦要員の何名かは、五日市署の刑生組対課や交通警備課、地域課の電話を借りて確認作業をし、ある程度終わったら、その報告をしに特捜に戻ってくる。

「こちらの二百七十六名、安否確認できました。全員無事です」

土曜日なので、電話が繋がらない相手も相当数いる。

「二百九名、安否確認できました。十一件、二十八名、繋がりませんでした」

「百八十二名、安否確認できました。二十三件、四十一名、未確認です」

だが、目的は約二万人の弁護士、全員の安否確認ではない。

たった一名の、不明者の割り出しだ。

その一名に架電したのはデスク担当の、五日市署地域課所属の時谷《ときや》巡査部長だった。

「あれ……携帯に転送してんのに、出てくれねえな」

そういうパターンも決して珍しくはなかった。ただ、そういう相手は二回、三回とかければ出てくれることが多い。連続して何度もかけず、少し間を置いてからかけると、案外あっさり出てくれたりする。

鵜飼は、斜め向かいで首を傾げている時谷に声をかけた。

「少し間を置いて、十本くらい他をやってから、またかければいいじゃないか」

それでも、時谷の表情は優れない。

「いや、そうしてるんですけどね。ただ、わざわざ、すぐに折り返します、とまで言ってるんですよ、この人、メッセージでは。そういう人は、携帯が鳴ってるの、そんなに長時間放っておいたりしないんじゃないですかね」

「だとしても、すぐには折り返せない事情だってあるだろう。何せほら、今日は土曜日だから」

「鵜飼係長、どっちなんですか。マル害に当たってほしいんですか、ほしくないんですか」

ぞっとする質問だった。

「いや、どうせなら……自分で当てたいな、と」

「いやいや、誰が当てたって、この線を言い出したのは鵜飼係長なんですから、鵜飼係長の手柄で間違いないですよ。心配ないですって」

それでも、どうしても時谷は気になるようだった。

夕方、十六時半頃に席を離れ、地域課か刑生組対課にいって端末を叩いてきたのだろう。十数分して戻ってきたときには、彼の顔色は完全に変わっていた。

「係長、すみません、これ……」

名簿のコピーとは別に、何かの紙を握り締めた時谷は、何度もつんのめりながら殺人班六係長がいる上座に向かっていった。

「どうした」

「あの、何度かけても、繋がらないのがいたんで……まあ、そういうのは他にもいたんですけど、そいつは、携帯が途中で圏外になったもんで、ちょっと気味悪いなと思って、一応と思って、行方不明者届が出てないかどうか、確認しましたら、その……出てました。受理は三日前です」

三日前といったら六日、死体発見当日だ。

係長も真顔になる。

「不明者届、どこに」

「中野署です」

そのまま時谷が読み上げる。

「イマオタカトシ、四十六歳。五日火曜の夜には連絡がとれなくなっており、夫人が八方手を尽くして捜したが所在は分からず、六日になって行方不明者届を提出した、ということでした」

「なんで弁護士でヒットしなかったんだ」

「それは、私にも分かりませんが」

今日は管理官がいないので、係長が直ちに下命した。

「じゃあこれ、君と、相方は誰だ……あいや、一人は女性がいた方がいいから……そこの、そう、松田《まつだ》巡査長、君と、梶浦のところと、四人で中野に行って、そのイマオ弁護士の不明者届、確認して。できたら夫人にも直《じか》に会って、状況聞いて、指紋ももらってこい」

「はい」

そうはいっても、五日市署を出発したのは夕方十七時。タクシーも使って急いだが、それでも中野署に着いたのは十八時半。

辺りはもう真っ暗。当然、署も通常の業務を終了している。

総合受付で身分証を提示し、

「五日市署の特捜です」

「お疲れさまです、生安《せいあん》は二階です」

「ありがと」

階段で二階の生活安全課に向かった。

応対してくれたのは、本署当番員の保安係担当係長だった。

「ご苦労さまです。アレですって、例の、首なしの」

梶浦が苦笑いで応じる。

「まだ、そうと決まったわけじゃないですがね」

早速、行方不明者届を確認させてもらう。

今尾隆利、四十六歳。住所は中野区中野三丁目※-※。

梶浦が訊く。

「家族構成は」

「届けにきた奥さん以外は、分かりません」

行方不明者届の届出人欄には「妻」「今尾美春《みはる》」「41歳」と記してある。

「今から連絡して、会いに行っても大丈夫ですかね」

「ええ、もう連絡は入れてありますんで、大丈夫です」

中野署から今尾宅まではタクシーで十分弱。

インターホンを押すと、すぐに《はい》と女性の声が応えた。

「夜分に恐れ入ります、警視庁の者ですが」

《はい、今すぐお開けいたします》

出てきた夫人は、確かに四十歳前後の、ごく普通の主婦といった雰囲気の女性だった。

玄関に入る。とりあえず、子供用の靴は見当たらない。中高生が履きそうなスニーカーの類もない。子供はいないのかもしれない。

「どうぞ、お上がりください」

リビングに通され、そこで夫人に話を聞いた。

今尾隆利は五日朝、いつも通り中野駅近くに借りている仕事場に出勤。午前十時と十一時半に来客の予定があり、その二件についてはそれぞれ相手方に確認がとれている。昼食は事務所で一人、夫人の作った弁当を食べたと思われる。夕方十六時に新宿で誰かと会う予定があり、事務所のホワイトボードにその旨が記してあったが、相手の氏名等はなく、ただ赤いペンで「◎」が書かれているだけだった。夫人は、仕事内容についてはほとんど何も把握しておらず、その「◎」が何を意味するのかも分からないということだった。

「夕飯を、家で食べるときは、大体、夜の七時くらいには帰ってくるんですが、七時半になっても、連絡がなかったので、おかしいなと思って、事務所と、携帯にかけてみたんですけど、出なくて……主人が、八年……九年前までお世話になっていた、カワナカ先生にご相談して、先生も、いろいろなところに連絡してくださったと思うんですが、それでも、何も分からず、朝まで待っても、帰ってこなかったので……そんなこと、これまでに一度もなかったので、もう……朝のうちに警察署に行って、捜索をお願いしました」

梶浦が、さもすまなそうに頭を下げる。

「奥さん、つかぬことを伺いますが、ご主人のここに、赤っぽい痣は、ありましたでしょうか」

梶浦が示したのは、自身の左手の甲だ。

夫人が頷く。

「ええ、この辺に、こう……ひゅーっと細く、あります」

これだけでもう決まったも同然だが、梶浦は続けた。

「あの……これはあくまでも、念のためということで、お願いするんですが、ご主人が普段使っていたもの……たとえば机ですとか、必ずご主人がご自身でストップボタンを押す、目覚まし時計ですとか、そういったものはありますでしょうか」

夫人はもう、その質問の意味を察しているようだった。

顔から、見る見る血の気が引いていく。

「……指紋、ということですか」

「はい、大変申し訳ないのですが」

それでも、同年代の普通の女性よりは気丈なのだと思う。

夫人はソファから立ち上がった。

「でしたら……はい、こちらに」

慌てて梶浦が制止する。

「いえ、奥さん、持ってきていただかなくて、けっこうです。彼女が……松田くんほら、ご一緒して」

「はい」

指紋採取キットを持った松田巡査長が、夫人と一緒にリビングを出る。案内されたのは寝室のようで、そこで目覚まし時計や、その近くに置いてあった文庫本などから指紋を採取したということだった。さらに「念のため」と断わり、間違いが起こらないように夫人の指紋も採らせてもらった。

「夜分にお邪魔いたしまして、申し訳ありませんでした。何か分かりましたら、こちらからもご連絡いたします……では、失礼いたします」

それから五日市署にとんぼ返りして、着いたのは二十一時半。捜査会議も半ばを過ぎた頃だった。

「すみません、遅くなりました」

四人揃って講堂に入ると、即座に五日市署刑生組対課鑑識係の布川《ふかわ》巡査部長が駆け寄ってきた。

「採取したモン、預かります」

「はい」

松田が、カバンから出した指紋採取キットごと布川に手渡す。

その後は鵜飼たちも会議に加わったが、どこか特捜全体が上の空というか、上座に座る係長ですら、廊下の足音や内線電話の呼び出し音を気にしているような、そんな時間が続いた。

講堂下座に設けられた情報デスク。その電話の一つが鳴ったのは、鵜飼たちが帰ってきて三十分くらいした頃だった。

捜査員全員が後方のデスクを振り返る。

受話器を上げたのは、中野まで一緒に行った時谷巡査部長だった。

「はい、特捜……あ、はい、分かりました」

時谷は送話口を押さえ、上座に向かってがなった。

「一致です、マル害と今尾隆利の指紋、一致しました」

ざわりと、特捜全体に寒気のような「うねり」が生じた。

これは夜明けか。

それとも、長い夜の始まりか。


十月十日、日曜日。

特捜は午後から、今尾隆利の自宅と仕事場、二ヶ所同時に家宅捜索を行った。鵜飼は梶浦と共に、仕事場の捜索班に加わった。こちらは鑑識も入れて全部で八名。自宅担当は昨日に続き時谷巡査部長の組と、捜一の統括主任の組、鑑識三名の七名編成になった。

梶浦が溜め息をつく。

「今日、自宅担当にならなくてよかったな」

それには心から同意する。

「ですね……昨日の今日で、旦那さんは亡くなってました、これが旦那さんです、では家宅捜索をします……とはね、言いづらいですよね」

梶浦が、デスクの引き出しに手を掛けたままこっちを見る。

その恰好で、黙る。

しかも、その沈黙が長い。

「……どうしたんですか」

「いや、お前、やっぱり変わったな、と思って」

「またですか。何がですか」

「分からん。でも今、それを考えている暇は、俺にはない」

「じゃあ、仕事しましょうよ」

「そうだな」

梶浦が、手を掛けていた引き出しを開ける。

そこに、パソコンを調べていた捜一のデカ長が声をかけてきた。

「梶浦主任、これ、ちょっと見てください」

「んあ」

呼ばれてはいないが、鵜飼も一緒にパソコンのモニターを覗きにいった。

マル害は弁護士なのだから当たり前だが、パソコン内には実に膨大な量の文書ファイルが保存されていた。タイトルが日付だけのものもあれば、依頼主の名前になっているものもある。それらをまとめるための、黄色いフォルダーのアイコンもたくさん並んでいる。

デカ長が、マウスを操ってポインターを動かす。

「別に、分量が多いから重要、ってわけでもないとは思いますが、でもとりあえず、サイズ順で見ていったら……これですね、これだけがやたら、フォルダー全体のファイルサイズがデカいんですよ。で、何が入ってるのかなと思ったら……これです」

新聞や雑誌の切り抜きを、パソコン上で閲覧できるようにスキャンした画像ファイル群。言わば、パソコン内に取り込んだスクラップブックだ。

デカ長が続ける。

「これ全部、『サダイの家』に関するものなんですよ」

梶浦が眉をひそめる。

「『サダイの家』って、あの新興宗教の？」

「ええ。宇宙パワーがどうこうとか、やたらと値の張る水を信者に売り付けるとかいう、あの『サダイの家』です」

「なに、今尾はサダイの信者だったのか」

逆だ。

デカ長もかぶりを振る。

「いえ、逆みたいですね。今尾は、サダイを脱会したい信者の、相談に乗ってたみたいです。それも……数十件という単位で」

その通りだ。

2

潤平は終業後に尾行し、美祈が「サダイの家　西東京支部」に入っていくのを目撃した。それをそのまま、本人に言うわけにはいかない。美祈に「それじゃ潤平さん、ストーカーじゃないですか」みたいに抗議されたら、たぶん自分はしばらく立ち直れなくなるだろうし、恋愛成就も若干遠退《とおの》くだろうと思うからだ。

でもどうにかして、それについては本人に確かめたい。話してみたら、案外信者ではなかったりするかもしれない。そんなことがあるかどうかは知らないが、あの日はたまたま、あの場所に子犬をもらいに行っただけとか、地元のお祭りのボランティアの打ち合わせがあったとか――そういうのは、普通は神社か。悩み事を神父に聞いてもらいに行ったとか――それだと、普通に信者か。葬儀の相談とか。それも信者か。

とにかく日常会話の中で、世間話的な軽いノリで、宗教について触れる必要がある。切り口はなんでもいい。

たとえば、こういう昼休みだ。弁当を食べる前に美祈がお祈りを始めたら、クリスチャンなの？　みたいに訊いてみるとか。首から十字架を下げてたら、綺麗な十字架だね、クリスチャンなの？　と訊いてみるとか。やり方はいろいろある。要はきっかけだ。きっかけさえあれば――。

柄にもなく、そんなふうに物事を回りくどく考えていたからだろうか。

「あーあ、俺、美祈ちゃんとデートしたいなぁ」

つい本音が、ぽろりと口から転げ出てしまった。

それを聞いたときの、美祈の反応がまた、凄《すさ》まじかった。

「……」

ただでさえ真ん丸な目を限界まで見開き、大きくひと息吸ったまま固まり、たまたま手にしていた真空パックの餡子を、ボトンと足元に落とした。

まるで、化け物にでも出くわしたかのような硬直状態だ。

「あ……いやいや、落としちゃ、駄目だってぇ……大事な商品なんですからぁ」

そのパックを拾って、「はい」と手渡そうにも受け取ろうとしない。依然、ゾンビを見るような目を潤平に向けている。

マジか。

「えーと……参ったな。でもほら、今までもさ、ディズニー行こうとか、ご飯行こうとか、誘ってたじゃない、俺。それとさ、そんなに、意味合いは変わらないんだけどね……そういうのを、全部ひっくるめて『デート』って、いうんじゃないのかな、一般的には」

受け取ってもらえないのでは仕方がない。潤平は近くにあったタオルで軽く拭いてから、餡子のパックを番重の中に戻した。番重というのは、あれだ。商品を入れる、平べったいプラスチック製の、重ねられるケースのことだ。

ようやく美祈が口を開く。

「……無理です」

薄々、そうだろうと思ってはいたが。

「なんでよ」

「デートは、無理です」

「じゃあ、ディズニーは？」

「……ただ遊園地に行って、乗り物に乗るだけなら、大丈夫かも、しれないですけど」

ただ乗り物に乗る、だけなら？

「じゃ、ご飯は？」

「ただお店に行って、食事をするだけなら……あまりお喋りとかしなければ、もしかしたら、行けるかもしれないですけど」

お喋りしなければ、もしかしたら？

「ちょっと待って。美祈ちゃんはご飯に行っても、喋っちゃ駄目なの？」

「あまり、外の人と喋るのは、よくないことだから」

「外の人って、なに、家族以外ってこと？」

とっさにではあったが、これは核心を突く、いい質問だったようだ。

美祈が眉根を寄せ、右手で、グーにした左手を握り込む。

「私……『サダイの家』の、信者なんです」

ただし、そこまでストレートに告白されるとは思っていなかった。

ここはいったん、冷静に惚けなければ。

「『サダイの家』って、あの……ちょっとキリスト教みたいな、新興宗教のこと？」

小さく、でも確かに、美祈は頷いた。

続けて訊く。

「『サダイの家』の信者だから、家族以外の人とは喋っちゃ駄目、ってこと?」

それには、かぶりを振る。

「家族以外と、ではなくて……信者以外の人とは、できるだけ、話さないようにって、教えられてるから……」

そんな馬鹿な。

「でも、だって美祈ちゃん、田所さんとか、社長とか奥さんとか、みんなとは普通に喋ってるじゃない。もちろん俺とも」

それには頷いてみせる。

「お仕事についての話は、してもいいと思うので……」

「だからって、それ以外は全く駄目って、それは難しいでしょう」

もう一度、美祈が頷く。

「だから、その……していい話と、してはいけない話の、判断というか、線引きが、難しくて」

「俺とだって、仕事と関係ない話してたじゃん。ミッキーマウスよりサザエさんの方が好きだって、犬派か猫派かって訊いたら、ペンギン派だって、そう言ってたじゃん。俺、聞いたよ」

ちょっと声が大きくなってたかもしれない。

潤平はひと呼吸置いてから、壁掛けの時計を見上げた。十二時五十四分。昼休みも、もう残り少ない。田所のオバサンもじきに戻ってくるはずだ。

「……信者以外の人と、仕事以外の話をしちゃいけないなんて、そんなの変だよ。絶対おかしいよ」

それにも、こくんと頷く。

「私も、ちょっと……そう、思い始めてました」

「そうなの？　変だなって、思うの？」

「はい……潤平さんは、タバコも吸わないし、働き者だし、優しいし……全然、悪魔っぽくないなって、思ってて」

ちょっと待った。

「悪魔っぽくないって、何それ」

美祈が、しまった、みたいな顔をする。

「すみません、あの……今の話、嘘です、違います、ごめんなさい」

勢いよく頭を下げ、そのまま部屋を出ていこうとする。

潤平は、目の前を通り過ぎようとする美祈の、左手首を捕まえた。

少しでも力を入れたら、簡単に折れてしまいそうだ。

「待ってよ、もうちょっと、ちゃんと話そうよ」

「無理です」

「無理じゃないって。じゃあ帰り、仕事が終わったら、歩きながら話そう。それならいいでしょ？」

イヤイヤをするように、美祈がかぶりを振る。

「誰かに見られたら、大変なことになる」

「誰かって誰よ」

「分からないけど」

「分かんないならいいじゃゃん。ってか誰も見てないよ」

「見てます」

すると、人が違ったように、美祈は潤平の目を、真っ直ぐに見た。

「見てます……全知全能の神、サダイが、見ています」

これは、潤平が想像していたのより、やや重症かもしれない。


それでもなんとか、一緒に工場を出るところまでは上手くいった。

「お疲れッした、失礼しまァーす」

「お疲れさまでした。失礼します……」

歩き始め、最初の曲がり角まできたら確かめる。

「美祈ちゃんどっち」

「私は、こっちです」

「じゃ俺も」

もう少し歩くと、美祈が困り顔をして潤平を見る。

「あの、本当に困るんですけど」

「何が」

「こんなふうに、男の人と二人で歩いてるのを、もし見られたら」

「誰に」

「だから、サダイに」

「サダイは、どっかから見てんの」

美祈が立ち止まり、小さく天を指差す。

「……宇宙から」

本当に宇宙から見られていたら、すでに手遅れだろう。

「じゃあ、どっか屋根のあるところに入ろう」

「それは、もっといけないことです」

「なんでよ」

「そうやって、サダイの見えないところに誘い込むのは、悪魔の常套《じょうとう》手段です」

変な男に引っ掛からないようにするという意味では、なかなか有効な「教え」だとは思う。

「それはね、たぶん違うんだよ。悪魔は、誰もいない暗い部屋とかに、女の子を連れ込むんでしょ。それは駄目だってことでしょ。でも俺が言ってるのは、屋根だから」

ちょうど公園の近くまできた。

「なんなら屋根じゃなくてもさ、あの樹の下のベンチでもいいわけよ。あそこなら、サダイもよく見えないし、でも悪魔は来ないし。全然大丈夫だよ」

まだ、美祈は納得がいかないらしい。

「悪魔はいつでも、どこにでも現われます」

「そんなの、俺が追っ払ってやるよ。それならいいだろ？　俺は悪魔じゃないって分かってるわけだし」

「でも、潤平さんが悪魔に操られてしまう可能性はあります」

「それは無理だよ。だって俺んチ、日蓮宗だもん」

美祈が小首を傾げる。

「日蓮宗だと、悪魔に、操られないんですか」

「あれ、知らない？　日蓮宗はめっちゃ悪魔に強いんだよ」

「知りませんでした」

「な、だから大丈夫なんだよ……行こう。そこ、そのベンチでいいから」

「はい」

日蓮宗の行《くだり》はもちろんデタラメだが、こんなに簡単に論破できるとも、潤平は思っていなかった。

しかし、簡単だったのはあくまでもベンチまでで、そこから先は、やはり混沌とした「信仰と呪縛」の領域だった。

美祈が、浅く忙しない呼吸を繰り返す。

「……本当に、大丈夫なんでしょうか」

潤平自身は、どんな宗教を信じるかは個人の自由だと思っていたが、こんなふうに、信者の心に無用な不安を植え付けるのは、どう考えてもよくないことだと思う。

「全然大丈夫だよ。ってかさ……美祈ちゃん、こんなベンチに座るのもおっかなびっくりなのに、よくウチの工場で働いてみようなんて思ったね」

いったん、浅かった呼吸が止まる。

「それは……外の世界を、見てみたいと、思ったから」

「外の世界って、具体的には、どこからを言うの？」

「『サダイの家』の外は全部、外の世界です」

それって西東京支部のこと？　などと迂闊《うかつ》に訊いてはいけない。

「『サダイの家』の……いわゆる、教団施設の外、ってこと？」

「はい」

「ちなみに学校は？　美祈ちゃん、学校は行ってたの？」

「はい。高校は卒業しました」

「だったら、学校は外の世界でしょう」

「はい。ですから、していいのは勉強だけです。部活とかはできないですし、体育祭とか、文化祭とかの行事にも、参加できません。修学旅行も行ったことありません」

「なんで」

「悪魔に唆されるからです。なので、友達もほとんどいませんでした。作っては駄目だって、言われてました」

正気か。

「それ、誰が駄目だって言うの」

「支部長も、周りの信者の人たちも……私たちはお互いを、兄弟とか、姉妹って呼び合いますけど」

「呼び合う、ってどういうこと」

「美祈姉妹、とか、エリコ姉妹、みたいに、名前の後ろに付けます。なので、年上か年下かは、とりあえず関係ないです」

「男は」

「ナオヤ兄弟、とか」

敬称の一種、と思えばいいのだろうか。

「自分の、本物の家族もそう呼ぶの？」

「いえ、それは……母親は、普通に『お母さん』です。『姉妹』とは呼びません」

「美祈ちゃん、きょうだいは」

「いません。一人っ子です」

「お父さんは」

すると、はらりと一枚、薄い布が剝がれ落ちるように、美祈の顔から表情が消え失せた。

「お父さんは……もう死んだものと、思っています」

微妙な言い回しだ。

「思ってるだけで、本当は、死んでないの？」

「外の世界で、生きてはいますが、『サダイの家』を出ていったわけですから……悪魔に唆されて、教義を捨てて、サダイの教えに背いたわけですから……父は、悪魔になってしまったのだと、考えるほかありません」

そう言いきった美祈の目には、涙が滲んできている。唇も、微かに震えている。

「そう、か……でも美祈ちゃんも、外の世界を見たいと思って、ウチの工場で働こうと思ったんだよね」

そこは、素直に頷いてみせる。

もう少し、踏み込んで訊いてみよう。

「じゃあ今は、お母さんと二人で暮らしてるの？」

「いえ、母と二人、ではなくて、『サダイの家』の西東京支部というところで、兄弟姉妹と、共同生活をしています」

そこは隠そうとしないのか。意外だ。

「何人くらいいるの」

「兄弟が三人で、姉妹が私と母を入れて十三人ですが、男性三人のうち、二人は支部の先生で、それとは別に支部長がいます。先生は、普通の教会でいうところの、牧師みたいな方です。支部長は、その先生たちのリーダーです」

「じゃあ、男女合わせて十六人が、一緒に暮らしてるんだ」

「いえ、支部長を入れて十七人です」

三足す十三、に支部長で、そうか、十七か。

「その先生とか支部長は、美祈ちゃんが外で働くことを、どう思ってるの」

「どう、って……」

しばし、遠くにある遊具に目を向ける。

すべり台とか、ブランコとか。

「……最初は、反対されました。悪魔に唆されるとか、連れ去られるとか、怖いことをたくさん言われました。でも先生の一人が、これも経験だからって、みなさんに話してくださって。支部長も、最後には許してくださいました。なので私は、その先生のためにも、間違ったことをしてはならないんです。悪魔に……唆されたり、惑わされたり、自分勝手なことをしては、いけないんです」

これといった信仰を持たない潤平には、なかなか理解し難い感覚ではある。だがそれとは別に、いくつか疑問を覚えた。

「その、さ……共同生活っていうのは、誰が支えてるの？」

「支える、とは」

「だから、十七人もいれば、食費だってなんだって、けっこうかかるでしょう。それは、誰が面倒を見てくれてるの？」

「それは、サダイの恵みがあるので、大丈夫です」

なんだそれは。宇宙からパンが降ってくるのか。

「いやいや、だって、実際には食費だけじゃなくて、着るものだって、電気代だってガス代だって、いろいろかかるわけでしょう……じゃあ美祈ちゃんはさ、工場で働いてもらったお給料は、どうするの？　支部にいくらか納めるの？」

そこに疑問はないらしく、「はい」と大きく頷く。

「全額、支部長にお渡しししています」

どういうシステムなのだろう。

「ちょっと待ってよ。働きたいっていうのは、あくまでも美祈ちゃんの希望であって……じゃあ、その気がなければ、働かなくてもいいってこと？」

「はい。支部でのお勤めさえきちんとしていれば、外の世界に働きに出なくても、大丈夫です。特に姉妹は」

女性は、ということか。

「その、支部のお勤めっていうのは、なに？」

「いろいろありますけど、大まかには、支部長にお仕えすることです。支部長の身の回りのお世話をして、支部長の……み、身の回りの……お世話を……」

なんだろう。急に、美祈は言葉を詰まらせた。

「身の回りの世話って、なに」

「身の回りの、お世話は……身の回りのお世話です」

なぜそこで、涙を流す。


あまり遅くなってもいけないようなので、話は適当なところで切り上げ、そのまま西東京支部の近くまで送っていった。

一つ手前の角で足を止め、美祈が潤平に向き直る。

「もう本当に、ここでけっこうですから」

「ああ、うん……じゃあ、また明日ね」

「はい、また明日。よろしくお願いします」

「うん、お疲れさま……お休み」

「お休みなさい」

それでもまだ、潤平は諦めがつかなかった。諦めというか、名残惜しいというか、このまま帰りたくなかった。

先日と同様、美祈が西東京支部に入っていってからも、なんとなく周りをウロウロしていた。

美祈は今、何をしているのだろう。

普通の、あの年頃の女の子だったら、まず着替えて顔を洗ったり、シャワーを浴びたりするところだろう。だがこの、ちょっと大きめの一軒家くらいしかないところに、十七人の男女が住んでいるのだ。そんなふうに、独り暮らしの女の子みたいに自由に振る舞えはしないだろう。むしろ、子沢山の大家族みたいな。はい食べちゃって、はいお風呂入っちゃって、ほらもう寝なさい、といった具合の、プライバシーの欠片《かけら》もない暮らしぶりを想像せざるを得ない。

建物の裏手に回ってみる。

一階、十ヶ所ある窓の、五ヶ所には明かりが灯っている。ときおり人の動きのようなものが見えるが、曇りガラスのため、歳の頃も性別も全く分からない。ただ、美祈ではないように思った。それだけは、分かった気がした。

二階、同じ数だけある窓で、明かりがあるのは三ヶ所。人の動きは見えない。表から見たときは分からなかったが、一部分だけ三階になっており、さらに四ヶ所窓があるが、いずれにも明かりはない。

ふと、自分は何をやっているんだろう、と思う。

付き合っているわけでもない女の子が入っていった、教団施設の窓を外から眺めて、彼女がいま何をしているかを想像して、なんというか、恋心の「渇き」を癒そうとしている。

一階に、もしかしたら風呂場かも、と思うような窓があり、そのぼんやりした明かりに誰かの影が映ったりすると、美祈かなと、美祈が入っているのかなと、想像してみたりする。

ヤラしい。

まあ、そう言われたら返す言葉もないが、潤平自身は、あまりそれを後ろめたいとも思っていない。そりゃ、この柵を乗り越えて覗きに行ったらアウトだが、通りから眺めている分にはセーフだと思っていい。

そんな、無言の自己弁護なんぞをしている場合では、なかったのかもしれない。

「おニイさん……駄目だよ、覗きなんかしちゃ」

真後ろから声がし、慌てて振り返ると、背の高い男がそこに立っていた。百七十八センチある潤平より、まだ五センチ以上は高い。

「え、いや、覗きとか、そんな」

「まあいいよ。ちょっと話そうよ」

「いえ、ほんと、ダイジョブです」

「おニイさんが大丈夫でも、こっちは大丈夫じゃないんだよ」

男の後ろにはもう一人、髪の長い女がいる。

マズい。こいつら、サダイの信者か。

「いや、ほんと、そういうんじゃないんで」

「なんだよ、往生際が悪いな。こっちはさっきから見てて、全部分かってんだよ。下手な言い訳なんてしなくていいからさ、ちょっとこっちきて、話しようよ」

格闘技でも喧嘩でも同じだと思うが、正直、見た目だけで相手の強さを量るのは難しい。筋肉が多少弛《ゆる》んでいても、組んだら物凄く強い奴はいる。逆に、バキバキに体が仕上がっていても、鼻っ柱に一発もらっただけで戦意喪失してしまう奴もいる。

この男はどっちだろう。むろん分かるわけはないのだが、分かることもある。

今の潤平は、そこそこ強い。打撃系の立ち技に加えて、こういう場面で役に立つ組み技も、かなり身に付けている。

負ける気はしない。

「……話すことなんて、こっちは、何もありませんよ」

「あんたもクドいね。そっちになくても、こっちにはあるんだよ」

「だとしても、話す気はないって言ってるんです」

「なに。口より、こっちの方が手っ取り早いとか、そういうこと?」

男が、握った右拳を潤平に見せる。

「だとしたら、どうすんですか。買っちゃいますか、喧嘩」

「いいよ。話はそのあとでも……」

男が、半歩下がりながら両拳を顔の高さまで上げる。右利きのクラウチングスタイル。ごく一般的なガードの形だ。ボクシングの心得があるのか、あるいはただの物真似か。それもまだ分からない。

「シュッ……」

距離を測るように左ジャブを出してくる。悪くはない。

でも今の、潤平の敵では、

「フッ」

ない、と思ったのが間違いだった。

ギヂヂヂヂッ、と、金属製の蟬が鳴くような音がし、LEDライトのようなものが視界の端で光ったのは、見えていた。

でもそれが、脇腹に――。

3

首なし死体は弁護士、今尾隆利だった。

それが突き止められたのは、今尾の携帯電話が「電話ローラー作戦」の只中に通信不能になったからで、もしそれがなかったら、今尾の携帯に架電した時谷巡査部長も決定的な疑念は抱かなかったかもしれない。だが捜査の現場に於《お》いては、偶然だろうが当てずっぽうだろうが成果は成果だ。これは時谷巡査部長の手柄といっていい。

そしていま重要なのは、今尾の携帯電話がどこで通信不能状態に陥ったか、だ。

通信不能、つまり所在を知らせる微弱電波すら発信されなくなったということだが、その原因は複数考えられる。

今尾を殺害した犯人が犯行後も今尾の携帯電話を所持しており、何度もかかってくるのを見て警戒心を抱き電源を切った、もしくは破壊したという可能性。あるいは犯行後、携帯電話はどこかに遺棄、放置され、たまたま「ローラー作戦」中に電池切れになった、という可能性。少々考えづらいが、実は落とし物として届けられ、警視庁の遺失物センター行きになっている、という可能性もないではない。いや、今尾が殺害されて一週間。落とし物になっているなら、今はまだ受理した警察署に保管されている期間か。

それを調べてくれたのも、時谷巡査部長だった。

「落とし物には、今のところなってないですね。この番号では、登録ナシです」

そうなればもう令状を取り、携帯電話会社に通信記録を出してもらうか、電波なしでも可能な位置検索をかけてもらうしかない。

結果、時谷が最後に架電したとき、今尾の携帯電話は、埼玉県川口市南鳩ヶ谷《みなみはとがや》一丁目付近にあったことが分かった。今現在の位置情報は検出できなかった。

それについて、十一日夜の会議で初めて聞いた、梶浦が呟く。

「……南鳩ヶ谷とは、またえらく遠くだな」

確かに。今尾の遺体が遺棄された檜原村から川口市南鳩ヶ谷までは、距離にすると六十キロほど。車でも、一時間で移動できる距離ではない。一時間半ないし二時間かかると思った方がいい。

一応、鵜飼も印象を述べておく。

「今尾は五日夕方、新宿に行ってから、川口に回ったんですかね。それとも携帯だけ、川口まで持っていかれたんですかね」

梶浦が首を捻る。

「どうだかな……」

そう。現段階で特捜がそれを断定することはできない。

埼玉県川口市南鳩ヶ谷という場所が、この事件でどんな役割を果たしたのか。

それにたどり着くには、もう少し時間がかかるだろう。


殺害される直前、十月五日の夕方十六時。今尾は新宿で誰と会っていたのか。

厳密に言ったら「誰か」ではない可能性もある。今尾の仕事場のホワイトボードには「5日16時　新宿　◎」とあっただけだ。しかも「◎」には赤ペンが使われている。今のところ、これに関する有力な情報は得られていないが、ある程度の推測ならできる。

今尾は手帳や携帯電話以外にも、ホワイトボードに予定を記す習慣があった。デスク右側という位置も、電話中にパッと見て日程を把握するのには誠に都合がいい。だが事務所には日々、不特定多数の人物が出入りする。急な来客もある。法廷で利害の対立する相手が訪ねてくる場合も、ないとは言いきれない。なので、何か不都合がありそうな人物名は、記号で書くようにしていた――とか。おそらく、そんなところではないだろうか。

一方、十日の家宅捜索以降、今尾が仕事で関わりを持った人間を当たってみよう、という声が特捜内では大きくなってきている。

だが、幹部はこれに慎重だった。

殺人班の係長が梶浦に訊く。

「今尾の、最近の仕事で一番ウェイトを占めていたのは、『サダイの家』の脱会相談だったんだよな」

梶浦は頷き、だが椅子からは立たずに答えた。

「成果というか、収入としてはさほどでもなかったんでしょうが、力の入れ様としては、そうだったと思います。浮気、離婚、遺産相続……不動産関係、労働関係の相談も手掛けてはいますが、ここ最近の、なんというか、面会者数というか、スケジュールを占める割合でいくと、脱会相談が一番多かったというのは、言えると思います」

殺人班の倉持主任が「ですから」と割って入る。

「直接今尾に相談にきた人間にだけでも、話を聞いた方がいいんじゃないですかね」

この手の意見と真っ向対立しているのが、梶浦だ。

「脱会相談云々《うんぬん》で、弁護士と利害が対立するのは教団側、このケースでいえば『サダイの家』だ。脱会の相談者ってのは、たいていは信者かその家族だ。そんな連中に話を聞きにいったら、教団側にすぐ伝わっちまうじゃないか」

「いやいや、内容がなんであれ相談にきてるんですから、警察が話を聞くのはごく当然のことでしょう。教団側にバレるのがマズいんだったら、口止めすればいいじゃないですか」

「一般信者ならそれでもいいだろうが……他所でいうところの『出家』みたいなもんなのかな、自宅を出て、教団施設で暮らしてる信者がけっこういるんだよ。むしろ、相談にきてる信者というのは、そういうのが多い。口止めだけじゃ危険だろう」

挙手した殺人班の統括主任を、係長が指差す。

「今野《こんの》統括」

「はい……確かに、マル害が『サダイの家』の脱会相談に意欲的だったという状況に鑑みれば、また教団がなんらかの事情を知っている可能性が否定できない現状、教団側にこちらの動きを悟らせるのは得策ではないでしょう。ただ、このまま『サダイの家』に触らないというのも、あまり現実的な話ではない。とりあえず『サダイの家』に関しては、内偵を進めるという方向でどうでしょうか」

係長が訊く。

「内偵、とは？」

「脱会相談の全てが今尾弁護士に集中していたとは考えづらい。他にも必ず、同様の相談を受けた弁護士はいるはずなので、その辺りに話を聞く。上手くいけば、すでに脱会した信者に話を聞くこともできるかもしれない。もう一つは、マスコミですね。これには私がいくつか心当たりがあるので、探りを入れてみます」

いずれにせよ、道程《みちのり》は遠い。


十月十二日、火曜日。

梶浦と鵜飼が命じられたのは、九年前まで今尾が勤めていた「河中《かわなか》弁護士事務所」の代表、河中誠一《せいいち》への事情聴取だ。

河中は今年六十六歳の大ベテラン。警視庁の捜査員が訪ねてきても、臆する様子など微塵も見せない。

「どうぞ、お掛けになってください」

「失礼いたします」

事務所が入っているビルも、所内の机や書棚も、映画のセットかと思うくらい年季が入っている。ひと言で言ったら「昭和の雰囲気」だが、それも中期というよりは、前期。いっそ「終戦直後」と言った方が分かりやすいくらいだ。

そのわりに、お茶を持ってきたのはだいぶ今どきな雰囲気の女性所員だった。

「失礼いたします」

茶托《ちやたく》を配る手、その指先は煌《きら》びやかなネイルアートで彩られている。金と黒、銀と黒。唇は、血よりまだ濃い赤だ。

「ありがとうございます、いただきます」

軽く頭を下げ、すぐに梶浦は切り出した。

「実は、お亡くなりになった、今尾隆利さんについてなんですが」

河中が深く頷く。

「ええ、そのように、お電話でも伺っております……今尾は非常に、正義感の強い、真面目な男です。損得というよりは……ですから、正義感ですよね。そういう基準で、仕事を選ぶ男でした。弁護士としてはね、立派だと思いますよ。誰だって、そうありたいと思うんじゃないですかね。ただ、現実問題として……子宝には恵まれなかったようですが、でも奥さんはいるわけだから、実入りのいい仕事もバランスよく引き受けろと、たまにはこっちから仕事を回したりもしていたんですよ。でも、どうもね……難しい筋の案件に、首を突っ込んでいたようで」

梶浦が、河中の目を覗き込む。

「難しい筋、というのは」

「刑事さんは、『サダイの家』という宗教団体を、ご存じですか」

ここは梶浦と一緒に、鵜飼も頷いておいた。

河中が続ける。

「今尾が、そこからの脱会について、積極的に相談に乗っていたことは」

「ええ。お仕事場に残っていた資料などから、恐らくそうだったのだろうことは、察しております」

河中が、探るような目を梶浦に向ける。

「では、あれがどういう教団かも、ある程度はご存じで」

「それは、すみません、そういった方面は不勉強でして。マスコミで取り上げられている程度のことしか……」

それは嘘だ。にわか仕込みとはいえ、梶浦も鵜飼も「サダイの家」についてはある程度頭に入れてきている。ただ、ここは河中の好きに喋らせよう、というのが梶浦の考えなのだろう。

河中が、内ポケットからタバコのパッケージを取り出す。

「あれは、もともとは普通の、プロテスタントの教会だったんですよ。それが、独自の教義を主張するようになったのが、二十……二十五年くらい前、だったんじゃないですかね」

銜えた一本に火を点ける。

梶浦が訊く。

「独自の教義、と申しますと」

「まあ、普通のキリスト教は『三位一体《さんみいったい》』ですわな。父と子と、聖霊の御名において、アーメン……とやる、あれですよ。ところがサダイは、ここからすでに違っている。いや、同じなんだという解釈もあるようなんですが、そこら辺の主義主張は正直、私のような無神論者には理解不能でした。とにかく、サダイは『三』ではなく『一』でいくと、唯一絶対神であるサダイの存在だけを信じればいいと、そういうことらしいんですな」

それくらいは鵜飼も承知している。

だが梶浦は、まるでいま初めて知ったような顔で頷いてみせる。

「なるほど。それは、旧来のキリスト教陣営からしたら、許し難いでしょうな」

「そうなんです。でもそれが、違う教義に移行するために、プロテスタントから離れたのか、別の原因があってプロテスタントから離れ、あとから『唯一絶対神であるサダイ』というのを持ち出してきたのかは、諸説あるようです。まあ正直、そんなことはどうでもいいと、私どもは思っておりましたが」

梶浦が小さく手を挙げる。

「あの、とはいえ、河中先生も、かなりこの問題にはお詳しいように拝察いたします。実際、どうだったんですか。河中先生も、脱会相談を受けられたことはおありなんですか」

一拍置いてから、河中は小さく頷いた。

「……ええ、ありました。僅か五件ですがね」

「その五件は、どうなりましたか」

「五件のうち三件は、徹底的に説得されたんでしょうな。私が間違っておりましたと、やはり『サダイの家』こそが私の生きる場所だと、依頼を取り下げて、教団施設に戻っていきました。あとの二件は、一応脱会に成功しました。新居も決まって、仕事も決まって、これからですね、と……その『これから』には、こちらへの報酬の支払いも含まれていたわけですが、これが、半月もしないうちに行方不明です。それを我々が自力で捜すかというと、そこまでのマンパワーもありませんので、結果的には泣き寝入りです。二件ともね」

梶浦が顔をしかめる。

「確かに、正義感だけで付き合いきれる話ではないですね」

「そうなんです。ちなみに刑事さんは、『サダイの家』の『サダイ』というのがどこから来てるかは、ご存じですか」

それも一応は勉強してきたが、梶浦は惚ける。

「いえ、なんなんでしょう」

「ユダヤ教における『全能の神』を意味する『エル・シャダイ』が、その由来らしいんですな。そこから『エル』を省いて、さらに『シャダイ』が訛って『サダイ』となった……そんなに簡単に『エル』を省いてしまっていいものかどうかは分かりませんが、彼らは、世界の幸福は全てサダイのお陰であり、悪い事は全て悪魔の仕業だと考えます。私なんかは、まさに悪魔なわけです。また彼らは、各々が祈ることによって、宇宙から直接、サダイのエネルギーを得ることができると信じている。牧師は……彼らの間では『先生』と呼ばれていますが、まさにその方法を教えるのが先生の役目で、決して特別な存在ではないというのが、サダイの……そもそもの考え方、だったらしいです」

つまり、その「そもそも」と現在の教義には明らかな隔たりがあるということだ。

梶浦もそこを突く。

「今現在は、どうなんでしょう」

「どう、と言いますと」

「サダイを全能の神とする考え方に、変化はないのでしょうか」

「表面的には、変わっていないと思います。警察だってそうでしょう。法律違反を取り締まり、犯罪捜査をし、犯人を検挙し、社会秩序を維持しようとする。その役割自体に変化はないし、実際に組織は問題なく運用されている……全体的に見ればね。ただ、全国で二十何万人もいる組織ですから、警視庁だけで、四万……五万？」

梶浦が「四万六千人強です」と言い添える。

「うん、それほどの大組織に、これっぽっちも、不正なんてものは創設以来一件もなかったかと言われれば、そんなことはないわけでしょう。癒着だって、セクハラだってパワハラだって、叩けば埃《ほこり》はいくらでも出てくる……それは、我々弁護士も同じですがね。『悪徳弁護士』なんて言葉が、漫画にまで出てくる時代ですから」

苦笑いしながら、梶浦が「ええ」と頷く。

だが、河中はむしろ表情を険しくした。

「だから、そこですよ……教義自体に変化はないのかもしれない。最初は親しみやすい宗教として、受け入れられていたのかもしれない。特に初代代表の、永倉英世《えいせい》の時代はね、そうだったんだろうと思いますよ。ただ、娘の時代になって……永倉天英ですね。いつのまにか、彼女こそが教祖だという話になっていて、教団施設をどんどん増やしていってね、自分以外に、下級の先生も置いてね、そうなったら、管理が行き届かなくなるのは、ある意味当然のことなんですよ」

一連の、脱会相談の根っこもそこにある。

梶浦がひと言はさむ。

「……管理が、行き届かない？」

「総本部に永倉天英がいるとはいえ、やはり女性だとね、どうしても睨みが利かない。支部と称して設けられた教団施設を任された男どもは、そりゃいい気になりますよ。一国一城の主ですから」

「なるほど。小なりとも権力を握れば……」

河中が頷く。

「力を手に入れた男がやることなんてのは、どこの世界でも決まってる……セックスですよ。世界中、どこの新興宗教も似たようなもんです。若い女性信者は、漏れなく幹部の性奴隷です。男性信者は、そこを目指して頑張るわけですね。俺も偉くなったら女を抱き放題だと」

梶浦が首を傾げる。

「でもそんなの、今の世の中で、通用しますか。特にこの日本で」

そこは、確かに疑問だろう。

河中が答える。

「普通はね、通用しませんよ。でもそれに縛りをかけるのが、まさに『教え』なわけです。教義がね、それを通してしまう。まさに、サダイに守られているこの『家』の外には、悪魔がウジャウジャいる。声をかけてくる男は、みんな人間の皮をかぶった悪魔の化身か、悪魔に操られている悪魔の下部《しもべ》だ、だから接触を持ってはいけない、そう教え込むわけです。分かりやすく言えば、常識的な社会生活を営めないよう、知識を奪い、思考を縛るんですな」

梶浦が背中を伸ばす。

「そんな馬鹿な」

「何がですか」

「そんな理屈で今どきの、現代人の行動や思考が縛れますか」

いったん、河中も頷く。

「ええ……ですからね、最初からそうだったわけではないんですよ。初代教祖の……まあ、教祖ってのは初代だけだと普通は思いますが、それはさて措き、永倉英世の時代は、まだそこまで、おかしな教団ではなかった。サダイが明らかにおかしな方に向かうのは、娘の、天英の代になってからです。そんな、女だから駄目だなんて、前時代的なことを言ってるんじゃないですよ。私だって弁護士ですからね、そんなことを言いたいんじゃない。ただ、事実としてそうなんですよ。『サダイの家』が、その足元からセックス教団化していき、妙な噂が囁かれるようになったのは、娘の天英が教祖になってからです。ただし……まあ、ある面では、仰る通りかもしれません。いっときはそれで通用しても、矛盾や不満は、常にあったんでしょうな。それが昨今、脱会相談という形で表面化してきている、と考えることもできる」

河中の指先にあったタバコは、とうに燃え尽きていた。

それでも河中は、丁寧にガラスの灰皿で押し潰す。

「ただ……信者の脱会相談に乗っていたからといって、その弁護士を殺すまでするだろうか、という疑問はあります。ありますが、あり得なくもないかな、とも思います。毒ガステロを起こした教団とかね、実際にあったわけですから」

ゆるりと、梶浦が頷く。

「そうですね……それと先生、妙な噂が囁かれるようになった、と仰いましたが、それはつまり、サダイはセックス教団だと、そういう噂まで出回り始めている、ということですか」

小刻みに、河中がかぶりを振る。

「いや、それとは違います。その……サダイが信者に売り付けている、聖水ですよ。あの聖水商売は詐欺だろうと、そういう噂ですな」

河中がひと口、冷めた緑茶で口を湿らせる。

「まあ、普通は司祭とか、それなりの地位にある人が祈りを捧げる……『聖別』という儀式らしいですが、そういうプロセスを経て、他の水とは違うよと、聖なる特別な水であると、そうなったのが『聖水』なんだそうです。ただ普通の教会は、これを売ったりはしないんですな。祈りを捧げた、儀式用に清めた水というだけですから、何か効能があるわけではない。言ったら、それ自体はただの水なんです。ところが、サダイはこれを法外な値段で信者に売り付けている。私が調べたのではありませんが、その聖水をわざわざ、大学の研究室に持ち込んだ者がいましてね。結果は当然のごとく、ただの水道水であると結論付けられました。だが、信者がこれをありがたがって購入し、本当に効能があるんだ、サダイのエネルギーを取り込めるんだと信じているのであれば、これを詐欺とするのは容易ではない。綺麗に言うと、それこそが『信教の自由』であると、そうなるわけですから」

ようやく出てきたか。

関係者が「超能聖水」と呼ぶ、アレだ。

「サダイの家」の屋台骨を支える、いわゆる霊感商法だ。

4

スタンガンは卑怯だろ、とも思ったが、よく考えたら、いやよく考えなくても、喧嘩にキックボクシングのようなルールはないわけで。むしろ「買っちゃいますか、喧嘩」と相手を挑発したのは潤平の方なので、文句を言える立場ではないと言われれば、返す言葉はない。

「ここじゃなんだから、ちょっと、一緒にきてもらうよ」

男が低めの、やけに「いい声」で言うのが聞こえた。

そう。スタンガンを喰らったからといって、気絶はしていなかった。むしろ痛み。脇腹の表面だけでなく、その奥の奥まで、内臓まで攣《つ》ってしまったような激痛だった。とにかく痛くて動けない。全身に電流が走ったのも感じたが、でもやはり脇腹だった。電極を直接当てられた付近が衝撃的に痛かった。電撃とはいえボディにもらってKOとは情けない限りだが、どうしても立てなかった。完敗だった。

「くっそ……意外と重てえな」

潤平を運んだのは主に長身の男だが、女も手は貸していた。ちなみに、潤平にスタンガンを見舞ったのは女の方だ。男と上手く連携し、男の背後から手を伸ばすようにして、潤平の左脇腹に当ててきた。二対一というのも卑怯だとは思うが、それも言ったところで始まらない。男女とはいえ、二人組と分かっていて喧嘩を売ったのは潤平なのだ。

潤平はてっきり「サダイの家　西東京支部」に連れ込まれるものとばかり思っていたが、そうではなかった。

二人は、潤平を支部の裏手よりさらに奥、暗く細い路地に引きずっていった。そこに潤平と男を残し、女はいったんどこかに行ってしまった。二、三分すると、シルバーのセダンが一つ先の角で切り返し、バックでこっちにやってきた。マズい、轢《ひ》かれる、と思ったがそんなことはなく、ちゃんと車は二メートルほど手前で停まってくれた。

運転席から降りた女が後部ドアを開けると、男に抱き上げられた潤平は、そのまま後部座席に放り込まれた。隣にくるのが女なら反撃の余地もあるかと思ったが、そんなはずもなく、女は再び運転席に座り、潤平の隣には男が乗ってきた。

「俺たちは、揉めたいわけじゃないから、話をしたいだけだから。悪いけど、しばらくはこうさせてもらうよ」

両手首と両足首を結束バンドで括《くく》られた。それもけっこう痛かったが、抵抗できるほどまだ電気は抜けていなかった。

車はすぐに走り出した。

景色は一応見えていた。だが運転免許を持っておらず、電車の駅でしか東京の地理を把握できない潤平には、道路案内の標識から車の行き先を予測することはできなかった。このまま延々進んでいったら千葉にいくのか、神奈川にいくのか。そんなことすらも分からない。

「えーと、あんたは河野潤平さん、ってことで、いいんだよな」

胸の内、ちょうど大胸筋の一枚裏辺りが、ざわりと冷たくなった。

こいつら、なんで名前を知ってるんだ。

男が、怪訝そうな目で潤平を見る。

「……あれ、まだ頷けない？　でも、瞬きくらいできるだろ」

うん、と思わず頷いてしまった。

「なんだ、できるじゃねえか。心配させんなよ……で、二十九歳と。そこはいいよな。北村製餡所の社員で元キックボクサー、空手家。二年ほど前から総合格闘技のジムに通い始めるも、今のところ試合をしたという公式記録はなし……ということで、間違いない？」

驚くべきことに、全て合っているので頷かざるを得ない。

「はい、けっこうです……さて、こっからが問題だよな。あんたさ、なんであそこの信者の、有川美祈って娘《こ》のあとを尾けたり、施設を覗こうとしたりしてたの……いや、俺はそれを責めてるんじゃないよ。なんでって、理由を訊いてるだけだからね。勘違いすんなよ」

いっそ「この変態野郎」と責められた方が、潤平には分かりやすい。それを「勘違いすんな」と言われても、じゃあんたは、なんでそんな立ち入ったことを訊くんだと、疑問しか湧いてこない。

こういうとき、やっぱり「自分は馬鹿なのかも」と悲しくなるが、泣いて済ませられる歳でもないので、またそういう状況でもなさそうなので、可能な限り答える努力はしようと思う。

「なんで、って……そんなの、決まってんだろ」

「おいおい、人が人を尾け回す理由、他人の敷地を覗こうとする理由なんて、一つじゃねえだろ。ストーカーかもしれねえし、泥棒の下見かもしれねえし、ほんとは信者になりたいんだけどイマイチ勇気が出ない、ただの照れ屋さんなのかもしれねえじゃねえか」

なんだ。なんなんだ、このやり取りは。

「俺は……ストーカーでも、泥棒でもねえよ」

「だから、じゃあなんなんだって訊いてんだよ」

「そんなんに答える義務は、俺にはない」

男が、フンと鼻息を漏らす。

「ちっとは威勢が戻ってきたじゃねえか、チャンピオン。でも、あんまり粋がってっと、今度は口ん中にスタンガン突っ込んで、バリバリバリってやっちゃうよ。唾液で濡れるのと、脳幹に近いのとの相乗効果で、残りの半生垂れ流しになっちゃうかもしれないけど、それでもいい？」

チャンピオンになったことはない、というのはさて措き。

「……嫌です」

車内は暗かったが、それでも男がニヤリと片頬を持ち上げたのは分かった。

「なんだ、急に素直になりやがって」

「垂れ流しは、嫌です。勘弁してください」

「じゃあ俺の質問に答えろ」

「彼女が好きだからです」

すると男は、今度は声に出して笑った。いや、運転している女も、少し肩を震わせていた。

失礼な連中だ。

「なんだよ、言えって言うから」

男が、手の甲を口元に当てながら頷く。

「いや、うん、そう……俺が訊いたんだから、そうだな。答えとしては、いいよ。よく分かった。彼女のことが、好きなんだな」

「わりーかよ」

「悪くない。うん、全然悪くないよ。その線で話をしよう……あんたは、北村製餡にバイトで入ってきた有川美祈を気に入り、しつこく言い寄ったり、あとを尾け回したりし始めた」

それ、美祈が言ったのか。

「ちょっと、『しつこく』って……職場の同僚として、仲良くやろうと思って、仲良くなろうと思って、話しかけただけじゃねえか」

「今さっきあんた、彼女のこと『好きだ』って言ったろ」

「言ったけど、それは措いといて、仕事仲間でもあるわけだろ」

「なんだよ、『しつこく』って言ったのが気に喰わねえのか」

ひと言で言えば、そういうことになる。

「……そんなに、嫌だったのか、美祈ちゃん」

「それは知らねえけど」

「じゃなんなんだよ。なんで『しつこく』なんて言うんだよ」

男が眉をひそめる。

「悪かったよ。あんたみたいなブサイクが、ああいう可愛い娘に話しかけてっと、しつこく言い寄ってるようにしか見えねえんだよ」

いろいろ、ショックな言われようだ。

「お前なァ」

「おい、自分の立場を弁《わきま》えろよ。手足縛られて、逆らったらもう一発スタンガン喰らわすぞって言われてんだぞ」

それは、確かにそうだった。

「……だから、なんなんだよ」

「大人しく俺の質問に答えりゃいいんだよ……で、あんたは美祈が『サダイの家』の施設に入っていくところを目撃した。今日に至っては、公園でしばらく話し込んでいるうちに泣かせ、宥《なだ》めながら教団施設まで送ってきた。そしてまた性懲りもなく施設を覗き見していたところを、俺たちに見つかって電撃KOを喰らった、と」

全部か。何もかも、全部見られていたということか。

怖いのは、宇宙から見ている「サダイ」ではなく、教団の信者ということか。

「だからって……もしそうだったとして、だったらなんだっていうんだよ。俺を、警察に突き出すのかよ。それで、あれが、なんの罪になるってんだよ」

「いつ俺がそんなことを言った。俺はあんたを責めるつもりはないって、さっきも言ったろ」

それにしては、言葉に棘があり過ぎるだろう。

「だから、なんなんだって訊いてんだよ。俺をどうするつもりなんだよ」

「逆だよ。あんたはあの娘をどうしたいんだよ。可愛いあの娘を、あんたはどうしたいんだ」

そんなの。

「分かんないよ、まだ……分かんないことだらけだよ。美祈ちゃんのことも、『サダイの家』についても」

男が「だろうな」と頷く。

「なんなら、俺が少しレクチャーしてやってもいいんだぜ。『サダイの家』ってのが、どんな教団なのか」

レクチャー?


どれくらい走っただろうか。

急に女が車を停めると、男は「降りろ」と言った。

「……降りろったって」

「今はずすよ、慌てんな」

結束バンドは、すぐにカッターで切ってもらえた。

どうなっているのだ。

「あの、さ……おたくらは、ひょっとして『サダイの家』の信者じゃ、ないの?」

「違うよ、って俺が言うだけで信じたら、あんた相当なお人好しだぜ」

「じゃあ、俺は何を信じたらいいんだよ」

「お釈迦様でも信じとけ。ほら、降りろ。グズグズすんな」

どこだかは全く分からないが、えらく寂れた街道沿いの、暖簾《のれん》もしまわれた暗いラーメン屋に連れていかれた。ただ、女はちゃんと鍵を挿して戸を開けたので、無断使用とか不法侵入とか、そういうことではなさそうだった。

客用の出入り口ではなく、その右隣にあるガラス引き戸。たぶん厨房に直接入る、夏場は開けっ放しにしてそうな、間口の狭い店員用の出入り口だ。

女が手を入れ、照明のスイッチをオンにする。白けた蛍光灯の明かりが灯ると、案の定、奥に細長い厨房が見え、右手に業務用の大型コンロ、左手に調理台があるのが分かった。

「ほら、入れよ」

「ああ、恐縮です」

左手の調理台を越えて向こう側が、客用のカウンター席になっている。ここからだと椅子が見えないので、何人入れる店なのかは分からない。とはいえ、他にテーブル席を置くスペースはなさそうなので、六人とか七人とか、せいぜいそんな程度だろう。

後ろから男に押される。

「もっと行けよ」

「ああ、はい」

奥まで進んで、Uターンするようにして客席側に出る。やはりスツールは七つ。コンクリート床に固定されている。

女は客用出入り口に一番近いところに座り、タバコを銜えた。

使い捨てライターで、並びのスツールを指し示す。

「あんたも、適当に座んなよ」

「……恐縮です」

男に肩を小突かれる。

「一々恐縮すんな」

「……すんません」

なんとなく真ん中の席に座ると、男は一番奥の席に座った。ちょうど、男とも女ともふた席ずつ空く恰好になった。

男もタバコを吹かし始めた。美祈に言わせたら「二人とも悪魔」ということになりそうだ。

フウ、と男が大きく吐き出す。

「河野さんさ、あんたはあの教団のこと、どれくらい知ってんの」

手持無沙汰な潤平は、なんとなく股間の辺りで手を組むしかない。

「どれくらい、って……なんか、キリスト教系だけど、ちょっと違うんでしょ。サダイって、全知全能の神様を信じてて、施設の外は、悪魔でいっぱいだと思ってんでしょ」

男が、煙混じりの鼻息を漏らす。

「そんなの、サダイに限ったことじゃねえよ。そこらのキリスト教系新興宗教なんざ、たいていはそんなノリだ。重要なのはそんなこっちゃない。奴らは『超能聖水』と称して、ただの水道水を、サダイの宇宙パワーが得られる特別な水だと騙して、信者に売り付けてる。五十ミリのミニボトルで三万円、百ミリが五万円、五百ミリの大瓶が二十万円だ。これが、二万人近くいる信者にバンバン売れる。大瓶が千本売れたら二億だ。月に五本、十本買う信者もいるらしいからな。ボロい商売だよ」

確かに、五百ミリの水道水を二十万円で売るのは、商売としてはかなり悪質といっていいだろう。

「なるほど……でも、霊感商法とか宗教ビジネスって、たいていそんなもんなんじゃないの？あれでしょ、宗教団体って、税金払わなくていいんでしょ。あとほら、死んだあとの戒名ってさ、長い方が高いっていうじゃない。宗教ってさ……なんかそういう、あるんだかないんだか分かんないものを売り付けるもんでしょ、そもそも」

男が、皮肉っぽい苦笑いを浮かべる。

この男、よく見るとなかなかいい顔をしている。今は無精ヒゲを生やしており、ややムサ苦しい感はあるが、目はぱっちりと大きく、綺麗に澄んでいるように見える。

そういえば、女の方もなかなかだ。顔は狐のお面みたいな、純和風の目鼻立ちをしているが、すらりと手脚が長く、座っているだけでもなんとなく恰好がいい。

男が、近くにあったアルミの灰皿に手を伸ばす。

「その見方は、それで間違ってねえと思うよ。だがサダイには、まだいろいろと妙なところがある。聖水ビジネスで稼いだ金はどこに流れている。今、サダイには十二の支部と、五十三の教会がある。教会は公民館みたいなところを借りて開いてたりもするから、必ずしも教団がそれだけの不動産を持ってるわけではないが、支部は全部自前の物件だ。それだけの資金をかけて維持する支部では、誰が暮らしている？」

だから、それは。

「まあ、美祈ちゃんみたいな、信者の子とか、家族とか」

「あんた、その男女比知ってる？」

「知らない」

「概ね四対一から五対一。圧倒的に女性が多く、男性が少ない。その少ない男性の大半は『先生』と呼ばれる、支部の幹部だ。宗教上、尊敬される高い位の男たちの周りに、その四倍、五倍もの人数の女たちが暮らしている。それも比較的若く、見てくれもいい女たちが選ばれ、出家信者として送り込まれてくる」

美祈が言った「支部長の身の回りのお世話」という言葉が、急に頭の中で膨らみ始めた。視界まで、グラグラ揺れ始めたように感じる。

「どうした、チャンピオン。顔色が悪いぜ」

「いや……別に」

「可哀相だが、今あんたがした想像は、決して的外れでもなんでもねえと思うぜ」

そんな、そんなことが、許されるはずが――。

「はっきり言ってやるよ。あんたのお気に入りの美祈ちゃんは、毎晩支部長に可愛がられてるよ。恐らく今夜も、もしかしたら今まさに、かもしれない。小学四年の、まだセックスの意味もよく分からない頃から、あの娘は男たちの、言わばセックスドールで……」

「やめろッ」

スツールから飛び下りた。その勢いのままぶん殴ってやろうかと思った。

だが、思い留まらざるを得なかった。

「……チャンピオン、まだ話は終わっちゃいねえんだよ」

男は、黒い鉄の塊を握り、潤平に向けていた。その先端に開いた穴が、真っ直ぐに潤平を睨んでいる。本物のピストルかどうかなんて、潤平には分からない。でももし本物だったら、潤平の命は今、潤平自身のものではない。

男に、完全に握られていることになる。

「いいから座れよ。最初から言ってるだろ。俺たちはあんたを責めてるんじゃない。まず話がしたい。その話が、まだ途中だって言ってるんだよ」

返事をするのも、頷くのも嫌だったが、もう一度スツールに腰掛けた。

男が、銃口を潤平から逸らす。

「……サダイは、宗教団体としては新しい部類だが、それでも二十年以上の年月は積み重ねてきている。発足当時に生まれた女の子は、今まさに女盛り、それくらいの時間は優に経ってる。もっと言ったら、女の体ってのは他にもいろいろと使い道があってね。自分たちで可愛がって楽しむだけじゃなくて、それなりの地位にいる男に抱かせて、その男の弱みにする、ってな使い方もある。宗教がさ、急に政治の舞台に躍り出てきたりするだろう。あれがまさに、それなんだよ」

俗に言う「ハニー・トラップ」というやつか。

男が続ける。

「そろそろ、あんたにも俺たちの言わんとするところが、読めてきたんじゃないか？」

潤平はかぶりを振ってみせた。

「俺、頭悪いから分かんない」

「なんだ、学歴コンプレックスかよ。それともパンチドランカーか……まあいいや。あんたはさっき、俺を殴ろうとした。なぜだ」

それは、と言おうとしたが、男が続けた。

「可愛い可愛い美祈ちゃんが、毎晩支部長にブチ込まれてるって聞いてムカッ腹が立ったからだろう。いいよ、それでいいんだよ。だとしたらば、だ。あんたは美祈ちゃんを、どうしたい」

こんなに胸糞の悪い、おぞましい想像なのに、それでも股間は半分くらい反応している。自分の中にも、その支部長と同じ色の欲望があるということだ。美祈から衣服を剝ぎ取り、その白く細い体を己の欲望で穢したい。そう思っている証拠だ。

「どう、したいって……」

「助けてやりてえとは、思わねえのか」

男が、タバコを灰皿に押しつける。

「あの娘は、あんたの前で泣いた。そのときなんの話をしてたのかまでは、さすがに知らねえよ。盗聴器仕込んでたわけじゃないからさ。でも察しはつく。容易にね……美祈ちゃんは、支部長の『身の回りのお世話』とか、そんなことを言って、泣いたんじゃないのか？　『身の回りのお世話』ってのには、つまり、セックスのお供って意味が含まれてるんだよ。そこまで込みで、教団内では『身の回りのお世話』って呼ぶんだよ。呼ばせてんだ」

否定したいけど、こんな話、今すぐやめさせたいけど、一つも言葉が浮かんでこない。

さらに男が続ける。

「子供の頃から姦《や》られてっからさ、それが世間でいうところのセックスだとか、子供を作る行為だなんて知らねえんだ。むしろ、先生方からサダイのパワーを分けていただいてると、そんなふうに思い込まされてる。とはいえ、中学、高校まで通ってりゃ、それが周りの友達のいう『セックス』だってことくらい、分かってくるよな。でも、そんなことは認めたくない……そりゃそうだ。友達は同級生同士、じゃなくても先輩後輩のカップル、私はオジサン、下手したらオジイサンの相手をさせられてるんだからよ。前の支部長にも、今の支部長にも、あの先生にもこの先生にも、あんなことされ、こんなこともされ……それがさ、『身の回りのお世話』って言葉で、ブワーッと、自分でもよく分からない感情が洪水みたくなって、涙が止まらなくなった……んだと、俺は思うぜ」

むろん、潤平はそんな話は信じたくはないが、しかし残念ながら、辻褄は合っている。

「もし、その話が本当なら……」

「ああ、本当なら?」

「俺だって、美祈ちゃんを助けたいと、思うよ」

「だよな。じゃあそうしようぜ。俺たちも手伝ってやるから」

「でも、ちょっと待ってよ」

潤平はスツールから下り、男と女の顔を順番に見比べた。

「……なんでそんなこと、あんたらが俺に言いにくるんだよ。させようとするんだよ。手伝うなんて言うんだよ。変じゃねえか、そんなの。そんなにひどい教団だったら、マスコミに情報流すとか、そういう方が手っ取り早いんじゃねえのか」

男がかぶりを振る。

「そんなことであの教団が潰せるなら、とっくに誰かがやってるさ。でも、そう上手くいかねえのが宗教団体の怖ろしいところでな。ゲリラ戦を仕掛けるにも、いろいろと工夫が必要なんだよ」

違う。

「いや、そういうことじゃなくて、今の話からすると、サダイで嫌な思いをしてる女の子は美祈ちゃんだけじゃないんだろ？　なのに、手伝ってやるから美祈ちゃんを救い出そうって、なんでそんなこと、俺に言ってくるんだよ。なんで俺なんだよ。俺なんて……」

言葉を遮るように、男が掌《てのひら》を向ける。

「あんたの疑問は、分かった。これも……あんたが信じるか信じないかは、分からない。でも一応、俺たちがあんたを誘おうと思ったのには、確固たる理由がある。一つは、その腕っ節だ」

そう言いながら、男は拳を握ってみせた。

「現役じゃないにしても、あんたの戦闘能力は今なおプロ級だ。事を構えたとき、相手が素人だったら負ける可能性は極めて低い。ただし、さっきみたいな油断は二度とするな。相手は武器を持ってる。最初からそう思ってるくらいでちょうどいい。あとは……あんたの、目だ」

思わず、自分で自分の目を指差してしまった。

男が頷く。

「有川美祈を見つめる、あんたの目の真剣さを、信じてみようって思ったんだよ。俺も……こいつも」

そう言われた女も、頷いてみせる。

「あの娘、助けてやろうよ。それで上手くいったら、もっと他の子たちも助け出すんだ。で、教団をブッ潰すのに必要な証拠を揃えてさ……」

それも、男が途中でやめさせる。

「とにかく、まずは有川美祈だ。やるか、やらないか。その返事だけ、いま聞かせてくれるか」

そんなの、決まってるだろ。

5

あの頃、唐津は何かというと吉田英夫のもとを訪ねた。

昼、会合で余った「叙々苑《じょじょえん》」の焼き肉弁当をぶら提げていくこともあれば、夜、貰い物だといってロマネ・コンティを差し入れることもあった。

「やっぱりヤクザってのは、普段からいいもん飲んでんだなぁ」

「じゃなかったら、誰もヤクザなんかやりゃしねえよ」

「そりゃそうだ……」

昼は教会の、夜ならその裏手にある牧師館の呼び鈴を鳴らす。牧師館というのは、要は牧師の社宅だ。見た目はごく普通の一軒家だ。ただ玄関で靴を脱ぐ様式ではなく、そのまま土足で入っていけたので、訪ねる側にしてみたら気安さはあった。

「ツマミがね……あいにく、６Ｐチーズくらいしかないね」

「いいよそれで。上等だよ」

「あんた本当に、ウーロン茶でいいのかい」

「ああ」

なんなら、唐津は水でもいっこうにかまわない。

「お、イカの塩辛が残ってるな」

「やっぱり、日本酒の方がよかったかな」

英夫は、唐津に「ヤクザは辞めろ」とは一度も言わなかった。本当に一度も言わないので、逆に唐津から訊いてしまった。

「親父さんさ、なんで俺に、足洗えって言わねえの」

英夫は酒も飲むし、タバコも吸う。特に飲んでいる間は、惚れ惚れするほど旨そうに煙を吐いた。

「なんだい……極道になったこと、後悔してんのかい」

「別に、後悔なんかしちゃいねえよ。俺には、この道しかなかったんだからよ」

そういえば、牧師館のダイニングにあった木製テーブルと、いま天英の応接室にあるテーブルはどことなく質感が似ている。ひょっとしたら彼女にも、あの頃を懐かしむ気持ちがあるのかもしれない。

英夫を懐かしむ気持ちが、徹子《てつこ》にも――。

唐津にはある。

英夫の声、横顔、匂い。全てが懐かしい。

それと、彼の言葉だ。

「俺はさ……そんな、ヤクザは辞めろなんて、野暮は言わないよ。ヤクザを取り締まったり、足を洗わせたりするのは警察の仕事だ。神様の役回りじゃねえんだな、そこんところは」

唐津にとって英夫は、分かりやすくもあり、分かりづらくもある男だった。

だから面白かった。

「でも俺は、シャブも売るし、暴力で威《おど》して金も巻き上げるぜ」

「なんで覚醒剤ってのは、売っちゃいけないのかね」

「それは」

考えたこともないことを、よく考えさせられた。

「……法律で、そう決まってるからだろ」

「なんで法律でそう決まってる？」

「まあ、深刻な中毒性があるからな」

「中毒性があると、なんで売っちゃいけないんだ？　タバコにだって中毒性はあるし、酒にだってあるぜ」

「シャブは、酒やタバコと違って、人間が壊れるからだろ」

「飲酒運転すりゃ酒でも人間は壊れるが、それは措いとくとして、だ……ほとんどの覚醒剤使用者はそうと分かってて、自分が壊れると知ってて使ってるんだろ。そういった意味じゃ、自殺と同じってわけだ。でも本当に、自殺と同じか？」

近いものはあるだろうが、同じではないと思う。

「あとは、暴力団の資金源になるから、ってのもあるだろうな」

「ほう、そっちに行っちまうかい。だとするならばだ。結局、なんでヤクザは駄目なんだ、なんで足を洗わなきゃならないんだ、って話に戻っちまう。でも俺は、そんなことは言わないと言っただろう」

もう、わけが分からなかった。

「……親父さん、参った、降参だ。答えを教えてくれ」

英夫は片頬を歪《ゆが》め、さも愉快そうに笑った。

「そんなのは、決まってんだろ。聖書が書かれた時代に、覚醒剤はなかった。ヤクザもいなかった。だから良いか悪いかなんてのは、神様にも分かりゃしない、ってことさ。よって俺も、ヤクザを辞めろとも辞めるなとも言わない。それだけのことよ」

「そんな」

出来の悪い冗談だと思いつつも、唐津は英夫のグラスにワインを注ぎ足した。

英夫は、一つひとつ消えていくワインの泡を見つめていた。

「……いや、そういうことなんだよ。覚醒剤は戦中戦後、疲労回復薬として使われてきた。それくらいのことは、あんただって知ってんだろう。言わば、合法薬物だった時代があるわけさ。その頃に指定暴力団なんてのはいたか？　いいや、いなかった。そんなのはつい最近、暴対法ができてからの話で、戦後にいたのは、せいぜい博徒か的屋か愚連隊だ」

馬鹿ほど早く答えを聞きたがる、ものなのかもしれない。

「だから、つまりなんなんだよ」

「だから、そんなのもこんなのも人間が決めた法律の話で、六法全書には載ってるのかもしれんが、旧約にも新約にも聖書には書いてねえって話だよ。神様は知ったこっちゃねえって言ってんだ」

分かったような、分からないような。

そんな話をしていると、よく徹子が二階から下りてきた。

「……何もう、二人して大きな声出して」

当時、二十四か二十五。当たり前だが、徹子も若かった。綺麗だった。可愛いと思っていた。まるで妹のように。

唐津たちの手元を見て、徹子は顔をしかめた。

「またそんな、ワインと塩辛なんて……もう少し、何かマシなもん作ろうか」

徹子も、唐津がヤクザ者であることは承知していた。風呂を借りることも珍しくなく、そんなときに何回か、背中のイタズラ描きを見られていた。だが徹子は、何も言わなかった。褒めも貶《けな》しもしなかった。

妻を早くに病気で亡くしたせいか、英夫には、そんな徹子に少し甘えるようなところがあった。

「じゃあアレ、玉子焼き、作ってくれ。ちょっと、出汁《だし》を利かしてさ」

「分かった。出汁巻き玉子ってことね。唐津さんは？　他に何か要らない？」

「ああ、俺は……うん、俺も、出汁巻き玉子で」

教会の、牧師の娘だからというのだけでなく、本当にいい娘だと思っていた。唐津が日頃抱くような、一時間いくらの商売女とは根っこが違う、細胞一つひとつの出来から違うように思っていた。吐き出す息まで、どことなく清らかで——そんな、幻想に似たものすら抱いていた。だから、指一本触れてはならない、この、血と糞と反吐《へど》に塗《まみ》れた手で彼女を穢してはならないと、本気で思っていた。

その想いは、今もまるで変わってはいない。

小牧哲生はもともと、会計士として教会に出入りしていた。

宗教法人は何かと税を免除されることが多いが、それでも一定の申告義務はある。しかし、英夫は何しろ大雑把な人間だったので、その手の手続きがとにかく苦手だった。そこでひと肌脱いだのが小牧だった。当時はほとんどボランティアだったのではないか。

会計士という肩書だけでなく、髪型や服装からも清潔な人間であろうことは窺えた。背中にイタズラ描きがあるかないかなど、確かめてみるまでもなかった。

そんな小牧が徹子と一緒にいるところを見て、仲睦《むつ》まじげに話し込んでいるのを見て、心がザワつかなかったと言ったら嘘になる。しかし、それでいいと思ったのもまた嘘偽りではない。妹が、身元の確かな男と結ばれるのを、喜ばない兄はいない。

当時の唐津の心境を言葉にしたら、そうなるだろうか。あるいは、そう思えと自身に言い聞かせていたのか。

教会の裏手から牧師館に通ずる砂利敷きの路地には、ペンキの剝げたボロボロのベンチがあった。英夫が腰掛けて、よくそこでタバコを吹かしていたが、その夕方はなぜか小牧が一人で座っていた。

特に用はなかったが、唐津は隣に腰掛け、ポケットからタバコを取り出した。

「どうすか」

「いえ、私は吸わないので。ありがとうございます」

自分で一本銜え、貰い物の、カルティエのライターで火を点けた。民家の隙間から射し込む西日に、吐いた煙が白く渦を巻いた。

小牧から話しかけてくることはないだろうから、唐津から訊いた。

「小牧さんも、その……クリスチャンなわけ？」

曖昧にではあったが、小牧は頷いた。

「ええ、まあ、家が、そうだったので」

「へえ。洒落てんな」

「いや、別に、洒落ているわけでは……」

それは主観の相違か、あるいは比較の問題だろう。

「俺ん家なんて、親父が風来坊みたいな男だったからよ。実家がどこなのかも分からねえし、長男なのか次男なのか、もっと下なのかも分からねえ。だから、家に墓があるのかないのかも、自分の家が何教なのかも分からねえ。今となっては、その親父が生きてるのか死んでるのかも分からねえ。それと比べたら、十字架のペンダントぶら下げてるだけで、充分洒落てるよ」

実際、小牧が十字架のペンダントを着けていたかどうかは知らない。唐津自身、そこまで小牧に興味があったわけではないし、当時は正直、それどころではなかったというのもある。

その頃、唐津には三人の舎弟がいた。そのうちの一人、高木誠《たかぎまこと》という男がある日、滅多刺しにされてゴミ置き場に捨てられていた。

唐津には、何がなんだかさっぱり分からなかった。

神栄会も唐津も、特に他所の組と揉め事を抱えてはおらず、また高木自身にも、その周辺にもトラブルはなかった。むろん、唐津は犯人を捜した。警察も捜査はしていたはずだが、そんなものは当てにしなかった。舎弟二人と都内を駆けずり回り、何か知っていそうな人間に片っ端から話を聞いて回った。

その一方で、高木の家族の面倒も見なければならなかった。

高木が住んでいた足立区内のアパートには、三つ年上の女房と四つになる長男がいるはずだった。だが実際に行ってみると女房の姿はなく、真っ暗な六畳間の隅っこに、長男が膝を抱えてうずくまっているだけだった。

「……おい、母ちゃんはどうした」

唐津は、あくまでも親切心からそう訊いたのだが、当の長男は、そのようには解釈しなかった。どこに隠し持っていたのか、果物ナイフをいきなり唐津に向けて突き出してきた。まさか、舎弟の息子に刺されるなどとは思っていなかったので、唐津もとっさには避けきれず、右胸を斬られてしまった。

「テメェッ」

一緒にいた舎弟が殴りつけようとしたが、それは唐津が止めた。ナイフを握る右手は摑めていた。すでに危険はなかった。

唐津はその丸刈りが伸びきった、ニホンザルのような頭を左手で撫でた。

「いきなり上がり込んできて、おっちゃんの訊き方が悪かったな。俺たちは、お前の父ちゃんの仲間なんだ。仲間……分かるか？　友達だよ。兄弟みたいに、兄弟以上に仲のいい、友達……分かんねえかな」

四歳の子供はどれくらい言葉を理解するのか。当時の唐津には全く分からなかった。いや、今も分かっているとは言い難い。

「お前の父ちゃん、遠くに行っちまったからよ。お前と、お前の母ちゃんの面倒、俺たちが見なきゃなんねえんだ。だからさ、母ちゃんがどこ行ったか分かんねえと、困るんだよ。お前を、一人でここに置いてくわけにはいかねえし、だからって、組事務所ってのもなぁ……」

しかし、結果的にはそうせざるを得なかった。

高木の女房は行方知れず。長男を施設に預けようにも、どこに連絡し、どのように手続きしていいのかが分からない。結局は神栄会の事務所に連れて行き、しばらく面倒を見るしかなさそうだった。

「お前、名前は」

「歳は四つで合ってんのか。それとも、もう五つになったのか」

「母ちゃんがどこ行ったのか、心当たりねえのかよ」

「母ちゃんの携帯番号は。ほら、これで知ってる番号、押してみろ」

試しに電卓を渡してみたが、まるで反応がない。ずいぶん大人しい子だな、とそのときは思ったが、それは勘違いだった。そのとき長男は、単に様子を窺っているだけだったのだ。

その証拠に、ちょっと隙を見せると、すぐに嚙みつく、引っ搔く、頭突きをしてくる。尖ったものを握れば必ず近くにいる誰かを刺そうとし、紐状の物があれば首に巻き付けて絞めようとする。高木は一体どういう子育てをしていたんだと、組の誰もが首を捻った。それでいて、眠ると必ず寝小便をする。そのままというわけにもいかず、着替えさせて布団を替えていると、どこから持ってきたのかカッターナイフで斬ろうとする。延長コードで首を絞めようとする。

児童相談所に連絡し、引き取ってもらえるとなったときには、組員全員でほっと胸を撫で下ろしたものだ。

「……じゃあな、ノブ。元気でな」

あれから二十六年が経つ。高木誠を殺したのは誰だったのか、その女房はどこに行ったのか。いまだに分かっていない。まさか、四歳の子供が父親を滅多刺しにし、母親も殺してその死体を隠したなどとは、さすがに唐津も思わない。だが、そんな想像をさせる男ではある。

高木信孝《のぶたか》。通称、ノブ。

まさか、親子二代にわたって兄弟盃を交わすことになるとは、唐津も思っていなかった。

西多摩で今尾隆利と思《おぼ》しき首なし死体が発見され、十日ほど経った土曜の夜。いや、正確にはすでに日曜日の夜中。

面倒を見ている女のマンションで激辛のピザを食べていたら、電話がかかってきた。ディスプレイには【小牧哲生】と出ている。

「はい、もしもし」

『小牧です。唐津さん、今どちらですか』

「中野ですけど」

『今からすぐ、西東京支部に行けますか。車だと、どれくらいかかりますか』

質問は一度に一つずつしてもらいたいものだ。

「まあ、一時間もあれば、着くとは思いますが」

『高木くんは』

「は？」

『高木くんは今、一緒にいますか』

「いませんけど」

『高木くんも連れていってください』

「なんでですか」

『いいからそうしてくださいよ。緊急事態です』

何を慌てているんだ、この男は。

「分かりました。それだと一時間、少し過ぎるかもしれませんが」

『かまいませんが、できるだけ早くお願いしますよ』

連絡をとると、ノブは高円寺のゲームセンターにいるというので好都合だった。

駅の近くに呼び出し、

「こんばんは、兄貴。今夜は月が綺麗だよ」

「いいから早く乗れ」

後部座席に乗せてすぐに走り出した。

シートに寝転がったノブが訊く。

「こんな時間から、どこ行くの」

「西東京支部だ」

「ああ、サダイの仕事か……船でシャブの受け取りにいくとか、そういうんじゃねえんだ」

「なんだ。船、乗りてえのか」

「うん。船乗りたい」

「いっつも酔って、ゲロ吐くじゃねえか」

「吐くけど、でも乗りたい。ゲロ吐いてもいいから乗りたい」

毎度吐かれる方は堪ったものではないが。

また携帯電話が鳴った。どうせ小牧だろう。

カーナビに接続しておいたので、ハンドルについているボタンで通話状態にする。

「はい、もしもし」

『小牧です。今どこですか』

「高円寺を出たところです」

『まだ高円寺ですか？』

「ノブを拾いにきたんですよ。しょうがないでしょう」

『なるほど……とにかく急いでください』

いい加減、用件を言え。

「総本部長。さっきからあなた、急げ急げばっかりで、なぜ西東京支部に行かなきゃならないのか、私はまだ何も聞かされてないんですがね」

黄色信号。無理そうだ。いったん停まろう。

小牧が溜め息をつく。

『だから、例の悪魔ですよ……二人組が西東京支部に侵入し、女性信者を一人、拉致していきました』

そういうことか。

「その、女性信者の名前は」

『有川美祈です』

なるほど。だいぶ絵図が読めてきた。

「他に何か盗《と》られたものはありませんか」

『分かりません。とにかく急いで、事態の収拾にあたってください』

そういうあんたは今どこで何をしてるんだ、と訊きたかったが、小牧は現場にいても邪魔なだけなので、あえて言わずに電話を切った。

西東京支部に着いたのは午前二時半過ぎ。それでも玄関には煌々と明かりが灯っており、唐津が玄関前に車を駐めると、「先生」と呼ばれる男性職員二人と支部長が飛び出してきた。

運転席から唐津、後部座席からノブが降りてくるのを見て、多少困惑はしたようだったが、それで彼らが挨拶する相手を間違えるようなことは、さすがになかった。

えらく太ったフランシスコ・ザビエル、とでも言ったらいいだろうか。支部長がペコペコと唐津に頭を下げる。

「これは……大変、申し訳ありません、あの……唐津先生が、直々にいらっしゃるとは、申し訳ございません、私も、伺っておりませんで、そのような、あの……」

大事になるとは思っていなかったか。

「伊東《いとう》さん、あなたもちょっと落ち着いて、ね。とりあえず、被害状況を見させてもらいますから。話はそれからにしましょう……それと防犯カメラ。総本部の指導通り、二十四時間回してますよね。そのデータ、確認しましたか」

先生の一人が「いえ」とかぶりを振る。

「だったら、まずそれを確認しなさい。相手だって素人じゃないんだから、壊されていたり、ハードディスクごと持っていかれてたら、二十四時間三百六十五日、絶えず録画してたってなんの意味もないでしょう。ね……しっかりしてくださいよ、支部長さん」

ここで唐津が肩の一つも叩こうものなら、この男は間違いなく小便を漏らしていただろう。

スッ、とノブが隣に並んできた。

「……兄貴。なんか、こんなもん落ちてた」

なんだそりゃ。暗くてよく見えない。

Fake Fiction

第三章

1

昨今の刑事事件捜査で最も重要な役割を果たしているのは、警視庁刑事部の附置機関「捜査支援分析センター」、通称「ＳＳＢＣ」であると、そのことに異論を挟む関係者はいないだろう。

すでに日本は、とりわけ東京は立派な監視社会だ。街を歩けば、至るところに仕掛けられた監視カメラや防犯カメラを見つけることができる。自治体、公共交通機関、公営、私営の駐車場、集合住宅、戸建住宅、各種の自動販売機。多くの通行人までもが、一人ひとりカメラを構えて通りを行き来している。

ただ、今現在はまだ過渡期にあるともいえる。それらが全てオンラインで繋がっているわけではないからだ。警視庁ＳＳＢＣといえども、ボタン一個で全てのカメラ映像が即座に見られるわけではない。マンションはマンション、コンビニはコンビニ、パーキングはパーキング。個人なら佐藤さん宅、田中さん宅、鈴木さん宅と、一軒一軒回ってお願いし、ＵＳＢメモリーにコピーさせてもらうか、ハードディスクそのものを借りてこなければならない。

ただしそれらを、特捜本部のある五日市署のような所轄署にいきなり持ち込まれては困る。外部の機器と接続したUSBメモリーを、警察署のパソコンに直接挿すことはできない。まずはウイルスチェック用のパソコンに接続し、良からぬプログラムに汚染されていないかどうかの診断を受ける必要がある。しかし、ウイルスチェック用パソコンの台数には限りがある。多くても係ごとに一台、下手をしたら課に一台。意地悪で言うのではなく、純粋にSSBCに貸せるだけの余裕が所轄署側にはない。彼らが五日市署のパソコンでウイルスチェックを始めたら、今度は五日市署の日常業務がストップしてしまう。SSBCが掻き集めてくるデータというのは、それほどに膨大かつ多種多様なのだ。

よって、SSBCは警視庁本部にそれらを持ち込むことになる。どこの防カメ映像だろうと桜田門の本部庁舎で分析され、鵜飼たち特捜本部の捜査員たちは、その結果のみを会議で知ることになる。

報告書を読み上げているのは、捜査一課殺人班六係の係長だ。

「今尾隆利は十月五日、十五時二十分頃に仕事場を出発し、二十七分に中野駅北口にあるコンビニエンスストア『ビッグストップ』の前を通過。三十一分に中野駅北口改札を通過し、おそらく三十五分の中央線快速に乗車。四十一分頃には新宿駅に到着、四十七分に新宿駅東改札を通過している。十五時五十一分には、新宿三丁目二十七にある街頭防犯カメラが今尾の姿を捉えているが、以後確たる記録は拾えず……というところから、本橋《もとはし》主任」

「はい」

指名された、捜査一課殺人班六係の本橋警部補が起立する。彼は四名いる特命担当の一人だ。

「新宿三丁目、二十七付近を捜索したところ、二十七の△▲、第二ヒラマビル三階の喫茶店、カフェ・メトロを、五日の十六時頃、今尾らしき男が訪れていることが分かりました」

二十一時過ぎに新宿から帰ってきて、いきなりの報告だからだろう。鵜飼たちに配られた資料に、それに関する記述はない。「第二ヒラマビル」「カフェ・メトロ」の正式な表記も分からない。

本橋主任が続ける。

「同店は二十席前後の、中規模の喫茶店でして、店長のワクイシゲル、三十八歳によると、今尾と思しき男性客は『待ち合わせです』と言って店内を見回し、最終的に、入り口近くのテーブルにいた二人連れと目を合わせ、互いに会釈のように挨拶を交わし、今尾はワクイ店長に『いました、分かりました』と伝えた、ということです。相手の名前についてですが、ワクイ店長は、今尾が『何々さんですか』みたいに尋ねたのは耳にしていましたが、その名前までは覚えていないということでした。三人が一緒にいた時間はさほど長くはなく、先にきていたうちの一人が途中で帰り、残った一人と今尾は、一時間ほどしてから会計をし、一緒に店を出たということでした。二人が会計をしたのは十七時二分です」

本橋が自分の手帳のページを捲る。

「ワクイの印象としては……先にきていた二人と今尾の間に面識はなく、何かで連絡をとり合って、ここで初めて顔を合わせたような様子だった、ということでした。また同店に防犯カメラの類はありませんが、ビル入り口とエレベーター内にはあるので、その映像を入手してきました。分析の上、今尾が会ったと思われる二人が映っていれば、再度ワクイ店長に確認したいと思います。本日は以上です」

これはかなり有力な情報といっていい。

今尾の、殺害される直前の情報が、いよいよ明らかになり始めた。

本橋を含む四名の特命担当は、入手したカメラ映像をSSBCに託すことなく、自ら五日市署内で分析を開始。十月五日、十六時前後に「第二平間《ひらま》ビル」一階から三階、十七時過ぎまでに三階から一階へと移動した男性の映像をくまなくチェックした。

その結果、十五時五十分に一階で乗り、三階で降りた二人組の一人と、十六時二十七分に三階で乗り、一階で降りた男の容姿が酷似していることが分かった。これが和久井《わくい》店長の語る、途中で帰った男であろうと考えられた。

また十七時八分に三階で乗り、一階で降りた二人組のうち一人が今尾隆利であり、もう一人が居残った男なのであろうことに疑いの余地はない。会計からエレベーターに乗るまでの時間に数分の間があるが、これは防犯カメラの時刻設定と、「カフェ・メトロ」のレジスターのそれとのズレであろうと思われる。

十六時二十七分頃に出ていった男と、十七時八分頃に出ていった今尾、それともう一人の男。特に、先にきていた二人は何者なのか。どこから新宿にきて、新宿からどこに向かったのか。

ここで再び、SSBCの出番となる。

SSBCと特命担当の四人に加え、梶浦と鵜飼の組、倉持主任の組が、この三人の行動追跡に当たった。具体的には、SSBCはすでに収集していた映像のさらなる分析を進める。その過程で足りない映像が出てきたら、特命担当と鵜飼たちの八人で、指示された地域の防カメ映像を追加収集する。

事件発生から十日。最近の防カメに使われているハードディスクは容量が大きいので、十日や二週間でデータが消えることはないが、古いタイプはその限りではない。何にせよ急ぐに越したことはない。

防カメ映像をコピーしてはSSBCに届け、また指示された地域で映像を集めて回り、見つけてコピーしてはSSBCに届ける。

そんなことを繰り返して迎えた、十月十九日火曜日。

鵜飼は、梶浦と共にJR駒込駅周辺で待機するよう命じられていた。今尾隆利と謎の男の二人組が五日、十七時三十分、新宿駅から池袋方面行きの山手線に乗り、駒込駅で下車していたことが、昨日までに分かっていたからだ。

朝の会議を終えて五日市署を出発したのが、九時半頃。武蔵五日市駅から拝島《はいじま》駅行きの五日市線に乗ったのが九時四十五分。拝島駅で、西武新宿線直通の拝島線に乗り換えたのが十時二十分。高田馬場駅に着いたのが十一時五分。高田馬場駅から池袋方面行きの山手線に乗り、駒込駅の改札を出たときにはもう、十一時二十分を過ぎていた。

「ちょっと早いけど、ここで昼飯食っちまうか」

「そうですね」

五日市と違って都心なので、飲食店は周りにいくらでもある。

鵜飼たちは近くにあったチェーンの定食屋に入り、

「俺は、サバの煮付け定食」

「じゃあ、チキンカツ定食と、あと……」

食後はゆっくりとコーヒーでも飲みながら暇を潰そう、などと思っていたが、甘かった。まだ二人とも定食を食べていた、十一時四十分。梶浦が慌てた様子で、口元を拭いながら胸ポケットに手を入れた。

特捜からの連絡か。

「……はい、梶浦です……あ、そうですか、分かりました。すぐに向かいます」

それだけで携帯電話をポケットに戻し、また箸を持つ。

「梶浦主任、なんですって」

「こっからの続き、割れたってよ……二人は南北線に乗って、南鳩ヶ谷で下車したそうだ」

ようやく、南鳩ヶ谷に繋がったか。

大きく頷いておく。

「南鳩ヶ谷といったら、今尾の携帯が最後に電波を発したところですね」

梶浦は一瞬だけ目を細めたが、すぐ手元に視線を下ろし、サバの煮付けに箸を入れた。

「……そういうことだ」

「二人とも、ですか」

「そのようだな」

「今尾と男は、揃って南鳩ヶ谷に向かったと」

「いいから、早く食っちまえよ」

「ああ、はい……」

そう言ったわりに、梶浦はきっちりコーヒーを飲み終えるまで席を立とうとはしなかった。お陰で鵜飼も、喫煙ブースで一服できたのでよかったが。

十二時十四分。今度は駒込駅から、埼玉スタジアム線直通の南北線に乗り、十二時三十一分、南鳩ヶ谷駅に着いた。地下にある改札を出て、地上に上がってみると、駅のすぐ近くなのに駐車場完備の飲食店があるという、都内とはかなり趣の異なる風景に出くわした。

一応、携帯電話の地図を確認しておく。

「今尾の携帯の電波が確認された、南鳩ヶ谷一丁目は……」

いま目の前にあるのは、対向四車線の国道一二二号だ。

「この岩槻《いわつき》街道をずーっと行って、しん……新芝川《しんしばかわ》というのを渡った辺り、ですね」

さっきの定食屋でもそうだったが、今もまた、梶浦が妙な目で鵜飼を見ていた。訝《いぶか》るような、探るような目つきだ。

梶浦主任、何か言いたいことでもあるんですか。

普通だったら、そう訊くのかもしれない。そう訊かないところに、今の自分の不自然さはあるのだろう。だがそうと分かっていても、自分から訊くことはできない。梶浦の「言いたいこと」に、自分が応えられるとは到底思えない。

だったらいっそ——。

そんなふうに思っていたところに、また電話がかかってきたようだった。

違う。今度はメールか。

携帯電話のディスプレイを見た梶浦が、口を小さく「お」の形にする。

「たった今、今尾と一緒に、ここまで来た男の名前が分かったってさ……アリカワケンスケ、五十二歳。住所は、埼玉県川口市南鳩ヶ谷一丁目◇●の▲△、アリカワコウギョウ代表取締役だそうだ」

梶浦が、携帯のディスプレイを鵜飼に向ける。

有川健介《けんすけ》。有川工業代表取締役。

メールにはさらに【JRのICカード乗車券登録番号から氏名住所が判明】と書かれている。

ようやくここまで来たか——と、思ったのがよくなかった。

梶浦が、スッと携帯電話を引っ込める。

「鵜飼、お前さ、どこまでこの件について知ってんだよ」

「え……」

喉元に突き付けられた、ナイフの切っ先。

それほどに、鋭利なひと言。

だがまだ、刺されたわけではない。

「……何が、ですか」

「惚けんなよ。今尾隆利って名前が出てきたときも、いま有川健介って見たときも、お前、全然驚かなかったじゃないか。なんでだよ。お前この件に関して、一捜査員として以上に、何か知ってるんじゃないのか」

世の中、刑事に「知ってるだろ」と凄まれて「知ってます」と答える人間ばかりではない。そんなことは梶浦も、よく知っているはずだ。

「一捜査員以上の何かって、なんですか」

「それを訊いてるんだよ。俺は、お前に」

「ありませんよ、そんなもん。何も」

「『サダイの家』に関して、俺なんかじゃ知り得ない何かを、お前は知ってるんじゃないのか」

十月半ばの曇り空が、梶浦の背後で、ふいに窄《すぼ》まったような。そんな錯覚を、鵜飼は覚えた。

梶浦の方こそ、何か知っているのではないのか。

「……俺は、別に、何も」

「本当だな」

「はい」

「あとで、実はこんな情報がありまして、なんてのはナシだぜ」

何を知っている。この男、何を——。

梶浦が、国道の先の方に目を向ける。有川健介の自宅を兼ねた、有川工業株式会社の社屋がある、南鳩ヶ谷一丁目の方角だ。

「鵜飼よ……実は俺、ちょっと気になってたからさ。お前について、調べてみたんだよ」

何を、どうやって。ずっと一緒に、この件の捜査をしてきたのに。

梶浦が続ける。

「お前さ、十年くらい前に、本部でちょっとした、悶着起こしてるだろ……なあ」

ここまでくると、もはや平静を装うにはどうしたらいいのか、自分でも皆目分からない。取り繕う言葉も、話題を変えるきっかけも、何も思い浮かばない。

「当時の捜査一課長、藤宮《ふじみや》警視正のところに怒鳴り込んで……いや、本当に怒鳴り込んだかどうかは、俺は知らんけど、でも言ったそうじゃないか。なんで『サダイの家』を調べないんですか、って」

言い回しそのものは事実と多少異なるが、藤宮一課長のところに、その件で直訴に行ったのは本当だ。

「なんで黙ってんだよ。答えろよ、そうならそうって。藤宮一課長のところになんて、行ってないなら行ってないって、言えばいいじゃないか。なに黙ってんだよ」

行ったことを認めたら、次は行った理由を訊かれる。だがこの期に及んで、下手な嘘をつく気にもなれない。

何をどう言っても、鵜飼の不利は変わらない。結果、何を言う気にもなれない。

「私情を挟むようなら、お前にこの件の捜査をする資格はないよ。それくらい、分かるよな」

分かる。警察官は、自分の住まいがある地域や出生地には赴任できない。親兄弟に警察官がいたら、それらと同じ方面にも配属されない。同じ部署の人間と結婚するなら、先にその部署に配属されていた方が他部署に異動し、職場を分ける。職務に私情を挟ませない、癒着等を防ぐための決まりだが、担当案件にも同じ考え方を当てはめることはできる。

捜査対象に怨恨のある者が、捜査に携わることはできない。

当然のことだ。

だがしかし、今ここでそれを認めるわけにはいかない。

それでも、これだけは訊いておきたい。

「十年前のこと、誰から」

梶浦が、鼻から溜め息を漏らす。

「……誰か一人から、ってわけじゃないよ。かつてお前と同じ部署にいた人間、俺と同じ部署にいた人間、人事に関わった人間、捜査本部設置に関わった人間……当時、捜査一課員でもないお前が、わざわざ一課長がいる時間を狙って部屋を訪ね、騒ぎを起こして何人もの関係者に取り押さえられ、課長室から引きずり出されたのを見ていた人間だっている……なあ鵜飼。俺は何も、お前を排除しようってんじゃない。ただ隠し事は困る、って言ってるだけだ……どうなんだよ、そこんとこ」

正直でいることが互いのためにならない関係というのも、世の中にはある。

「分かりました……ただ、いま俺が知ってることを全部言うわけには、やはり、いきません。すみません……小出しになってしまうかもしれませんが、言えることは、可能な限り言います。今は、それで勘弁してください」

納得などしてはいないのだろうが、それでも梶浦は頷いてみせた。

「じゃあ、三つだけ聞かせてくれ」

「いきなり三つですか」

「ケチケチすんなよ。簡単な質問だ。今尾隆利の名前は、特捜が割る前から知ってたのか」

「……知ってました」

「有川健介は」

「知ってました」

「有川健介ってのは何者だ」

　それも、まあいいだろう。

「有川健介には、浩江《ひろえ》という女房と、美祈という娘がいます。女房の浩江と、娘の美祈はサダイの信者です。最初にハマったのは浩江で、健介も途中までは付き合っていたんですが、段々マズいと分かってきたんでしょう。サダイから離れる方向で二人に話をした。ところがこれが、裏目に出た。浩江は美祈を連れて教団施設に逃げ込み、いわゆる出家信者になってしまった。健介は、なんとか二人を取り戻そうと、弁護士に相談を持ち掛けた」

　梶浦が頷く。

「それが今尾隆利だった、というわけか」

「そういうこと、だと思います」

「しかし、今尾は首を刎ねられて殺された……有川健介はどうなった」

「それは、自分にも分かりません」

　本当は、大まかにではあるが知っている。

　梶浦が右手の人差し指を立ててみせる。

「もう一つ」

「梶浦さん、それは反則ですよ」

「そんなことが言える立場か。反則はお前だろ」

　反論しようとしたが、その暇は与えられなかった。

「……今から有川宅に行ったら、何がある」

それは、行ってみれば分かる。

メールにあった住所までは、タクシーを使った。

梶浦が、後部座席から前方を指差す。

「運転手さんそこ、そこで、その看板が立ってるところで」

「こちらで……はい、ありがとうございます」

有川工業は、いわゆる解体業者だ。看板にもそう謳《うた》ってある。

運賃を払い、あとから降りてきた梶浦が呟く。

「けっこう、デケえんだな」

「まあ、そうですね」

敷地面積は、四百坪前後あるのではないか。自宅と会社事務所を兼ねた四階建てのビルを中心に、プレハブ小屋や、屋根だけの資材置き場のような建物もある。あちこちに大量の鉄パイプが保管されており、廃材用であろうコンテナや、それを運搬できるダンプトラックも空いたところに駐まっている。

ただ、明らかに様子がおかしい。

トラックは今にも動き出し、あるいは現場から帰ってきて、降りてきた体力自慢の男たちがそこら辺に腰掛けて「参ったよ、渋滞にハマっちゃってさ」などと仕事の愚痴を言い合いそうな、そんな雰囲気はある。だが実際には、人は一人もいない。見たところ、事務所らしき部屋には蛍光灯の明かりもない。周辺には似たような構えの、建築関係や配送関係の会社があるが、どこも事務所らしき部屋の窓には明かりが点いている。人影もチラチラ覗いて見える。

ここは、自分から提案しておこう。

「見に、行ってみますか」

「……だな」

ダンプトラックとコンテナの間を通って、自宅兼事務所の建物に向かう。

決して新しくはないのだろう。外壁の白はだいぶ煤《すす》けているが、でも頑丈そうな、立派な建物だ。事務所入り口前には五段ほどステップがあり、それとは別に、建物右側には外階段がある。自宅玄関は、その外階段を上って二階にあるのだろう。

事務所前のステップまで、あと五メートルというところまで来た。

その時点で、鵜飼は気づいた。

むろん梶浦もだ。

「あれは、なんだろうな」

「……ええ」

事務所入り口からステップにかけて、黒いシミというか、汚物を引きずってできたような跡が、大きく残っている。

まず思い浮かぶのは、今尾隆利の首なし死体だ。

ああいったものを、事務所内から引きずり出してきたら、あのような跡もできるだろう、という想像はできる。

「……血、だよな」

「のように、見えますね」

梶浦がこっちを向く。

「この状況は、知ってたのか」

「いえ、これは本当に、知りませんでした。信じてください……本当に今、初めて知りました」

神に誓って本当です、というのは、さすがにタチの悪い冗談だろう。

2

男は「竹島五郎《たけしまごろう》」と名乗った。女は「伊丹世津子《いたみせつこ》」というらしい。

その夜、潤平はとりあえず家に帰され、翌日仕事が終わってから、今度は吉祥寺で会うことになった。

待ち合わせは夕方六時半。「吉祥寺サンロード」というアーケード商店街の中にあるコンビニを指定されていた。

潤平が自動ドアを入ると、すぐに携帯電話が震え出した。

「……もしもし」

『竹島だ。今すぐそこを出て右に歩け。アーケードを出たら、今度は左だ。そこからはしばらく真っ直ぐだ』

潤平に尾行が付いてないかどうかを確認したいのだろうが、そんな必要があるのだろうか。甚だ疑問だった。

電話はいったん切ったが、新聞の専売所がある辺りでまた震え始めた。

「はい、もしもし」

『八幡宮前の交差点でいったん止まれ。そこで待ってろ』

言われた通り交差点で五分ほど待ったが、五郎が迎えにくるでも、世津子がくるでもない。どうしたんだと、逆に電話してやろうかと思ったところに、またかかってきた。

「もしもォーし」

『これくらいで一々キレんな……信号渡って、八幡宮に入れ。参道を真っ直ぐ進んで、拝殿前を左に折れると、社務所の脇を抜けてまた通りに出られる』

それも言われた通りにしようとしたが、社務所の脇を抜けていった先には門がある。

「なんか、閉まってっけど」

『乗り越えろ』

確かに。身の丈ほどしかないから、越えること自体は難しくない。

「でも……ちょっとそれ、罰当たりじゃね？」

『四の五の言ってんじゃねえよ。当たりゃしねえよ、そんなもん』

まあ、難しかったのはそこまでで、あとは三、四分歩いて、指定された「まんぺい」という居酒屋に入った。

「はいィ、いらっしゃいィ」

それなりに威勢のいい声で迎えられ、急に平穏な日常に戻ったようにも感じたが、奥のテーブルにいる細っこい女——世津子が、こっちに手を振っているのを見て、やはりこれは、今までの日常とは違うのだと思い直した。

　世津子は左目に、昨日はなかった眼帯をしていた。

「こんばんは……なに、目、どうしたの」

「うん、ちょっと」

「ここ、青くなってるよ」

　左の頰骨の辺りだ。

　世津子が首を横に振る。

「なんでもない」

「なんでもなく、はないっしょ」

「いいから……五郎ちゃん来たら、そんな話しないでよ」

「なに、あの人に殴られたの？」

「違うから。ちょっと、なに……スパーリングっていうの？　なんかそういう、ボクシングの真似事みたいなことしてたら、コツン、って五郎ちゃんの肘が、当たっちゃっただけだから……いいから、あんたも何か頼みなよ」

　世津子の手元には生ビールのジョッキと、枝豆の入った笊《ざる》がある。

「じゃあ俺も、生で」

「オジサァーン、生もう一丁ねェ」

　さほど大きくはない、いわゆる大衆居酒屋的な店だが、まだ時間が早いせいか客は少ない。潤平たちの他には、スーツ姿の四人組がいるだけだ。

世津子が顔を寄せてくる。

「あとで五郎ちゃんからも、詳しい説明があるとは思うけど……来週中に、美祈を施設から連れ出す」

いきなり過ぎて、上手く返事もできなかった。

「お、おう……」

「侵入に必要な道具はこっちで用意する」

「道具、ってなに」

「目出し帽とか、手袋とかリュックとか。あとあんたにも、何か簡単に使える武器を用意しとくよ。まあ、あんたはメリケンサックとか、そういう単純なのがいいよね」

ちょっと待て。

「ねえ、基本的に、美祈ちゃんを教団から抜けさせることが、目的なんだよね？」

世津子が枝豆を口に持っていく。

「そうだよ」

「じゃあその前に、美祈ちゃんに訊いてみないと。本当に教団から抜けたいのか、抜けたくないのか」

世津子が「ハッ」と鼻で嗤う。

「あんた、思ったより馬鹿なんだね。もうね、美祈の意思なんてどうだっていいんだよ。っていうか、むしろ邪魔。信者なんてみんな洗脳されてんだからさ、自分から抜けたいとか思わないように、頭ん中グチャグチャに弄られてんだから。そんな悠長なこと言ってたら誰も救えやしないんだよ」

　そうなのか。

「じゃなに、連れ出すっていうよりは、拉致みたいなイメージなの」

「そうね。どっちかっツッたら、そっちかもね」

　だいぶ、話が違くないか。

「それは……さすがに、マズいんじゃないかな」

「なんだよ、今さらグチャグチャ言うなよ。好きなんだろ、美祈のこと。惚れてんだろ。だったら奪ってでも助けてやれよ。あんたがグダグダ言ってる間にも……今夜だって、美祈はハゲデブ支部長のチンポしゃぶらされんだぞ。他の幹部連中と一緒に風呂入って、可愛いね可愛いねって、石鹸つけた手で体中撫で回されて……」

「もういい、分かった」

　ちょうど生ビールがきたので、それを、三分の一くらい一気に飲んだ。

　世津子が眉を怒《いか》らせる。

「おい、乾杯くらいしろよ」

「ああ、ごめん……乾杯。恐縮です」

　しかし、だ。

「そうはいってもさ……メリケンサックとか目出し帽とか、物騒じゃね？　人助けっていうよりは、強盗みたいじゃね？」

「強引に盗むって意味じゃ、強盗と一緒だろうね。強引に、美祈を盗み出すんだよ。ただ、それ

が美祈のためになることだけは間違いない。そこは、あんたがあたしらを信じてくれないと困る

……あ」

世津子が出入り口の方を見たので、五郎が来たのだと分かった。

だが、そこから三人で飲むわけではないようだった。

世津子が立ち上がる。

「行こう」

「え？」

「あとは動きながら話す」

世津子が会計を済ませ、店の前で待っていた五郎と合流。

「ども」

「車、この裏に駐めてっから」

「はい……あの、世津子さん、今の飲み代」

横から五郎に肩を小突かれた。

「そんなのいいから、さっさと歩け」

コインパーキングに駐めてあった、昨日と同じシルバーのセダンに三人で乗り込む。財布を握っているのは世津子なのか、ここでも料金を払ったのは彼女だった。

今日は潤平が助手席に座り、

「……お待たせ」

世津子が後部座席に乗り込んだら、出発。

パーキングを出た途端、五郎はアクセルを深く踏み込んだ。さして広くもない夜の住宅街の道を、事故を起こさないのが不思議なくらいのスピードで走り抜ける。ある意味、運転は上手い方なのだろうが、乗っている方は気が気ではない。

しかも、五郎は運転に専念しているわけではない。

ハンドルを操りながら後部座席に話しかける。

「世津子、どこまで話した」

「来週中にやるって言って、武器も用意するって言ったら、こいつ、急にビビり出して」

潤平は「いや」と反論しようとしたが、それは許されなかった。

「チャンピオンよ……あんた昨日、マスコミに流せばいいとか、ヌルいこと言ってたけど、そういう話じゃねえから、これ……世津子、あれ見せてやれ」

「はいよ」

世津子が後ろから差し出してきたのは、わざわざプリントアウトした、何十枚もの写真の束だった。

封筒に入っているでもない、輪ゴムで括ってあるでもないそれの一枚目を見た瞬間、潤平は、

「……」

全部、助手席の足元にばら撒いてしまいそうになった。

有体《ありてい》に言えば、それらは全てエロ画像だった。しかも、無修正の。

ベッドに座らされた全裸の少女、寝転んで自ら脚を広げる少女、下着姿、シャワー中、まさに行為中、前から、後ろから、下から、横から、体中にローション、ロープで緊縛、手錠に猿轡《さるぐつわ》——。

途中で捲る手が止まってしまった。動かせなくなった。あと何枚か捲ったら、美祈の写真も出てくるのではないか。いや、必ず出てくる。出てくるに違いない。

黙っていると、五郎がこっちに顔を向けてきた。

「なんだよ。ちゃんと最後まで見ろよ」

「いいよ……」

フン、と鼻息を吹き、五郎が前に向き直る。

「それは全部、俺たちが脱会させた信者が持ってたもんだ。正確には、教団幹部の部屋から盗み出した、デジカメに収まってた画像だ。他にもいろいろある。動画とかもな」

俺たちが脱会させた信者、というところが気になったが、尋ねるような間はなかった。

「正直に言うよ。俺たちは、美祈の父親に頼まれて、弁護士も交えて、美祈の脱会計画を練っていた。ところが、その父親が最近、行方不明になった。今も連絡はとれてない。思っていた以上に、美祈を取り巻く状況はヤバい」

またチラリと、潤平に目をくれる。

「あんた、密かに美祈を施設から連れ出せばいいくらいに思ってたんだろうが、それじゃ駄目なんだ。奴らは必ず追ってくる。追ってきて、説得されて連れ戻されるならまだマシだ。最悪、行方が分からなくなる。美祈の父親みたいにな。美祈が働きに出ている間は、毎日必ずってわけじゃないが、でもけっこうな頻度で監視がついている。ひょっとしたら、あんたのことも支部はマークしてるのかもしれない。でも、美祈が支部に帰ってくれば、奴らもひと安心する。マークもはずれるし、それ以上は監視しなくなる……そりゃそうだよな。可愛い可愛い美祈ちゃんは、自分たちの手の中にあるんだから。俺たちは逆に、そこを狙う。施設を直接狙って、美祈を奪い出す」

簡単には、納得などできなかった。

二人とはその後も、何度も何度も話し合った。

五郎も気を遣ったのか、それとも、そんな写真や動画はそもそも入手していないのか、美祈が直接写っているものを突き付けられることはなかったが、それでも、潤平は徐々に、美祈もそういう目に遭っているのだろうと信じるようになった。

それも「一種の洗脳」といわれればそうなのかもしれないが、そうではないという確信めいたものも、実はある。

あるとき、美祈は販売所の椅子に座って、餡子のパックを手にしたまま、無表情で涙を流していた。潤平が声をかけると、涙を拭いもせず、はい、とこっちを向く。まさかとは思ったが、涙、と指差すと、美祈は初めて気づいたように、頬に手をやった。

精神的に、かなり「キテ」いると思った。

またあるとき、美祈のシャツの袖が捲れ、左手首が見えたことがあった。そういえば美祈は、夏でもずっと長袖を着ていた。日焼けを気にしているのだろうと、潤平はさして気にも留めなかったが、そうではなかった。

美祈には、爪が喰い込んで血が出るほど、左手首を強く握る癖があったのだ。

それについては、さすがに訊いてしまった。

「なんで……」

美祈は無理やり、口角を上げてみせた。

「なんでも、ありません」

「じゃあ、ちょっと見せてよ。そんなんなるまで……」

「いいんです。大丈夫です」

「美祈ちゃん、何かつらいこと、あるんじゃないの？」

「ありません。つらいことなんて、何も、あるはずありません……」

「サダイが守ってくれるから？　サダイは本当に、美祈ちゃんのこと守ってくれてる？　美祈ちゃん、ちゃんと宇宙から、サダイのパワー、もらえてる？」

そんなつもりはなかったが、また、美祈を泣かせてしまった。

「もう……分かんない……」

美祈は袖を捲り、左手首を見せてくれた。

肌が、紫色の、蛇の鱗《うろこ》のようになっていた。

決心した理由は、どれか一つということではない。いくつもいくつも積み重なって、ようやく潤平は、美祈に宣言したのだ。

「俺が、美祈ちゃんを守る……サダイに代わって、俺が、美祈ちゃんを守るから」

抱き寄せても、美祈は拒まなかった。

「潤平さんが、どうやって……」

「必ず、助けにいくから」

「だから、どうやって」

それには答えなかった。絶対に本人に知らせては駄目だと、五郎にしつこく言われていたからだ。

決行当日。十月十六日の、土曜日。

近くに駐めた車に世津子を残し、

「じゃ、行ってくる」

「行ってきます」

「うん。潤平ちゃん、ヘマすんなよ」

「分かってるって」

目出し帽で顎まで隠し、五郎と二人、西東京支部に向かった。

侵入は、裏庭にある樹に登って、直接三階からと決まっていた。最後は枝の「しなり」を利用し、半ば跳び移るような恰好になるが、よほど慣れているのだろう、五郎は難なくこなしていた。専用のカッターで三階の窓ガラスに穴を開け、クレセント錠を上げてロックを解除。五郎が窓から侵入したら、今度は潤平が跳び移る番だ。

下を見たら怖くなるのは分かっていたので、絶対に見ないようにした。正面の窓だけを見て、とにかく思いきり跳んだら、まあ、特に問題なく跳び移れた。第一関門はクリアと、思っていいだろう。

入ったところは道場のような広間になっており、深夜ともなると誰もいなかった。そもそも、サダイは健全なる精神を保つため早寝を奨励しており、夜間はほとんど活動がない――というのは単なる言い訳で、本当は、幹部連中がお楽しみを邪魔されたくないだけだろう、と五郎は言っている。

だがそのお楽しみも、土曜の夜は「なし」なのだという。

五郎はその理由を、こう推測していた。

「どうやら土曜の夜には、総本部職員による監察があるらしいんだな。要は、抜き打ちの見回りだよ。それが土曜の夜ってバレてる時点で、あんま意味があるとも思えねえけど、それでも支部に対する、総本部の睨みっツーかな。そういう効果は、あるのかもな」

広間を出て暗い廊下を進む。施設に入るのはむろん初めてだが、五郎からもらった見取り図は隅から隅まで暗記してある。廊下の幅や長さのイメージも、シミュレーションを繰り返したお陰でちゃんと頭と体に入っている。

美祈のいる部屋は三階、階段のすぐ向こうだ。

五郎と目で合図し合い、そこまで行く。なんのデザイン性もない、古臭い木目の引き戸。錠の類はなく、右に引くとそのまま開いた。

室内にはベッドが左右に一つずつ。二人で同時に入り、左を五郎が、右を潤平が確認した。今回、母親は連れて行かない。連れ出すのは美祈だけだ。

布団の端を摑み、少しだけ捲る。

根拠など何もなかったが、やはりこっちが美祈だった。美祈は目をまん丸く見開いて、潤平を見上げていた。

隣には母親がいる。余計な言葉はかけられない。名を名乗ることもできない。

でもせめて――。

「……助けにきたよ」

美祈が、ハッと息を呑む。さらに布団を捲り、パジャマの手首を摑んで引き起こす。隣を見ると、五郎が母親をガムテープでぐるぐる巻きにしていた。鼻は残して、口と目を覆い尽くす。さらに両手首、両足首。褒め言葉にはならないかもしれないが、手際は非常にいい。

さらに五郎は暗い室内を見回し、収納棚から取り出したものをいくつか、自分のリュックに収めた。打ち合わせにない行動だった。

思わず「五郎さん」と言いそうになったが、なんとか堪えた。

「……ちょっと、それは」

五郎がこっちを向く。目で「行け」と示す。

「だって」

「分かってる、いま行く」

問題は帰りだ。三階の窓から美祈を下ろすことはできない。階段で普通に一階まで下りて、玄関から出るしかない。特に、美祈と示し合わせて連れ出すのではなく、誘拐の形をとっているのだから、見た感じの強引さも重要だった。

三階から二階にきて、一階に下りる階段の途中まではよかった。

だが二階、頭のすぐ上辺りで、ふいにどこかの戸が開き、

「……ん、えっ……なんだ、お前、ちょっと、おいッ」

男の声がし、

「おォォォーイ、悪魔だァ、悪魔がいるぞォォォーッ」

急に騒ぎになった。

二階と一階、あちこちのドアが一斉に開き、男か女かも、何を持っているのかもよく分からない連中が大勢溢れ出てきた。

「悪魔だっ」

「あァーッ、悪魔が、悪魔がァーッ」

「うおォーッ」

「どけ、どけェーッ」

パニック状態とは、まさにこのことだろう。

「みの……美祈姉妹が、美祈姉妹が」

「美祈姉妹ぃーッ」

木刀のようなもの、鉄パイプのようなものを持っている奴もいた。避けられるなら、できるだけ避けて済ませようと思っていた。だが、美祈を抱きかかえながらの防御には限界があった。

可哀相だとは思ったが、

「シュッ」

「あふっ……」

メリケンサックのジャブくらいはお見舞いせざるを得なかった。

ときには鉄パイプを、フックで叩き落としたりもした。その瞬間は、暗い廊下に火花が散った。

木刀を振りかぶった相手の、がら空きのボディに前蹴りを見舞ったりもした。怖さを覚えるような相手はいなかったが、それでも大勢というのは不気味だった。

途中で照明が点き、

「美祈姉妹ッ」

「この、悪魔めがァーッ」

顔が見えるとなおさらだった。どこにでもいそうなオジサン、オバサンが、ジャージ姿で、パジャマ姿で、目を吊り上げて歯を剝き出して襲い掛かってくるのだ。

唯一の救いは、美祈があまり抵抗せずにいてくれたことだ。

いや。本当はもっと、嫌がってもらった方がよかったのかもしれない。悪魔に連れ去られるのだから、必死で暴れるくらいでよかったのかもしれない。

なんとか教団施設の玄関から出ると、あとは五郎の独壇場だった。

「この娘は、もはや悪魔のものだ。もらっていくぞ……」

これを、本物か偽物かはともかく、銃口を向けられて聞かされたのだ。サダイの信者といえども、そういった面では一般人。おいそれとは手出しできなくなる。

潤平たちが敷地から出ると、信者たちはそれ以上、決して追ってこようとはしなかった。彼らにとって「サダイの家」の外は、まさに悪魔の世界。教義が裏目に出たわけだ。

最初に車を降りたところまで行き、各々乗り込む。

五郎は助手席に、潤平は美祈と後部座席に。

全てのドアが閉まると同時に、

「行くよ……」

世津子がアクセルを踏み込む。

潤平は小さく、硬くなって震えている美祈を、そっと抱き寄せた。

目出し帽を脱ぐと、美祈は暗闇でもそれと分かるほど、濡れた瞳で潤平を見上げた。

驚きとか、恐怖とか、そういうものは目の中になかった。

「……潤平さん」

一つ、頷いてみせる。

「助けにいくって、言ったろ。必ず、俺が助けにいくって」

車はすでに、大きくて明るい通りまで出てきていた。それで少し、潤平も平常心を取り戻したようなところが、あったのかもしれない。

左手、薬指と小指の付け根の辺りが、ピリッと痛んだ。なんだろうと見てみたら、メリケンサックの、小指を入れる輪っかが一つ、欠けて失くなっていた。

でもそんなことは、どうでもいい。

「潤平さん……」

美祈が今、こうして潤平の腕の中にいる。

それだけで、今は。

3

麻布署から目黒署に鵜飼が異動になったのが、十五年前。

梶浦とはそこで出会った。

「鵜飼チョウ、明日休みだろ？　今日、またちょっと付き合ってくれよ。奢るからさ……なあ、頼むって」

当時は梶浦も鵜飼も巡査部長。所属も同じ刑事組織犯罪対策課だったが、梶浦は組織犯罪対策係、鵜飼は鑑識係だった。

キャバクラには、本当によく連れて行かれた。梶浦にしてみれば、三つ年下で独身の鵜飼は誘いやすい後輩だったのだろう。だが鵜飼が、喜んでそれについて行ったのかというと、それは違う。梶浦にとってのキャバクラ通いは、言わば「残業」。それと同じように、鵜飼にとっても決して「遊び」とは言いきれない面があった。

要は先輩の、残業のお手伝いだ。ときには愛想笑いを浮かべ、甘んじて笑い者にならなければならないときもある。かといって自分から何か言い返せるかというと、それはできない。余計なことを言って梶浦の、のちの捜査に支障があってはならないからだ。

その辺は、梶浦もよく分かってくれていた。

「悪いな、毎度毎度、オチみたいに使っちゃってさ……ちょっと、寿司でも摘んでくか。回ってんのだけど」

交際中の女性はいないと明かすと、お節介なくらい心配もしてくれた。

「この前行ったスナック、『しずく』のマコトちゃん。あの娘、お前のことすげー気に入ってたぜ」

そう急に言われても、鵜飼は顔も髪型も全く思い出せなかった。

「マコトちゃん……どんな娘でしたっけ」

「ほらぁ、身長が百六十二センチくらいで、髪はちょっと茶色いセミロングで、おっぱいはそうでもねえけどキュッと腰の括《くび》れた長野出身の女子大生で、実家で飼ってるドーベルマンに押し倒されて手首の骨折ったたって笑ってた、こことここにホクロのある娘だよ」

ドーベルマンの話で、あの娘かな、という顔はかろうじて浮かんできた。

「ああ、まあ、可愛い娘でしたけどね……でも梶浦チョウ、よくそんな細かいことまで覚えてますね。こことここにホクロとか」

「お前だって刑事だろう。ああいうところでも頭使って、情報収集の訓練しなきゃ」

しかも、梶浦の話はそこでは終わらない。

「あのマコトちゃんは、いいぞ。『しずく』は変なケツモチもない綺麗な店だし、彼女自身の身元もしっかりしてる。地元じゃけっこうなお嬢さんらしいぞ、ああ見えて」

だが、そんな梶浦との付き合いも長くは続かなかった。

鵜飼が目黒署にきた一年後、今度は梶浦が新宿署に異動になった。

「じゃあな、鵜飼チョウ。マコトちゃんと上手くやれよ」

「梶浦チョウ、いいですから今、そういうのは……じゃあ、お元気で。また連絡しますよ」

「ああ」

送別会でそんな会話を交わしはしたが、でもその後、互いに連絡をとり合うことはなかった。梶浦にとって鵜飼は同僚の一人でしかなかったのだろうし、それは鵜飼にとっても同じだった。

その半年後の配置換えで、鵜飼も刑組課から出ることになった。異動先は生活安全課。しかも、警察官になって初めての少年係。いろいろ分からないことが多く、しばらくは見習いのような期間が続いた。

そんなある日、鵜飼はよく立ち寄る文房具屋の主人から心配事を打ち明けられた。心配事というか、ある種の相談だ。

「そこを真っ直ぐ行って、二つめの角かな、右手にある公園。あそこにさ、午前中からぽつんと、一人でベンチに座ってる、中学生くらいの男の子がいるんだよ。あれって、なんなのかね。学校で、苛めにでも遭ってるのかね。どうなんだろか」

鵜飼も時間を見つけて二、三回、その公園を見に行ってみた。すると確かに、ブレザー姿の少年が花壇の縁に腰掛けているのが目に入った。

「どうも、こんにちは……何してるの？」

ただのオジサンだと思われたのだろう。声をかけても、すぐには反応がなかった。だが、少し砕けた口調で「俺、こう見えても警察官なんだぜ」と手帳を見せると、さすがに鵜飼を見る目が変わった。そこには驚きの色もあったが、安堵に似た気持ちも、多少は芽生えたように見えた。

やがて少年は、学校で苛めに遭っていることを告白した。

「そっか、よく分かった。そりゃ、つらかったな。よく我慢したな……俺も、できるだけ力になるよ。約束する。でも……やっぱりさ、こういうことはまずご両親と、学校の先生に相談しないと、完全には解決できないからさ。とりあえず、俺から学校の先生に連絡入れてみるよ。だからカツヒロくんが、この先生となら喋れる、って先生、一人だけ教えて。その先生にだけ、内緒で連絡してみるから」

少年、佐藤《さとう》勝大は「ヤマキ先生」と答えた。

「男の先生？　女の先生？」

「女の先生」

「科目は？」

「数学。でも、柔道部の、女子顧問」

「へえ、女子柔道の……」

しかし連絡をとり、実際に学校を訪ねて会ってみると、

「お電話ありがとうございました……改めまして、八巻です」

八巻貴子《たかこ》教諭は、鵜飼が「数学」と「柔道」というキーワードから描いたイメージとは程遠い、比較的小柄で華奢《きゃしゃ》な、可愛らしい雰囲気の女性だった。

「目黒署少年係の、鵜飼です。あの、佐藤勝大くんは、今……」

「はい、教室で授業を受けております。少し、お話よろしいですか」

「もちろんです」

結果から言うと、佐藤勝大の苛め問題はさして長引かずに済み、揉めていた男子生徒二人と勝大が和解することで収束を見た。

その二ヶ月ほどあとのことだ。

仕事帰り、少年係の同僚と三人で駅近くの居酒屋に入ると、なんと、すぐそこの席にあの八巻貴子が座っていた。彼女も夕飯がてら、同僚女性と二人で飲みにきたのだという。

「えー、じゃあ鵜飼さんたちも一緒に飲みましょうよ、ぜひぜひ」

鵜飼の同僚二人も妙に乗り気で、まだ話もまとまらないうちに店員を呼び止めていた。

「こちらと一緒に、だから全部で五人ね。五人入れる座敷……いや、あのテーブルでいいや。あそこにこちらの料理とか皿、全部移して、ね……はい、みなさん、移動しましょう」

奥のテーブルに落ち着くと、八巻貴子はすかさず隣の同僚女性に耳打ちした。

「こちら、鵜飼さん……こう見えて、刑事さんなんだよ」

「エェェーッ」

鵜飼は「シッ」と人差し指を立て、テーブルに身を乗り出した。

「あの、そういうことは、できるだけ……」

そのとき、彼女が妙に嬉しそうに頷いたのを、鵜飼は今でもよく覚えている。

「分かってます。こういうところでは、所轄署のことを会社、本庁のことを本社って言うんでしょ？　ドラマでやってましたよ」

まさにそれ、今それを口に出して説明しちゃったら意味ないでしょ、とは思ったが、聞こえる範囲に他の客はいなかったので、よしとすることにした。あと、この頃の鵜飼の所属は生安なので、厳密に言ったら刑事ではないんだよな、とか、「本庁」は「警察庁」を指すケースの方が多いから、正確に言うなら警視庁「本部」が「本社」なんだよな、とか、思うことは他にもあったが、それも口には出さなかった。

「じゃ、乾杯」

「カンパーイ」

このとき、鵜飼が三十六歳で、貴子が三十一歳。鵜飼の同僚二人も貴子の同僚も三十歳前後。まあまあ歳が近かったからだろう。ごく自然な流れで連絡先を交換することになった。

その後、他の三人が連絡を取り合っていたかどうかは知らない。だが、鵜飼が貴子から連絡をもらうことはあったし、そういう履歴を見れば、鵜飼も必ず貴子に返信するか、折り返すかした。

『へえ。警察官って、意外と日曜にもお休みとれるんですね』

「交番勤務じゃないからね。泊まりの当番に当たってなければ、けっこう土日は休めるかな」

『少年課は、ってことか』

「少年『係』ね、正しくは」

『あそっか、少年「係」か……じゃあ、次に休める土日に、ドライブデートしましょうよ。私、ようやく先月、免許取れたんですよ』

実際、次の日曜日にそのデートは実現した。

案の定、大変だった。

「……今のところを、右折だったんだけど」

「えっ、過ぎちゃいました？」

「過ぎちゃったね。でも大丈夫だよ。次で右折すれば」

「いや、右折は極力したくないので、ここは左折三回で、帳消しにしましょう」

「右折したくない、ってそんな……」

何しろ初心者にハンドルを任せるのだから、助手席に座る鵜飼がリラックスなどできるわけがない。心臓は終始バクバクしっ放しだった。

だが「吊り橋効果」という心理学の理論がある。理由はなんであれ、心拍数が上がるような体験を一緒にした男女は、互いに恋愛感情を抱きやすいという、アレだ。

それに照らして考えれば、あのドライブは理論上、極めて有効なデートだったということができる。

実際、二人が深い関係になるのにさしたる時間はかからなかった。

「鵜飼さん、こんなところに傷がある……もしかして、犯人に銃で撃たれたとか？」

「違う違う。それは、子供の頃に樹から落ちて、途中の枝が刺さったときの傷だよ。現場で銃なんて、一度も向けられたことないって。しかも、後ろからなんて……ないない」

背中の、肩甲骨の下の傷。自分では滅多に見ないので、あるのをすっかり忘れていたくらいだ。

貴子はその傷に、よく頰を寄せてきた。

「鵜飼さん、雨は好き？」

「雨……いや、あんまり、好きとか嫌いとか、考えたことないけど。でも、鑑識やってた頃は、雨で何か、たとえば指紋とか、靴の痕とかが流れちゃったら困るな、とは思ったよね。だから、好きか嫌いかって言われたら、嫌いな方なのかな……」

鵜飼は体の向きを変え、貴子の顔を覗き込んだ。

「君は。雨、好きな方？　嫌いな方？」

あのとき、貴子は雨を、好きだと言ったのだったか。それとも嫌いと、言ったのだったか。そんなことも、もう簡単には思い出せなくなっている。

目の前にあった白い頰と、夜空を、小さく丸く切り取ったような、黒い瞳は思い出せるのに。

互いに公務員というのもあり、交際の支障になるようなものは何もないと、鵜飼は考えていた。

いつ頃、とまで具体的な話は出ていなかったが、でも「結婚」の二文字は確実に、二人の中にあったと思う。

貴子も早い段階から、弟を鵜飼に紹介したいと言っていた。

初めて彼に会ったのは、貴子が予約した六本木のフレンチレストランでだった。

「初めまして……和也です」

スラッとした、非常にスタイルのいい青年だった。当時、二十五歳か二十六歳。東京都北区の清掃事務所で働いているということだった。

「じゃあ、今日はみんな公務員ってわけだ」

貴子が、ニヤニヤしながら鵜飼の顔を覗き込んできた。

「あれぇ、道弘さんは『会社』員なんじゃ、なかったっけぇ？」

すでに貴子も、鵜飼を下の名前で呼ぶようになっていた。

「そういうのいいから……じゃあ、乾杯」

ちなみに、三人でフランス料理を食べたのはこのときだけだった。以後は普通の、チェーン店の居酒屋が多かった。

食事を済ませ、鵜飼が「一服」と腰を浮かせると、和也も「お付き合いします」と立ち上がった。

和也と二人で話をしたのは、そのときの喫煙室が初めてだった。

「俺にとって姉貴は、父親代わりであり、母親代わりでもあり……」

八巻家は母子家庭のうえ、母親が病弱だったため、一家の大黒柱は長らく貴子だったと、他でもない彼女自身から聞いていた。

「うん。お姉さんは、とても強い人だよ。尊敬してる……俺も」

和也は「はっ」と、妙な笑い方をした。

「なんすか、それ……その姉貴が凄く強い人だって、嬉しそうに鵜飼さんのことを、俺に自慢するんですよ……じゃあ、鵜飼さんは最強ってことっすね」

「いや、彼女の言う『強い』っていうのは、そりゃ警察官として、というのも込みだから。俺個人が強いわけでも、なんでもないよ」

すると和也は、急に両手を揃え、鵜飼に頭を下げた。

「姉貴のこと、よろしくお願いします。絶対、幸せにしてやってください。母親も二年前に亡くなって、もうほんと、姉貴には自分の幸せだけ、考えてもらいたいんで……今日、鵜飼さんに会って、ちっとでも変な奴だったら、俺、姉貴にやめろって言うつもりでしたけど、もう全然、そんなの……俺いま、滅茶苦茶嬉しいです。俺、鵜飼さんのこと、正式に『お義兄《にい》さん』って、『アニキ』って呼べる日を、今から楽しみにしてます」

自分より背の高い男を抱き寄せようなんて、普段の鵜飼だったらしない。考えもしない。でも、このときは特別だった。

自分に弟ができた。

それが、嬉しかった。


互いに休みが合わせられない日が続き、会うのはほぼ一ヶ月ぶり、というときがあった。

その間に一体、貴子に何があったというのだろう。

「どうした……ちょっと、痩せた？」

決して褒められた痩せ方ではない。健康面に不安を感じる、そういう痩せ方だった。

貴子は眉根を寄せ、小さく頷いた。場所は貴子が暮らしていたワンルームマンションだった。

「クラスにさ、ちょっと、心配な子がいて」

とはいえ、佐藤勝大のことでないのは分かった。二人が付き合い始めて、すでに一年半が経っていた。佐藤勝大も無事中学を卒業していた。

「それは、男子、女子？」

「女子」

「どうしたの」

「なんかさ……家からじゃなくて、宗教の施設から、学校にきてるみたいなんだよね」

男子なら「一休さん」みたいな小坊主をイメージするところだが。

「どういう宗教なの」

「『サダイの家』っていって、キリスト教系の」

当時はまだ、鵜飼も耳にしたことがなかった。

「キリスト教なのに、出家とかあるの？」

ひと月の間に、よほど大変な思いをしたのだろう。たったそれだけの質問で、貴子は怒ったように声を荒らげた。

「知らないよ、私だってそんなこと」

「分かった、ちょっと、とりあえず落ち着こう」

何か温かいものを飲みながら、詳しく聞くことにした。

初めの方はコーヒーの用意をしながら、鵜飼は聞いていた。

「前は、もちろん学校の近くに、目黒区内に住んでたんだけど、急に遅刻が多くなって。どうしてって訊いたら、最初は『寝坊です』みたいに言ってたんだけど、そのうち、どうも電車通学してきてるらしいって分かってきて。それで問い詰めたら、ようやく、台東区にある教団施設から通ってきてるって話してくれて。そこも母子家庭で、いろいろ大変だったんだろうとは思うけど、なんか娘さんの面倒は、教団が見るって話になったらしくて。お母さんは元の、学区内のアパートに住んでて。でも訪ねてみたら、中はほとんどゴミ屋敷みたいで。私も……」

貴子は「ありがとう」と、鵜飼が差し出したカップを受け取った。

「私も、ちょっといただけで気持ち悪くなっちゃって。ただ、一所懸命に娘さん、ミツタセイコっていうんだけど、彼女との生活を立て直そうとしてたのは、分かるのね。ウチの母親もそうだったから。あれしなきゃ、これしなきゃって、思ってはいるし、動こうとはするんだけど、いろんなことが上手くいかなくて、どんどん身動きがとれなくなっていって、みたいな」

最初に貴子から聞いたのは、そんな話だった。

だが、事態はそれに留まらなかった。

「この前話した、ミツタセイコ。ひょっとしたら、性的虐待、受けてるかもしれない」

何を根拠に、と鵜飼は尋ねた。

「はっきり、これっていうんじゃないけど、たとえば物理のイシダ先生とか。男性教諭で、ちょっと太ってて、言ったら普通のオジサンなんだけど。私と彼女が教員室で話してるときに、そのイシダ先生が近くを通ったのね。彼女の後ろの方から来て、右側を抜けていく感じで。そうしたら、全然触ってもいないのに、イシダ先生の姿が視界に入るなり、ギクーッてして、両腕で自分の肩を抱いて、固まって、目もオロオロしちゃって……あと、なんかすごく座りづらそうにするのね。ほら、痔を患ってる人って、椅子に座るのもつらいらしいじゃない。それと似たような痛みが女性器周辺にあるんだとしたら、ああもなるかな、って……それがレイプかどうかは分からないけど、無理やりそういうことされてるんだとしたら、って考えたら、いくつものことが頭ん中で、カチカチカチカチッて、組み合わさる感じがして」

その話を聞いた数週間後に、事件は起こった。

満田真美子《まみこ》という女性が自宅で首を吊って死亡しているのが発見されたのだが、これが、自殺を装った他殺である可能性が高いというのだ。目黒署は自殺と他殺の両面で捜査を始めたが、まもなく他殺であると断定し、警視庁本部に捜査協力を求め、特捜本部を設置したうえで捜査することになった。

少年係の鵜飼にも、刑事捜査と鑑識の経験者ということで声がかかり、特捜本部の一員として参加することになった。

会議で配られた資料には、満田真美子には中学二年生になる成子という娘がいるが、事件発生後は行方が分からなくなっている、とあった。

中学二年生の娘、満田成子。

ピンとくるどころの話ではなかった。こんな偶然があるのかと震えがきた。ただ「ミツタセイコ」の話は貴子から口頭で聞いただけなので、まずは漢字表記を確認しようと思い、携帯電話に連絡を入れた。

だが、出ない。

一時間に五回くらいかけた。その後は一時間に十回、終《しま》いには二十回以上かけた。それでも貴子は電話に出なかった。半日も連絡がとれないなんて、普段の彼女ならあり得ない。

仕方なく、鵜飼は「未確認ではありますが」と断わった上で、マル害の娘の所在についてこんな情報がある、と特捜幹部に報告した。幹部は慎重に吟味したのち確認をとる、と言ってくれたが、逆に鵜飼は、もはやマル害の娘の所在などどうでもよくなっていた。捜査員としてはあるまじき話だが、でも実際にそうだった。

貴子と、連絡がとれない。

あれから十一年が経つ。

4

正直、意外だった。

西東京支部から美祈を連れ出し、身を隠したのは例のラーメン屋だったのだが、

「怖かったでしょ。もう、大丈夫だからね」

世津子が妙に、美祈に優しいのだ。

潤平が世津子に抱いていたイメージといえば、狐顔、手脚が長い、男勝り、口が悪い、ヘビー

スモーカー、唇がエロい、といったところだが、その世津子が、二階にある八畳の和室で、まるで母親のように美祈を抱え込んで放さないのだ。

美祈の頭や背中を撫でる手つきも、なんというか、ホイップクリームのように柔らかい。

「このまま、寝てもいいよ」

世津子の腕の中で、美祈が小さく頷く。潤平なんて指一本触れる余地もない。雰囲気としてはそんな感じだ。

いや。潤平もそんなに、今すぐ切実に、美祈に触りたいわけではない。断じて。


一階に下りてみると、五郎が携帯電話で誰かと喋っていた。

建物同様、階段もかなり古いので、足を掛ければその都度ギイギイと段板が鳴る。誰かが下りてくることくらい五郎なら分かったはずだが、それでも彼は電話を切りもしなければ、声をひそめもしなかった。

「……所詮、支部なんでね。そういったものは何も……まあ今回は、救出優先ってことで……大丈夫っすよ。ちなみに、覚醒剤なら唾液とか毛髪とか、尿とか……駄目ですか。全然？……まあ、だいぶ経ってるのは事実ですけど、もし可能性があるなら、採取はしておきますよ……とりあえず、ペットボトルとかに……へえ、たまには冗談も言うんですね。ちゃんと、ミネラルウォーターのにしますよ」

なんの話をしているのかはさっぱり分からなかったが、かといって、あとでそれを確かめる気も、潤平にはなかった。

電話を切ると、五郎は潤平に向き直った。

「どうだ、美祈ちゃん」

「どう、って……世津子さんに抱っこされて、落ち着いてる」

それには頷いてみせる。

「あの娘の母親はサダイにどっぷりだから。今後も連れ出す気は、少なくとも俺たちにはない。で、父親は行方不明と……下手すりゃ殺されて、どっかに埋められてんのかもな」

「ちょっと……」

今の声量で聞こえたとは思わないが、それでも二階にいる美祈の耳は気になった。

「そんなこと、証拠もないのに言わないでよ」

「だから、かもな、って言ってんだろ。都合のいい理想を夢見る人間と、最悪の状況を想定する人間……俺は明確に後者だからさ。人生のゴールが悠々自適な年金生活だなんて、これっぽっちも思ったことねえしよ」

そんなことは、潤平だって思っていない。

「じゃあこの先、どうしたらいいの。美祈ちゃんは、どうやって生きてったらいいの」

五郎がポケットをまさぐり始める。タバコか。

「サダイを離れて、普通に暮らせばいいんじゃねえの」

「そんな、無責任な」

「は？　いっぺん助けてやっただけ、ありがたく思ってほしいね」

「なにそれ。俺に言ってんの」

五郎が、フンと強めに鼻息を吹く。

「お前が美祈ちゃんの面倒を見ていくってんなら、それもいいんじゃないの。でもお前にその気がないんなら、あとは美祈ちゃんの勝手だろうよ。もう十九なんだから、充分に一人で生きてける歳なんだから、親なんざいなくたってなんの問題もないだろうが。ただし、サダイの追手には気をつけろよ、ってのが俺からの忠告。それだけ」

タバコが見つかったらしい。箱を開け、一本銜える。

潤平は、厨房の流し台を指差した。

「水って、出るんだよね」

「出るよ。お前だって、さっき便所使ったろ。そんとき流れたろ」

「あそっか……水、一杯もらいます」

カウンターの端に並んでいる、曇った傷だらけのガラスコップを手に取り、水を注ぐ。

美味しくはなかったが、それでも喉の渇きは癒えた。

「あの、さ……なんか世津子さん、妙に美祈ちゃんには、優しい気がするんだけど、気のせいかな。それって勘違いで、実は俺一人が、世津子さんにキツく当たられてるだけなのかな」

五郎が、煙と一緒に笑いを吐き出す。

「へっ……お前、世津子の当たり、キツいなって思ってたのか」

「いや、五郎さんと差があるのは仕方ないと思うけど、なんか、三人になっても俺が一番ぞんざいって……ちょっと、悲しいっつーか」

「世津子は、もともと優しい女だよ。もしお前への当たりがキツいんだとしたら、それは、世津子がお前のことを気に入ってるからだろう」

そんなのアリか。

「なにそれ……男子が、好きな女子につい意地悪しちゃうものの、反対みたいなこと？」

「そうね。そっち系だろうね」

「世津子さん、俺のこと好きなのかな」

「言ってみれば。いっぺん姦らせろって」

どういう反応が返ってくるかは容易に想像がつく。

「無言でスタンガン押しつけられそうなんですけど」

「よく分かってんじゃねえか、チャンピオン」

だから、チャンピオンになったことはないんだって。


少しすると世津子も一階に下りてきた。

「ようやく寝た……よっぽど不安だったんだね。あたしの手、ずっと握ったまま離してくれなかった」

あの畳の部屋に、ただ転がしてきただけなのだろうか。

「えっと、布団とか、そういうのって、ここには……」

途端、狐の目で睨まれる。

「座布団五枚と毛布が二枚ありゃ充分だろ。相当カビ臭かったけど、贅沢言える立場かッツーんだよ」

「そっすか……そっすね、はい、恐縮です」

フン、と鼻息を吹き、世津子もタバコを吸い始める。そういうタイミングも仕草も、どことなく五郎と世津子は似通っている。

五郎に「気に入っている」と言われたのを鵜呑みにするわけではないが、でも、訊いてみても大丈夫かな、とは思った。

「世津子さん、美祈ちゃんには、すげー優しいんすね。なんか、嬉しいです……ありがとうございます」

世津子は左右の眉を段違いにし、迷惑そうというか、不愉快そうというか、とにかく嫌そうな目で潤平を見た。

「なに気持ちワリーこと言ってんだよ」

「気持ち悪くないっしょ。ありがとうって言ってんだから」

「別に優しいとか、そういうんじゃないから。ただ……あたしも元信者だから。サダイの信者だったから、分かるんだよ、あの娘の気持ちが。痛いほど」

決して口がすべった感じではなかった。むしろ、世津子はいつか言おうと思っていた、それを今、思いきってこのタイミングで吐き出した。そんなふうに、潤平には見えた。

「世津子さんも……」

「なんだろうね。教祖が女だから、女が信じやすいのかね。それとも、もともと女って生き物は宗教にハマりやすいのかね。ウチの場合も美祈と一緒でさ、まず母親がサダイにどっぷりハマったんだ。教祖に、霧吹きで『超能聖水』吹き付けられて、祈りなさい、とか言われて、一緒に祈らされて。で、そのご利益があるって聖水を母親が買うようになって、それに何百万も突っ込んじゃって。当然、生活は立ち行かなくなって。あろうことかウチの場合、あたしだけがサダイの支部に引き取られることになってさ。その後は……地獄だよ」

そうは言いながらも、世津子はいつもと変わらぬ様子で煙を吐き出す。

「中一だっておかまいなしだからね、奴ら。毎晩毎晩、何人もの男に抱かれたよ。生理でもないのに、毎日下着にジクジク、血が滲んできてさ……でもそのうち、あたしは本部に移ることになってね。そっからはちょっと事情が変わった」

ぽんぽん、とタバコを灰皿の縁に当てる。

「あたしは、支部の幹部のダッチワイフから、教祖、永倉天英の専属ラブドールになった……あれも一種の昇格かね。多少、待遇はよくなったよ。っていっても、ひと晩に相手する人数が減ったってだけで、お股の具合が好くなるほどの好待遇ではなかったけど」

ちょっと待て。

「あれ、永倉天英って、確か」

「あん？」

「女じゃなかったっけ」

「そうだよ」

潤平が勘違いしている、わけではないらしい。

「ということは」

「そう、レズ。レズビアンね、永倉天英は。でもそれじゃ困るんだよ……ってまあ、当時はあたしもよく分かってなかったけど、今なら分かる。教団が本当に欲してるのは、キリストの復活に匹敵するようなストーリー。即《すなわ》ち、サダイの再誕……『再誕』ってのが言葉として正しいかどうかは分かんないけど、どっちかッツったら『降臨』の方が近いのかもしんないけど、とにかく、永倉教祖の血を受け継ぐ『お世継ぎ』が欲しいわけ。それを期待されたのが、かつてのあたしであり、最近なら美祈ってわけ」

もう、全然意味が分からない。

「えーと……でもさ、天英がレズビアンだったら、仮にそういう女の子と関係を持ったところで、お世継ぎなんて生まれなくない？」

「おっ、チャンピオン、冴えてんじゃん」

馬鹿にするな。

「俺だって、それくらい分かるよ」

「威張んな馬鹿、分かって当たり前なんだよ……だからさ、天英の相手をするのとは別に、種馬のお相手もさせられたわけだよ、あたしなんかは……天英の父親ね。永倉英世、『サダイの家』の初代教祖だよ。あの当時でもけっこうなジジイだったからね。種付けはそもそも無理だったのかもね。お陰であたしは、マリア様になり損ねたってわけさ」

狂ってる——。

潤平が言葉を失っていると、世津子が続けた。

「オヤジの英世ってのは、昼間会うといい人なんだよ。とても、信者の女子中学生をレイプするような鬼畜には見えない……けど、姦るときは姦るんだよな、男ってのは。あんなに優しい顔してても、夜は違う顔になるんだよ」

　重大なことを思い出した。

「あの、さっき、美祈ちゃんも同じ、みたいなこと」

「うん、言ったよ」

「本部の、永倉天英の」

「前まではね、そうだったの。けど、父親の有川健介とあたしらが、総本部から美祈を奪回しようとしてるって気づいたんだろうね。奴らは美祈を総本部から別のどこかに移した。母親と一緒にね。こっちも慌てて捜し回ったよ。とりあえず十二ヶ所ある支部を虱潰しに当たって、それで駄目なら教会も当たらなきゃ、って思ってたけど、まあなんとか、西東京支部にいることを突き止めた、ってわけ」

　聞き役に回っていた五郎が、ふいに割り込んできた。

「そうしたらなんと、美祈のことを尾け回してる変態野郎がいるじゃねえか」

　世津子がニヤリと片頬を持ち上げる。

「不ッ細工なくせに、根性だけは据わってやがってな。控えめに言っても女を口説いていいツラじゃねえってのに、まあ、しつこいしつこい。最初は、美祈を奪回するのに邪魔だな、と思ってたけど、なに、ちょっと見てたら、美祈のバイト先の、餡子屋の従業員じゃねえか、って分かって。だったら排除するより引っ張り込んじまえと」

　五郎が頷いて引き継ぐ。

「って、世津子が言い出したんだよ」

キッ、と世津子が五郎を横目で見る。

「嘘だ、五郎ちゃんが先に言ったんだよ」

「そうだっけか」

「そうだよ……」

納得いかなそうだが、世津子は続けた。

「あの、餡子屋でのバイトも意外だった。普通の信者だったら絶対にさせないよ。だって必要ないもん。生活費は総本部から十二分に支給されてるんだから、十代の娘を外に出すなんてデメリットしかない。でもそれを、西東京支部長は許してしまった……美祈がどういう交渉をしてバイトの承諾を得たのか、そこはあたしも興味がある。もうちょっと落ち着いたら、訊いてみようと思ってる」

それよりも、だ。

「さっき、世津子さんも信者だったって聞いたけど、世津子さんは、どうやってサダイから逃げてきたの」

その質問で初めて、だったかもしれない。

世津子は、明らかに表情を曇らせた。

「それは、さ……あたしの、中学んときの先生だよ。ヤマキタカコ、って先生のお陰。タカコ先生だけが、あたしのことを親身になって考えてくれた。何も言わなくても、あたしが性暴力の被害に遭ってるって見抜いてくれた。凄く正義感の強い人で、あたしを解放しろって、何度も何度も総本部に怒鳴り込んでくれた。でもそれが……結果的には、裏目に出てしまった。総本部は、ウチの母親が先生に相談したと思ったんでしょ。まず母親を始末した。首吊り自殺に見せかけて、母親を殺した」

嘘だろ、と潤平が言う前に、五郎が付け加えた。

「それに関しては、警察も自殺と他殺の両面で捜査してた。解決はしてないけどな、いまだに」

世津子が「うん」と頷く。

「同時に、タカコ先生の行方も分からなくなった。教団としては、邪魔者二人の排除には成功した恰好だけど、警察の手前、あたしを囲っとくのだけは難しくなった。だから、致し方なく手放した。あたしが、普通の児童養護施設に入ることを承諾せざるを得なくなった。本当なら、自分らの息のかかった施設に入れたかったんだろうけどね。施設長が信者とかさ、スタッフに信者がいるとか、そういうところに……今だったら確実にそうするんだろうけど、何しろ十年以上前だからね。当時のサダイに、もしくは永倉天英に、そこまでの力はなかったんでしょ。まあ、成り行きっちゃあそうだけど、あたしが外に出られたのは、やっぱりタカコ先生のお陰だと思ってる。あと、この人に出会えたのも」

そう言って、五郎を指差す。

「……え？」

「五郎ちゃん、本当は『竹島五郎』って名前じゃないの」

五郎が、気まずそうに苦笑いを浮かべる。

「俺の本名は『ヤマキカズヤ』。俺の姉貴、ヤマキタカコはたぶん、十年以上前に、サダイに殺されてる。でもそこまでして、姉貴はこの世津子を守ったんだ。救い出そうとしたんだ。取り戻そうとしたんだ、サダイから。それを俺が引き継ぐのは、当然のことだろう」

世津子が、横から「これ」と携帯電話を差し向けてきた。

「タカコ先生。一枚だけ、二人で撮ったの、残ってた……」

ブレザー姿の、まだ幼さの残る、今より丸顔の世津子。

彼女の肩を抱き、合わせるように笑みを浮かべている、黒いダウンジャケットの女性。

世津子が囁く。

「綺麗な人でしょ」

「……うん」

本当に、綺麗な人だと思った。


潰れたラーメン屋でカップラーメンを食べるというのも、なかなか妙な気分ではある。

そのときに聞く話がこれ、というのはさらに妙な気分だ。

「俺たちが美祈奪回に拘ったのは、有川健介から依頼があったから、ってだけじゃないんだ。美祈は何年も総本部で、永倉天英の近くにいた。当然『超能聖水』漬けになってるものと思っていい」

それの何が問題なのだろう。

「でも『超能聖水』って、ただの水道水なんじゃないの」

五郎が「いや」と小さく首を振る。

「販売用の聖水は確かに、ただの水道水だ。でも天英が総本部で、信者に噴き付ける聖水は、それとは別物だ。おそらくそれには、シロシビンという幻覚剤が含まれている」

初めて聞く言葉だ。

「シロシビン……」

「マジックマッシュルームに含まれる、水溶性のアルカロイド系薬物……って程度しか、俺にも分かんねえけど、専門家じゃねえから。多幸感っていうのかね、摂取するとハッピーになったり、神秘体験をするようになるんだそうだ。古くから宗教家が信者の獲得に使ってきたとされているが、正式な報告みたいなのはないらしい。海外では抗うつ薬として使われる場合もあるようだが、日本ではもちろん、違法薬物に指定されている」

五郎がもうひと口、勢いよく麺をすする。

「それを……美祈はだいぶ使われてきたはずなんだが、でも総本部を出て、もうだいぶ時間が経ってるからな。尿検査したって出てこねえだろうし、血液も望み薄だし、毛髪に至っては技術的に無理らしい。今のところ」

ひょっとして、さっきの電話はその話だったのか。

一つ、分からないことがある。

「あの、さ……五郎さん、ってほんとはカズヤさんだっけ……なんか、どっちで呼んだら……ってかそもそも、なんで俺に偽名なんか使ったわけ。なんも事情知らないんだからさ、俺なんか。別に、俺に偽名なんて使わなくてもよくない？」

五郎が割り箸を置く。

「いや……俺、これまでにも何度か、住居侵入で逮捕されてっからさ。実際、今も仮釈中なんだわ。だから、どんなに小さなことでも名前が出たり、通報されるようなことになったら、またムショに逆戻り、ってわけ……いいんだよ、最終的にはムショだろうが死刑だろうが。ただ、その前にサダイは潰す。絶対に潰す。それにはシロシビン使用の証拠を摑む必要があるし、世津子の母親や俺の姉貴、あと、美祈の件で殺された弁護士のことも……」

潤平が「えっ」と漏らすと、五郎も「あっ」という顔をした。

「弁護士のことは、言ってなかったっけか」

「……聞いてないよ」

世津子が、誤魔化そうとするように割り込んでくる。

「ねえねえ、あたしも偽名だって知ってた？」

もう、何が本当で何が嘘なんだか。

「知らないよ、聞いてないよ。なに、なんて名前なの、本当は」

「当ててごらん、『イタミセツコ』のアナグラムだから」

アナグラム、ってなに。

5

唐津が、西東京支部長から詳しい事情を聞いたのは日曜の午後になってからだ。

「……伊東さん。有川美祈にアルバイトさせてたっていうのは、本当なんですか」

そう訊かれても、「はい、そうです」と簡単に答えられないだろうことは、唐津も承知している。しかし、これ以外には訊きようもない。

「黙ってたって何も解決しやしませんよ、伊東さん。あんたね、ヤクザだったら指詰めなきゃ収まらない、そういうレベルの話ですよ、これは」

場所は支部長室。四畳半の部屋に事務机と小さな応接セット。

伊東に逃げ場はない。肉体的にも、精神的にも。

「……申し訳、ありません」

「違う違う。有川美祈にバイトさせてたのは本当か、って訊いてるんです。謝罪はあとで、たっぷり機会を設けますから。今は、こっちが訊いたことに順番に答えなさい。分かりますか」

伊東支部長が、壊れた人形のようにガクガクと頷く。

「はい、じじ、じ……事実です。申し訳……」

「なんでだよ。なんであの娘を外に出したりしたの。預かりものでしょう？　総本部からの、天英様からの、大切な大切な預かりものでしょうが。それをどうして、悪魔の跋扈《ばっこ》する外の街に出したりしたの」

イヤイヤをするように、伊東がかぶりを振る。

「ですから、その、美祈姉妹一人を、ただ外に出したわけではなく、ちゃんと、中田《なかた》先生や小林《こばやし》先生が、後ろからついていって見守りをしたり、その他の姉妹に……」

「待てコラ。俺はさっき、順番に答えろって言ったよな。そこんとこ間違うなよ、伊東支部長さんよ。なんで美祈にバイトを許した。まずそれについて答えろって言ってんだよ、分かんねえか、おい」

伊東が「はい」と頭を下げる。だがすぐには答えがない。

「おい、伊東よ……オメェまさか、美祈を、摘み喰いしたんじゃねえだろうな」

「そんな、滅相もない」

さらに、頭突きのようにして額をテーブルに押し付ける。

もう少しツツいておくか。

「あのよ、オメェみてえな豚足親父が指一本触れていい相手じゃねえって、分かってたはずだよな、ナァ、伊東」

「はい、承知しております、もちろんです……」

「分かってたのに、姦っちまったのか」

ようやく伊東が顔を上げる。

「違います、本当にそれだけは、違います、本当に」

「どう違う」

「指一本触れてはならない、そのことは重々承知しておりましたし、我々も慎重にお取り扱いしてきたつもりなのですが……」

その困り切った表情と、額に滲む脂分の多そうな汗から、伊東が必死であることは充分に感じとれる。恐らく嘘をついてはいまい。

「つもりだったけど、なんだ」

「なぜでしょう、そのことを、美祈姉妹も、承知していらした、ようでして」

「は？」

「つまり、我々には指一本触れられない存在であることを、美祈姉妹ご自身が、承知というか、認識というか、自覚しておられたと」

なるほど。

「つまり、バイトをしたいと自分が言ったら、支部長でもそれを止めることはできなかろうと、美祈は分かってたってことか」

「はい、我々も一応、お止めは、したんです。駄目ですよと、外には出られませんよと、外には悪魔がたくさん……」

「あんた、釈迦に説法って言葉を知らねえのか」

「あいや、申し訳ございません……ですからその、最終的に、どうしても行くと言われてしまうと、つまり……他の姉妹のように、羽交い締めにしてでも止める、というわけには参りませんので、結局、口約束を重ねることでしか」

「なんだよ、口約束って」

「時間通りに帰っていらっしゃいとか、お給料も自由には使えませんよ、いったん支部でお預かりしますよ、とか、寄り道は駄目だとか……美祈姉妹は、本当に素直に、はい、はい、と聞いてくれていました。なので、我々は、安心していたのですが」

お前らが勝手に安心するな、と言いたいところではあるが、そもそも、なぜ美祈を西東京支部に預けることになったのか、その辺の事情は支部長ごときには知らせていないので、仕方ないと言えば仕方がない。

とはいえ、仕方ないでは済まされない事態であることに変わりはない。

他に二人いる先生たちにも、順番に話を聞いた。

「もう一度訊くが、美祈がしてたアルバイトっていうのは？」

「北村製餡所という、餡子工場です」

「そこで美祈は、餡子を作ってたのか」

「いえ、美祈姉妹は主に、パック詰めにした餡子を通信販売用の箱に詰めたり、その発送作業などを任されているようでした。内部にまで入り込むことはできないので、あくまでも、外から見て分かる範囲でですが、一所懸命やっているように見えました」

そんなことはどうでもいい。

「その工場の従業員数は」

「美祈姉妹を入れて、五人です」

「内訳は」

「社長、売店担当の社長夫人、職人が一人、パートの年配女性、それと美祈姉妹の、五人です」

「職人ってのは、男、女」

「男性です」

「歳は」

「三十歳くらいだと思います」

美祈よりひと回りくらい上、か。

「その職人の名前は」

「いえ、名前までは」

「男の出勤は毎日か」

「はい、たぶん」

舎弟なら「たぶんじゃねえだろ」と殴りつけるところだが、こんな新興宗教団体の下っ端を脅かしたところで意味はない。

「……分かった。防犯カメラの映像はどうなってる」

「はい、一応全部コピーして、ハードディスク一台にまとめておきました」

なんだその、自信満々な面は。

「ということは、ハードディスク一台に、ただぶっ込んだだけと？」

「はい、そのように、ご用命いただきましたので」

そんなご用命をしたつもりはない。

確認しろと言ったはずだが、もういい。


誰がどういう指示をして取り付けさせたのかは知らないが、そもそも防犯カメラの、レンズの向いている角度がなっていない。支部の玄関前に仕掛けた一台なんかは、レンズが上を向き過ぎていて玄関の出入りを捉えていない。そのアングルで分かるのは、せいぜい向かいの家の亭主の帰宅時間くらいだ。

あとは一階と二階の廊下。一応撮れてはいるが、照明が点くまでは真っ暗でほぼ意味不明。明かりが点いたら点いたで、廊下には信者が溢れ出てきていて侵入者がどれだかさっぱり分からない。唯一分かるのは、そのときは大変なパニック状態だった、ということだけだ。

ただし、裏庭に仕掛けた一台だけは、少なからず有益な情報をもたらしてくれそうだった。

「……これ、か」

黒装束の二人組。ほぼ二階という高さからの撮影なので、正確な身長などは分からない。だが、二人ともそこそこの長身、百八十センチ前後あるのではないかと察した。目出し帽をかぶっているので、顔つきや髪型は分からない。分かるのは体型くらい。二人ともスタイルはいい。細マッチョといったところか。

裏庭のフェンスを乗り越え、敷地内に侵入してくる。映っているのはそこまでだが、関係者の証言と唐津が直に調べたところを繋ぎ合わせると、二人組は裏庭の樹を伝って三階の道場の窓から侵入した、というのは間違いなさそうだった。

しかし、そう口で言うほど簡単にできる業《わざ》ではない。樹はさして太いものではないし、建物とは多少距離もある。相当に身体能力が高い者でなければ不可能だろうし、失敗すれば三階から落ちるのと一緒なのだから、まず普通はやろうと思わない。

その後、二人組は同じ三階にある有川母娘《おやこ》の部屋から美祈だけを連れ出し、一階までは階段で下り、玄関から堂々と出ていっている。玄関前のカメラさえきちんと機能していれば、とは思うが、それをいま悔やんでみても始まらない。ないものはない。映っていないものは確かめられない。

唐津は上着のポケットに手を入れた。昨夜、ノブが玄関前で拾った金属片。それを掌に載せてみる。

金メッキの施された輪っか。他の何かと繋がっていたはずだが、溶接が欠けたというか剝がれたというか、捥げて輪っかだけになっている。最初はなんの欠片だか分からなかった。だが関係者から、侵入者は拳に何か武器をはめていた、それで木刀や鉄パイプを受け止めていた、という証言を得た。直接、その拳で殴られた者もいるという。それでようやく分かった。メリケンサックだ。これはメリケンサックの、たぶん外側の輪っかだ。

それともう一つ、気になることがある。

二人組の、先に立って侵入してきた方の男。この男の挙動が、以前総本部に侵入し、警察に逮捕された男のそれと、どことなく似ている気がするのだ。だが、もしそうだとしたら、男は今現在も服役中。いや、塀の中で大人しくしていれば、仮釈放されていてもおかしくない時期か。

唐津は携帯電話を構えた。こういうことは、それなりのポジションにいる教団関係者に調べさせるのが一番手っ取り早い。

いや、教団、協力者か。

『……はい、もしもし』

「唐津です。今いいですか」

『はい、どうぞ』

「以前、ウチの施設に侵入して逮捕された、例の、八巻和也ですが、アレがまだ服役してるかどうか、調べてください。もし仮釈になってるんだとしたら、身元引受人が誰か、どこに住んでいるのかも知りたい」

『分かりました。少し、時間もらいます』

なるべく早く、頼む。


翌日の月曜、唐津は美祈が勤めていたという餡子工場を見にいった。まさか、支部から拉致された身でアルバイトに出てくるとは思わないが、万が一ということもある。念には念を入れ、確かめておくのも決して無意味ではない。

また、一人いる職人が男性というのも気になっていた。

方角で言ったら、工場の出入り口は北側道路に、餡子や最中を扱う販売所は東側道路に面している。西側、南側は隣家と接しており、人が通れるような隙間はない。外から見て分かるのは、とりあえず販売所の様子くらいだった。三十代半ばから、後半くらいの女性が店番をしている。彼女が社長夫人なのだろう。

それでもしばらく見ていると、工場の、開けっ放しの出入り口の中を忙しなく行き来する男性の姿を目にすることができた。でも、分からない。白い帽子をかぶり、割烹着のような上下を着、さらにエプロンもマスクもしているため、顔つきは疎《おろ》か、体型すらもよく分からない。見えるのはほんの一瞬、一瞬なので、分かるのも、肥満体型ではない、チビではない、ということくらい。あの要領を得ない防犯カメラ映像に映っていたのと同一人物かどうかなど、分かろうはずもない。

これが繁華街にある普通の飲食店だったら、唐津にも手立てはある。辺りを仕切る組を調べて、友好関係にある組織ならばそこを、敵対組織であるならば、さらにその敵対組織を当たる。敵の敵は味方。いずれかの組織と話を付け、情報をとる。あるいは調べさせる。直接いい情報に当たらなくてもいい。たどってたどって、最終的に有益な情報に行き着ければそれでいい。

だが、こんな住宅街の外れにある餡子工場では駄目だ。ヤクザがシノギにしたくなるような要素がまるでない。真面目過ぎるし、商売が小さ過ぎる。この工場を取り壊した段階で土地だけを騙し取る、みたいな話なら唐津も手を出すかもしれないが、この工場付きでは駄目だ。解体費用がかさみ過ぎる。かといって建物付きでは売り物にならない。なんにせよ旨味はない。

もう一つの手として、近所の信者を使う、というのもある。ただ、自宅住まいの一般信者は教団の活動にさして熱心ではないし、こちらの脅しもあまり効かない。しかも、新興宗教にハマるような馬鹿は、情報収集させようとすると「情報収集してるんですが」と、挨拶代わりに口に出しそうで怖い。基本的に、頭のいい人間は宗教なんぞにハマらない。

吉田英夫も、事あるごとに言っていた。

「キリスト復活って、よく言うけどさ……死んだ人間が生き返ってきたら、あんたそりゃ、今風に言ったらゾンビだぜ。馬鹿かッツーんだよ……それと、アレだよ。水をワインに変えたっていうけど、それが信じられるんだったらさ、生命の起源だっていろいろ考えられるだろう、って話だよ。だってよ、水からワインだぜ。ワインって、ブドウを潰して発酵させたもんだぜ。ブドウだって元は生き物だろうがよ。それが水から生まれてくるくらいだったら、他の生き物だって生まれてくるかもしれねえじゃねえか。それをオメェ、全ては神様が作り給《たも》うたって言いたいばっかりにさ、まったく……ヒネリだよ。ヒネリが足んねえんだよな、今一つ」

酔っていたのだとは思う。だがそれにしても、あれでよく牧師が務まっていたものだと、つくづく思う。

餡子工場の方は空振りだったが、その帰り道にいい報《しら》せが入った。

カーステレオ経由で応答する。

「もしもし」

『どうも……例の、八巻和也ですが』

「ああ、何か分かりましたか」

『仮出所になってますね。五ヶ月ほど前に』

やはりそうか。

「身元引受人は」

『普通に保護司です。住所は……あれ、今って運転中ですか』

「ええ」

『じゃあ、携帯の方に送っておきましょうか』

「お願いします。それと、最近の写真があったらありがたいんですが」

『それは、ちょっと難しいですね。まあ、手配してはみますけど』

「できればでけっこうです。よろしくお願いします」

ハンドルに付いているスイッチで、通話をオフにする。

なるほど。少しだけ、筋が読めてきた。

この件の裏で糸を引いていたのは、あの八巻和也だったのか。

なんとなくだが合点はいった。これはこれで面白い。

あの男と「サダイの家」の接点は十一年前。満田真美子、成子という信者母娘にまつわるトラブルが始まりだった。

真美子は、成子を天英の「側女《そばめ》」として差し出すことによって、教団から生活支援を受けていた。だがそれに飽き足らなくなり、さらなる支援を――それを「恐喝」と解釈するかどうかは見解の分かれるところだろうが、

「支部の男どもがウチの娘に何をしたか、洗いざらいマスコミにブチ撒けてやろうか」

少なくとも教団側は「恐喝」と判断した。表現としては「真美子姉妹は悪魔に魂を取られた」ということになる。

だから、始末することにした。真美子を。自殺に見せかけて。

ところがもう一人、成子の処遇に関して異を唱える者がいた。八巻貴子という、成子が通っていた中学校の教諭で、和也はその弟だ。

なるほどなるほど。だから五日市署管内だったわけか。

最初から整理してみよう。

美祈の父親、有川健介が美祈奪回に動き始めていることは分かっていた。だが、その有川健介と今尾弁護士を引き合わせたのは誰だったのか。そこがこれまでは分からなかった。

それが今、分かった。

八巻和也。奴に違いない。奴は有川健介か、今尾隆利か、どちらかとすでに接点を持っていた。奴が、あの二人を引き合わせたのだ。今尾は「『サダイの家』被害者の会」なる組織の立ち上げ

準備をしていた。教団にとっては目の上のタンコブだった。それが有川美祈の父親と結託するなど、絶対にあってはならないことだった。

だから、始末した。二人とも。

唐津の命令で、ノブが、二人の首を刎ねた。

しかし、ここからが謎だった。

埼玉県川口市南鳩ヶ谷にある、有川工業の事務所内で殺害し、同市内の緑地に遺棄した今尾隆利の遺体が、なぜ西多摩郡檜原村の路上で発見、通報され、警察の知るところとなったのか。

これぞまさに、八巻和也の仕業というわけだ。

おそらく奴は、有川健介と今尾隆利が殺される場面か、もしくは唐津とノブが二人の遺体を遺棄する場面を見ていた。しかし、その場では阻止しなかった。通報もしなかった。

理由はいくつか考えつく。

一つは、その時点で八巻和也は建造物侵入を犯していたから、という可能性だ。殺しや死体遺棄の場面を目撃はしたが、警察には説明できない状況にあった。説明したら「あんたそりゃ、不法侵入だろう」となってしまう、そういう状況だ。だから直接は通報できなかった。あるいは、八巻は今も保護観察期間中であり、そもそも移動が制限されていた、という見方もできる。ひょっとしたら、そっちの方が可能性としては高いのかもしれない。

もう一つ考えられるのが、地元警察に対する不信感だ。

今やサダイの信者はあらゆる公的機関に入り込んでいる。全ての機関に満遍なく、とまでは言えないが、少なくとも埼玉県警にはかなりの人数が入り込んでいる。あるいは信者でなくても、教団に非常に協力的な人物はいる。女性信者を使ったハニー・トラップに掛かった者、教団から金銭を受け取った者、教団に弱みを握られた者。そんな連中が事件を揉み消すかもしれない――八巻和也は、それを懸念したのではないだろうか。

だから、動かした。唐津とノブが埋めた今尾隆利の遺体をわざわざ掘り返し、五日市署管内の山道まで運び、そこに放置した。なぜ今尾の遺体だけ？　という疑問は残るが、案外人手が足りなかったとか、車に載らなかったとか、そんな理由かもしれない。とにかく奴は、今尾の遺体を五日市署管内まで運び、遺棄した。

それも、鵜飼道弘が宿直で署に泊まり込んでいる日を狙って。

鵜飼道弘は八巻貴子の元恋人。八巻和也にとっては義兄も同然の、絶対的信頼を寄せている男だ。鵜飼が捜査に直接関わる状況さえ作れれば、あとは順次情報を流すことによって、今尾隆利を殺したのは「サダイの家」であると、サダイの関係者であると、捜査を誘導していくことができると考えたのだろう。

なるほど。

八巻和也。お前がその気なら、こっちにも考えがある。

Fake Fiction

第四章

1

想像を遥かに超える大惨事、というのが、鵜飼の偽らざる第一印象だった。

埼玉県川口市南鳩ヶ谷で解体業を営む、有川工業株式会社。その敷地内にある社屋の一階。分厚いガラス製ドアで仕切られた、事務所の前。

もともとの地面は、白い石目調のタイル貼り。

隣に立つ梶浦が、溜め息と共に漏らす。

「どう見てもありゃ、一人分じゃねえな」

「ええ」

一般に、人間の体内に流れる血液量は体重の約十三分の一といわれている。今尾隆利の体重は、確か六十七キロとか、それくらい。その十三分の一といったら五キロ強。血液量でいったら約五リットル。一方、人間が死に至る出血量は、全体の約三割。つまり今尾の場合は一・五リットル程度。

今尾が殺害されたとされる十月五日、彼と行動を共にしていた有川健介がどんな背恰好だったか、正確なところは分かっていない。新宿の喫茶店店長から話を聞いた本橋主任からも、それに関する報告はなかったと記憶している。なので今尾と似たような背恰好と仮定すれば、その致死出血量も同程度と推定できる。

二人分、合わせて約三リットル。

いや、全くそんな量ではない。

すでに二週間放置された血痕なので、一見してそうと分かるような色はしていない。茶色ない し黒色。鉄銹《てつさび》をさらに濃くしたような色、といったらいいだろうか。それが薄暗い事務所内から外にあるステップまで、巨大なひと筆書きとなって続いている。

一人分の血液の総量が五リットル、二人分合わせたら十リットル。それが全部流れ出てしまったのではないかというくらいの、まさに血の海。有川工業の事務所前は、そんな大惨事の様相を呈している。

距離にしてあと三メートル。だがそれ以上、鵜飼たちは近づくことができなかった。

梶浦が、視線を正面に残したまま鵜飼に命じる。

「デスクに連絡してくれ。それと……県警には、こっちから直に通報した方がいいのか、それも確認してくれ。あとになって、現場保存が不完全だとかなんだとか、ごちゃごちゃ言われても面倒だから」

「そうですね」

鵜飼は早速、五日市署の特捜にかけた。

「……もしもし、刑生組対課の鵜飼です。お疲れさまです」

『お疲れさまです。時谷です』

「電話ローラー作戦」で一緒だった、あの時谷巡査部長だ。

「今、係長か管理官は」

『はい、お待ちください』

すぐに殺人班六係長が代わって出た。

『もしもし』

「お疲れさまです、刑生組対課の鵜飼です。いま梶浦主任と、南鳩ヶ谷の有川工業まで来たんですが、その、事務所前がですね……端的に言いますと、かなりの血の海です。今尾隆利だけでなく、別の人間も同時に殺害されたのではないかというくらい、ヒドい有り様です」

係長が息を呑み、それを吐き出すのが聞こえた。

『……分かった。埼玉県警にはこちらから一報を入れる。次の指示があるまで、現場には触らないように』

現場からの、県警への通報は不要と。

「分かりました」

電話を切って十分ほど待つと、まず紺色をした捜査用PCが現着した。降りてきたのは、ベージュのナイロンジャンパーと、明るい茶系のスーツを着た二名。

話しかけてきたのはスーツの方だ。

「お疲れさまです。埼玉県警、武南《ぶなん》警察署の者です……失礼ですが、警視庁の？」

「はい、お疲れさまです」

そんな挨拶を交わしている間にも、パンダが二台、三台と到着し、有川工業周辺は、あっというまに「事件現場」に祀り上げられてしまった。

しかも、埼玉県警扱いの。

発見したのが警視庁の刑事だろうと、死体遺棄事件特捜本部の捜査員だろうと、そんなことは関係ない。ここが埼玉県内である以上、初動捜査をする権限は埼玉県警側にある。当然だ。現状分かっているのは、有川工業事務所前に大量の血痕らしき汚れがあるというだけで、それが今尾隆利のものであるとも、有川健介のものであるとも確定はしていないのだ。

交換した名刺を見ながら、その武南署の強行犯係員が訊く。

「ここには、何時頃？」

梶浦がタクシーのレシートを確認する。

「ええと……十二時、五十分頃ですね」

「事件の捜査でと、警視庁本部からは、連絡をいただいてますが」

「はい、その通りです」

「具体的には、なんの事件ですか」

「正式名称は『西多摩郡檜原村男性死体遺棄事件』です」

相手の口が、半開きのまま固まる。

目を細め、寄せた眉根が瘤《こぶ》のように盛り上がる。

「檜原村……死体遺棄、事件」

「はい」

「ということは、あの、例の、首なし死体の？」

「ええ、それです」

「まさか、その首を切断した現場が、ここってことですか」

「その可能性は、あるでしょうね」

現場には武南署の車両が集まり続けている。その中の一台、鑑識車両と思しきワンボックスから降りてきた青い活動服の数名は、先に着いていた捜査員から指示を受け、事務所の方へと急ぐ。

強行犯係員の質問は続く。

「マル害の身元は、割れてるんですか」

「ここの？　さあ、どうでしょう」

「いや、そちらの、首なしの」

「それは……はい、分かってますよ」

「お聞かせいただけますか」

「今ですか？　あの血痕が、まだ誰のものかも分かっていない、この段階で？　それは、ちょっと結論を急ぎ過ぎじゃありませんか」

梶浦も、決して意地悪で言っているのではあるまい。警視庁の人間として、単に慎重を期しているだけだろう。

仮に、あの血痕が今尾隆利のものだったとしよう。そうなれば、警視庁はこの現場を調べた結果を知る必要が出てくるし、埼玉県警は逆に、警視庁がこれまでに上げた情報を欲しがるだろう。今尾だけでなく、有川健介までここで殺されていたとなればなおさらだ。

警視庁は、有川健介殺害については調べていないのだから、それだけを切り離して考えれば、有川事件の捜査は今ここから、埼玉県警の扱いで始められることになる。しかし、有川健介はなぜ今尾隆利と行動を共にし、殺され、その死体は今どこにあるのか、あるいはないのか。そういった情報の多くを持っているのも、今のところは警視庁サイドだ。

普通に考えれば、警視庁と埼玉県警で仲良く、力を合わせて捜査をすればいいという結論に至る。だが実際は、そう簡単にいくものではない。

力を合わせてといっても、捜査本部の形式はどうしたらいい。共同捜査本部か、合同捜査本部か。合捜本部になったら場所はどうする。いま五日市署にある特捜をそのまま格上げするのか、それとも別の場所に改めて設置するのか。共捜及び合捜本部長は警視庁刑事部長で決まりだろうが、埼玉県警刑事部長は「副」でその下に入るのか、それともなんらかの形で同格の扱いを要求するのか。捜査員の割り振りは。大枠の調整は警察庁の仕事だが、現場がその通りに動くかどうかは甚だ疑問だ。何しろ、単独犯だろうが複数犯だろうが、捜査の答えは一つなのだ。その一つしかない答えに行き着くのは、警視庁なのか、埼玉県警なのか。そういう熾烈《しれつ》な争いが、場合によっては足の引っ張り合いが、今この時点から始まることになる。

そういった意味では、梶浦の出し惜しみも「意地悪」の一種といえるのかもしれない。

鵜飼らが血痕を発見し、臨場した埼玉県警が鑑識作業を行ったのが十月十九日。警視庁五日市署の特捜本部が今尾隆利のＤＮＡデータを県警側に提出し、南鳩ヶ谷の現場で採取された血痕のそれとの照合を依頼したのが二十日。その結果が出たのが、二十一日の午前十一時半。

これによって、今尾隆利が殺害された現場は南鳩ヶ谷の、有川工業事務所内であることが決定的となった。

また、有川工業事務所の上階にある有川健介宅から採取した毛髪等を用い、同様の鑑定を行った結果、大量血痕の一部は有川健介のものであり、彼もまた死亡している可能性が極めて高いとの結論に至った。

そうなれば当然、健介の妻である浩江と、娘の美祈はどこにいるという話になる。

これに関しては、埼玉県警の捜査本部から報告があったようだ。今日、二十一日夜の時点では共同捜査本部のため、捜査会議は別々。実質的には、情報共有の徹底というレベルに留まっている。

殺人班六係長がマイクを握る。

「県警捜査本部の、地取り班の報告を読み上げる……有川一家、健介、浩江、美祈の三名は数年前、七年ないし八年前から、宗教団体『サダイの家』に入信していたものと思われる。近所付き合いをしていた中には、サダイの集会に誘われたり、悪い気を祓える聖水だと、ペットボトル入りの水を、浩江からもらったという者もいた。ただ、浩江がこれの代金を求めるようなことは一度としてなかった。あくまでも善意で、ということだったらしい……ここ二年か三年ほどは浩江、美祈の姿が見えなくなっており、近所でも、どうしたのだろうと噂になっていた。それとは別に、有川工業はここ数年業績が振るわず、昨年末辺りから会社は休業状態だった」

だから事務所前が血の海になっていても、二週間もの間、誰も気づかなかったわけか。

係長が続ける。

「県警の地取り報告は、概ねこんなところだ……有川健介の、事件前の行動の割り出しについては現状、県警側に一任しているが、今日のところは、これといった報告はなかった。また、サッチョウ（警察庁）と協議の上、いずれは合同捜査本部ということになると思うが、その場合、この特捜は警視庁本部に移転、合捜に吸収という恰好になる」

係長がひと呼吸置いたところで、梶浦が手を挙げた。

「……梶浦主任」

「はい。あの、一応確認なんですが、県警側は有川工業内を捜索して、有川健介の死体とか、その遺棄場所を示すようなものは何か、発見してないいんでしょうか」

係長が、手元にある資料をそれとなく見回す。

「ええと……電池切れになった今尾の携帯が、給湯室の冷蔵庫下から出てきた、ってのは鑑識の報告にあるが、有川の遺体に関する報告は……現時点では、ない」

「血痕は社屋の前で途切れています。普通に考えれば、事務所内から引きずってきた死体を、そこで車に載せたことになります。タイヤ痕は拾えてるんでしょうか」

係長が眉をひそめる。

「そういう報告も、ない……他に、何か質問はないか。イチャモンでもなんでも、今なら言い放題だ。そのまんま、まとめて埼玉に伝えておくぞ」

どやどや、と特捜内に低い笑いが起こる。

また手が挙がった。

「ん、倉持主任」

「今尾の遺体が発見された六日、こっちは夜中からずっと雨でした。殺害された五日、埼玉の天気はどうだったんでしょうか。現場の写真を見る限り、とても雨で流れたようには見えないんですが。もし埼玉にも降ったんだとしたら、犯行が五日というのは疑ってみる必要はないでしょうか。少なくとも有川殺害に関しては」

係長は苦笑いを浮かべ、下座、情報デスクの方を指差した。

「知らねえよ、そんなこと……おい誰か、五日から今日までの、川口の天気、調べてみろよ。それで……まあ、降ってたって降ってなくたって、結果は変わらんと思うがな」

倉持主任が「いやいや」と扇ぐように手を振る。

「まあたとえば、たとえばですけど、今尾と有川の遺体から血液を抜き取っておいて、あとからあそこにブチ撒けたのだとしたら、話は全然変わってくるじゃないですか。他にも、あそこが殺害現場であると考え得る物証を県警側が上げているなら、それも併せて開示してもらわないと……」

後ろの方から「あの」と聞こえた。振り返ると、デスクの時谷巡査部長が手を挙げていた。

「埼玉県、川口市ですが、最後に雨が降ったのは、今月、十月一日夕方の、にわか雨が最後のようです。それ以降は、今日まで降水の記録はありません」

倉持主任が、小さく頷く。

「分かりました……失礼しました」

とはいえ、あらゆる可能性について考えを巡らせるのは、悪い事ではない。

捜査会議後はいつも通り、冷えた弁当をツマミに一杯やる。

こういうとき、話好きな梶浦の周りには自然と人が集まってくる。中でも倉持主任とはウマが合うらしく、ああでもないこうでもないと、よく二人で議論している。

「あれですかね、やっぱり有川健介も、今尾と同じように、生きながらにして首を刎ねられたんですかね」

シューマイを一つ口に入れた梶浦が、ビールの缶を手にしながら首を傾げる。

「……それ、重要か？」

「重要でしょう、殺害方法なんですから」

「ああそう。じゃあ、順繰りにその場面を考察してみようか……まず、被害者二人は一緒にいた、と仮定して、その一人がまず首を刎ねられるわな。この場合は今尾ってことだ。そのさ、首狩りモンスターみたいなのがね、仮に二人いて、二人同時にやったってんなら話は別だが、一人だとしたら、だよ。その一人が今尾の首を刎ねるのを、おそらく目撃したと思うんだよな、この場合は有川が」

倉持が「ああ」と漏らす。

「一人目は不意打ちでやられたとしても」

「そう、二人目は警戒するだろ。そうしたら、そう易々《やすやす》と首を刎ねられたりはしないんじゃないかなと、俺は思うけどね」

近くにいた今野統括主任が割り込んでくる。

「それってのは、マル害二人が最初から一緒にいた場合、だろ」

梶浦が頷く。

「そういうことです」

「でもそのとき、実は有川は小便に行っていて、今尾の首が刎ねられた場面は見ていなかったかもしれない」

「もちろん、そういう可能性もあります」

「ってことは、だ。有川に関しては、首なしの胴体すら発見できていない現状、首を刎ねられて死んだのかどうかを議論する意味は、あんまりないんじゃないのかね」

梶浦が倉持に向き直る。

「……な？　だから訊いたんだよ、俺は。それ重要か？　って」

倉持が「けっ」と唾を吐く真似をする。

「すんませんでしたね、メシどきに下らねえ話して」

今野統括が「それよりも」と梶浦を指差す。

「俺んとこ、ちょっと戻ってくるの遅かったからアレなんだけど、ＳＳＢＣからさ、追加で何か報告なかったか」

梶浦は首を捻っただけ。

答えたのは倉持だった。

「何かって、なんですか」

「ほら、例のさ、有川と一緒に新宿の喫茶店に来て、今尾が着いた三十分後には店を出てった男。アレの前足、後足とかさ」

基本的に「前足」「後足」は、犯人の犯行前後の行動を意味する隠語だ。単なる事件関係者には、普通は使わない。

今野統括は「途中で帰った男」が有川と今尾の殺害に関与したと、そう見ているのか。

再び倉持が答える。

「そういう話は、ありませんでした……っていうか、まだあの男の動線は摑めていない、という報告がありました」

今野は舌打ちし、「なんだよ」と漏らした。

倉持が付け加える。

「あの男が喫茶店を出て、駅まで行って、あの駅ビルの……ルミネですか、アレに入って、でも地下一階で消えたっていうんですよ。そこまでしか分からないって……しかも、喫茶店に来るまでをさかのぼってみても、やっぱり出現ポイントは、ルミネの地下一階なんだそうです」

正確には「ルミネエスト」の地下一階だ。

今度は今野が首を捻る。

「そっか……わざとそこを通ったのか、それともたまたま通ったそこが、防カメの死角になってて、追跡不能になっただけなのか……そっから鉄道じゃなくて、地下駐車場に抜けたり、してるんじゃねえのかな。そこんとこ、ちゃんと係長とか管理官とか、ＳＳＢＣに指示出してんのかね」

さすがは統括主任。いい着眼点だと思う。だが正解ではない。

少なくとも、鵜飼は違うと思う。

　別に、誰に何を断わって出てきたわけではない。そもそも鵜飼は話題の中心にはいなかった。あの場にはいてもいなくてもいい、所轄署の一捜査員に過ぎなかった。黙って席を離れても、せいぜいトイレか一服か、それは向こうが適当に判断すればいい。

　動線としては一服だ。エレベーターで一階まで下りてきて、本署当番の係員と目が合えば挨拶くらいはし、裏手の駐車場に出る。

　懐に手を入れ、携帯電話の在処《ありか》を探る。警視庁の貸与品ではない、個人契約している方だ。

　和也の声が聞きたかった。あの半ば人生を諦めたような、皮肉たっぷりの言い回しで、でも無事であることを知らせてほしかった。

　だがそれは、できなかった。

「……おう」

　そのひと声で充分だった。

　梶浦。なぜ喫煙所まで付いてくる。

　それでも不機嫌な顔を見せるわけにはいかない。

　振り返る前に顔を作る。

「あれ、梶浦主任、どうしたんですか。もう、タバコは吸わないんじゃないんですか」

　照れ臭そうに、梶浦が頷く。

「まあ、そうなんだけどさ、酒入れちゃうと、たまに、無性に吸いたくなるんだよな。でも、今どきは少ねえからさ、喫煙者そのものが。もらいタバコも、しっかり狙いを定めて、くれそうな相手が動いたときじゃねえと……な」

言いながら「ちょうだい」の手を出してくる。

こっちもポケットの中で、もう携帯電話からタバコの箱に持ち替えている。

「はいはい、いいですよ」

箱ごと手渡し、梶浦が銜えた一本に、鵜飼が火を点けた。

旨そうに吸い込み、梶浦が、天高く煙を吐き出す。

「ハア……どんくらい振りかな。回るねぇ、さすがに……これ何ミリ」

返されてきた箱の側面を確認する。

「そんなに強くないですよ。三ミリ……うん、三ミリですね」

だがこの男が、もらいタバコをするためにわざわざ自分を追ってきたとは、鵜飼も思っていない。

案の定だった。

「お前はさ……例の男について、どう思ってんの」

ここはいったん惚けておく。

「例の男、とは」

「ルミネで消えた男だよ。今尾も有川も殺された。あの男はどうなんだ。あれも殺されたのか。それとも、殺した側なのか」

梶浦の場合、本当に答えてほしくて訊いているのか否か、それすらもよく分からない。

鵜飼も一本銜え、火を点ける。

「……さあ、どうなんですかね」

「下手な出し惜しみはするなよ。特捜が割る前から、お前は今尾の名前を知っていた。有川の名前も知っていた。だったら、ルミネで消えた男の名前も知っている。そう俺が考えるのは、むしろ当然だろう」

その通りだ。あの男の名前は「八巻和也」という。

「すみません。残念ながら、あの男の名前は知らないです」

「十年前の悶着とも関係ないか」

こういうとき、根がお節介な男は本当に始末が悪い。

「さあ、どうなんでしょう」

梶浦が、何かを透かし見ようとするように目を細める。

「鵜飼よぉ……ここんとこ、みんな忘れてんのかもしんねえけどさ、そもそもを言ったら、マル害の手の甲の痣に見覚えがあるって、これはどっかの弁護士じゃねえかって、それ言い出したのはお前だぜ。そこら辺、穿《ほじく》られて困るのは、誰なんだっけな」

やはり、こういう男が一番始末に負えない。

2

美祈のいない北村製餡所が、こんなにも寂しいとは思わなかった。

販売所、正確にはそのバックヤード。餡子のパックや最中の皮を収めた番重、二つ並んだ事務机、梱包用の箱、包装用の紙、セロファンテープ、ガムテープ、発送用の段ボール、伝票、古いキッチンはかり、ゴチャゴチャといっぱい差さっている、信用金庫のネームが入ったペン立て。

　でも、今そんな小部屋にいるのは、

「なーにボケッと見てんだよ」

　田所のオバサンだけだ。

「いや、あの……こし餡のパック、足りてるかなって」

「なにボケッと見てんだよ」

「だから、パックが……」

「なにボケッと見てんだ、ってあたしゃ訊いてるんだよ」

　田所は、潤平ですらアームロックを極めるのに手こずりそうな太い腕で番重を持ち上げ、左から右に動かし、次の作業に入ろうとしている。

「別に、ボケッと見てるわけじゃ……」

「見てただろうが。あたししかいないのを残念そうに、悲しそうに見てただろうがよ。じゃあなんだ、それがお前の、一番凛々しい顔か？　清々しい顔か？　あたしにゃ、美祈ちゃんがいないって分かって茫然自失、ってなツラに見えるけどね。違うかい？　違うと言いきれるのかい？このあたしに向かって」

　この人のこういうところ、嫌いだなぁ、といつも思う。なんでだろう。なんで嫌いなんだろう。ちょっと、田舎のお袋に喋り方が似てるからだろうか。

たぶん、それだと思う。

「……そりゃ、まあね」

「じゃ訊きゃいいだろうが、なんで美祈ちゃんは今日いないんですかって。それをさ、こっちが気ぃ遣って美祈ちゃんがいない理由説明してやるまで、じーっと見てるつもりだったのかい、お前は。気色悪いんだよ、幽霊じゃあるまいし。ついこの前までは動物園の子ザルみたいにさ、美祈ちゃんに纏わり付いちゃウキャウキャウキャ言ってやがったくせによ、一日休んだらもうそれかい。情けないったらないねェ、まったく」

潤平はむろん、美祈がバイトを休んだ本当の理由を知っている。でもそれを、今は知らない振りをしなければならない。

「美祈ちゃん……なんで今日、来ないんですか」

「体調が悪いんだってよ」

ここは一つ、しっかりと驚いておこう。

「えー、美祈ちゃん、どこが悪いんですかァ?」

「知らないよ。疲れが出たのか、生理なのか」

「そういう、連絡があったんですか」

「ああ、社長んところにね」

「生理なんですか」

田所が、ガックリとうな垂れる。

「中学生じゃないんだからさ、そこに引っ掛かるなよ、馬鹿だね。ほんとに子ザルだね、お前は……あの年頃の女の子が社長みたいなオッサンに、生理だから仕事休みたいですなんて言うわけないだろ。ちったぁ考えてから喋れって」

訊けって言うから、訊いただけなのに。

仕事をしているうちは、まだいい。濾し機を清掃したり、煉り釜を磨いている間は、美祈がいない寂しさも、西東京支部で見た気味の悪い信者たちの顔も、世津子から聞いた「サダイの家」の狂気と闇の側面も、束の間、頭の隅っこに追いやれる。

でも、屋上で休憩したりしていると、やっぱり寂しくて堪らなくなる。風にはためく洗濯物を見ていると、その陰から美祈がひょっこり顔を出してくれるんじゃないか。そんなことを期待してしまう。

「はーあ……なんか、やだな。なんか……やだやだ」

美祈を西東京支部から連れ出したのは、本当にいい事だったのだろうか。美祈のためになっているのだろうか。世津子や五郎の話が本当なのだとすれば、間違いなくいい事だったと断言もできる。だが、美祈からはまだ、それについて直接は聞いていない。

美祈に会いたい。美祈の顔が見たい。話がしたい。

一昨日、というか昨日の夜が明ける前に、五郎から言われた。

「とりあえず、あんたは自分チに帰れよ。美祈が餡子屋に勤めてたことは向こうだって知ってんだから。従業員を一人ひとりチェックしてったら……ってかあそこ、全部で何人だ」

美祈を抜かしたら今は四人、と潤平は答えた。

「社長夫婦と、パートのオバハンとあんたか。そん中で誰を疑うかっていったら、どう考えたってまずあんただ。でも今から部屋に戻って、日曜は一日ゆっくり過ごして、月曜に普通に出勤してきたら、向こうだってそれ以上は疑わないさ。また、こっちから連絡するから……とりあえず、今は自分の部屋に帰れって」

せめて美祈が起きるまで、と粘ったのだがそれも叶わず、潤平は半ば追い出されるような恰好でラーメン屋を出、始発の電車に乗って一人、部屋まで帰ってきた。

着いたら風呂に入って、しばらく寝て。さすがに腹が減ったので昼過ぎに出かけて、何回か入ったことのある食堂兼居酒屋みたいな店に行って、アジフライ定食とレモンサワーを頼んだ。ご飯が半分くらい余ったので、温泉玉子を追加して玉子かけご飯にして掻き込んだ。

「……ご馳走さまでした」

「はい、毎度ありがとうございます」

そしてまた一人、ぶらぶらと歩き始めた。

おーい、全知全能のサダイさんよ。俺は、一人で寂しくしてるぜ。美祈ちゃんを匿ったりなんてしてないぜ。見張ってたって無駄だぜ。俺はただの、寂しいアラサー男だぜ。

そんな日曜日を過ごしての、月曜日だったからだろう。美祈のいない製餡所の風景が、ことのほか潤平には応えた。

美祈が最初に工場を見学しにきたのが、八月の中頃。その三日後から一緒に働き始めて、茹《う》だるような製餡所の熱気の中、同じ夏を共に過ごした。一緒にコンビニに、アイスなんかも買いに行った。美祈はかき氷系より、シンプルなバニラアイスが好きだった。潤平が、チョコとかが入ってる方がいいでしょ、と言うと、美祈にしては珍しく、抗議するように口を尖らせ、首を横に振った。その顔がまた、爆発的に可愛かった。夜一人になっても、あの顔を思い出すだけで最高に幸せな気分になれた。

少し涼しくなる頃にはもう、二人はずいぶん喋れるようになっていた。潤平の中では、美祈が好きだという気持ちが、常に泡のようにブクブクと沸き上がり続けていた。これが全部筋肉だったら、ボディビル大会でもブッチギリで優勝だろうというくらい、内側から盛り上がり、突き上げ、張り詰め、いつ破裂してもおかしくない状態だった。

美祈と知り合ってから、まだ二ヶ月とちょっと。でも、ただの一秒も欠かさず、美祈を想い続けた二ヶ月とちょっと。それがこれからも続くと信じていた。これっぽっちも疑わずにいた。土日は会えないけど、月曜になったらまた顔を見られると、そう思い込んでいた。

それが、このザマだ。

もう無理だと思った。美祈のいない北村製餡所で働くなんて、拷問以外の何物でもないと思った。

「……じゃ、ども……お疲れっした。お先に、失礼しゃっす……」

当たり前だが、ラーメン屋には来るなと五郎に言われている。できるだけ普段通りにしますと、約束までさせられている。

「普段通りって……ちなみに、ジムには行っていいの？」

「いつもはどれくらいのペースで通ってんの」

「週二とか、三とか……まあ、そんな感じ」

「じゃあ、それはまあ、いいんじゃねえの」

だから、今日の仕事終わりはジムに行くことにした。

「ういっす、よろしくお願いしゃっす……」

ストレッチ等のウォーミングアップを終えたら、早速サンドバッグを殴りまくり、蹴りまくり、

「シッ、シッ……シャッ……ウシャシャシャシャシャッ」

続いて、インストラクターを相手にミット打ち。

「よろしくお願いしまァーッす」

それが終わったら、かなり格上の相手だったが、潤平からスパーリングを申し込み、

「ぬぐ、ぐっ……」

「潤平さん、無理、しないでよ」

「……ぐ……んぐっ」

「潤平さん、ちょっとも ォ」

首を絞められても痩せ我慢し、降参しないでいたら、

「うぐ……うぶぶ……」

絞め落とされた。失神した。

それがちょっと、気持ちよかった。

帰り道、歩いていたら電話がかかってきた。

五郎からだった。

「……もしもぉし」

『ああ、俺だ。返事、しなくていいから。どこで誰が聞いてるか分かんないから、俺の言うことだけ、黙って聞いて』

「……うん、分かった」

『案の定、今日、あんたには尾行が付いてた。総本部の幹部で、カラツっていう、ヤクザもんだ』

なんで宗教団体の幹部が暴力団員なんだよ、とは思ったが、返事をしてはいけないのだから、質問返しだってしてはいけないのだろう。それくらいのことは潤平でも分かる。

「マジか」

『だから、返事すんなって』

「こんくらいはいいだろうよ」

『ああ、まあ、いいか……こっちは、総本部の様子を探ってる。美祈ちゃんは、意外と元気だ。あんたのことをよく訊かれるよ。今日は仕事行ったんですかね、あんなに大勢に囲まれて、潤平さん、怪我とかしなかったですかね、って』

美祈ちゃん、と思わず口にしそうになる。

「……そう、なんだ」

『明日も、まあ今週いっぱいは、普通に仕事してろ。これくらいの時間に、またこっちから連絡するから。で、状況次第では、総本部の張込みとか、あんたにも手伝ってもらうかもしれないし、場合によっちゃ、美祈をどっかに連れ出して、あんたと会わせてもいいと思ってる』

なんか「面会を許可する」みたいな言い草だな、とは思ったが、それも口には出せない。

「……うん。頼むよ」

『っていうか、しばらく電話出なかったろ。ジム行ってたのか』

「ああ、そう」

『明日も行くのか』

「いや、連チャンは、ちょっとキツいかな」

『じゃあ明日は、仕事終わりくらいの時間でいいか』

「そうね」

『その時間にできるかどうかは分かんないけど、必ず連絡はする。じゃあな』

「うん、じゃあ」

いつのまにか、返事してもよくなっててんじゃないか。


朝から一所懸命働いて、昼飯は、美祈がいないんじゃ工場にいても寂しいだけだから、近所に食べに出て。定食屋のオバサンに「あら久し振り」とか嫌味を言われて。別に、嫌味ではなかったのかもしれないけど。

午後も普通に働いて。ときどき表に出ると、サダイのヤクザ幹部はどこから見張ってんのかな、みたいに思ったけど、あんまりジロジロ見回して、逆に疑われても困るからすぐ中に引っ込んで。誰にも聞こえないように「あー、やだやだ」と呟いたりして。

二日、三日と時間が過ぎていったら、こんなことにも徐々に慣れていくのかな、と思っていたのだけど、そんなことはなかった。美祈の不在は時の流れまで止めてしまったようで、寂しさは薄まるどころか、むしろコンクリートで固定されてしまったみたいに、心を冷たく、硬く、しかも重たく沈ませ――。

「……はい、もしもし」

五郎からの電話も、救いになっているのやら、いないのやら。

『ああ、今日はジム、行くのか』

「昨日行ったから、今日は行かない」

ちなみに今日は金曜日だ。

『じゃあ、今から会うか』

美祈ちゃんと？　と訊く間はなかった。

『俺だけ、だけどな』

それでもいいと、潤平は思った。

考えてみれば妙な心境だが、自分だけが日常生活に戻され、あの教団施設に侵入したことも、美祈を抱き締め車で夜の街を走ったことも、もっと言ったら美祈と出会ったことさえも、いつのまにか有耶無耶に、なかったことにされてしまうような気がしていたのだ。

「……行くよ。どうしたらいいの」

『吉祥寺サンロードの、例のコンビニまで来い』

世津子のいる居酒屋まで誘導されたときの、あの方式か。

「分かった。じゃまた」

だが今日は、その後の指示もルートも違い、当然のことながらゴールも違った。

たどり着いたのは住宅街にある駐車場。それも、コインパーキングではなく月極《つきぎめ》駐車場。

さらに、車種まで違う。

「こんばんは……なに、レクサスなんてどうしたの」

「拾った」

「そんな、タクシーじゃあるまいし」

「行くぞ」

昨今の若者は車に興味がない、わざわざ買おうとまではしない、みたいによく言われるが、それでも仕事で車に乗る人は大勢いる。潤平の目には、やはり成人の多くは運転免許証を有しており、もちろん運転技術も備えており、道路や地理の知識もかなりあるように見える。

少なくとも潤平よりは、みんな道に詳しい。

「……って、どこ行くの」

「チャンピオンにもよ、いっぺん、サダイの総本部を見ておいてもらおうと思ってな」

またた。

「あのさ、その『チャンピオン』って呼ぶの、いい加減やめてくんないかな」

「なんでだよ。チャンピオン、カッコいいじゃねえか」

「だから、俺はなったことないから。そんなの、ただの嫌味だから」

「じゃなに、『潤平ちゃん』とか、そういう方がいいか」

「なんでいきなり『ちゃん』付けなんだよ」

「チャン……ピオン、だけに」

「くっだらね」

その後は、特に話が弾むわけでもなく、

「そういえば、美祈ちゃん、どうしてる」

「世津子が適当に買ってきた文庫本、せっせと読んでるよ。テレビもなんもねえからな、あそこ」

「そっか……」

かといって沈黙し続けるわけでもなかった。

「ちなみに、世津子さんの本名って、結局なんなんだっけ」

「ミツタセイコ」

「伊丹世津子が、ミツタセイコ……ああ、なるほどね。そういうのを、なんとかグラムっていうのね」

「ミツタセイコが、伊丹世津子な」

「どっちでもいいよ……でもなんで、二人の間でも偽名で呼び合ってんの。不自然じゃね？」

「うっかり本名で呼び合わないように。それだけのことだよ」

「あっそ……」

それでも一時間以上はかかったと思う。

五郎は、左右がアーケード商店街になっている、まあまあ大きな通りから右に曲がり、狭いといっても、あっちとこっちですれ違えるくらいの余裕はある道幅のところを進んでいき、もうシヤッターを下ろしているクリーニング屋の前で車を停めた。

一番近い電柱に書いてある住所は、台東区西浅草三丁目。

五郎が前方を指差す。

「次の十字路の、左手前の角。あれが『サダイの家』の総本部だ」

西東京支部なんかとは比べ物にならない、かなり立派な、がっしりとした外観のビルだ。

「何階建て？　七階くらいかな」

「六階だよ。窓数えりゃ分かんだろ」

それはいいとして、だ。

「あそこも、やるつもり……なの？」

総本部ビルを睨みつけたまま、五郎が頷く。

「世津子といろいろ調べて、もう大まかな段取りまでは決めてある。俺たちはあそこから、シロシビン使用の証拠か、それに匹敵するような、教団を解散に追い込めるような証拠を盗み出してくる。あとはそれを、信用できる人間に託して、出すべきところに出してもらう。これは、そういう計画だ」

五郎が本気なのは、その心に迷いなんてものが微塵もないことは、彼の目を見ていれば、分かる。

「……いつ、やるの」

五郎は、一瞬だけ助手席の潤平を見て、でもまたすぐ前を向いた。

「それ、なんだけどさ……あんたは、美祈と一緒に、どっかに逃げたっていいんだぜ」

何を今さら、というひと言が、すぐには出てこない。

五郎がポケットからタバコの包みを出し、一本銜える。

「世津子は、母親を殺された。俺は姉貴を殺された。美祈の父親も、おそらく殺されてるんだろうが……あの娘はな、俺たちとは違うから。だから、いいよ。あんたは美祈を連れて、どっか遠くに逃げろよ。そんでさ、テレビで、宗教団体『サダイの家』に、家宅捜索が入りました、教祖が幹部数名と共に逮捕されました、教団は解散を余儀なくされました……ってなニュースが出たら、さすがにもう、大丈夫だろうから。頃合い見て、それから東京に戻ってくりゃいいじゃねえか。俺はまた、ムショに逆戻りしてっかもしんねえけど、世津子はさ、大丈夫だから。パクられるような危ない仕事は、あいつにはさせねえから。だからさ……潤平ちゃん、そういうことにしようぜ」

なんだよそれ、散々巻き込んどいて、今さら勝手なこと言うなよ。

そんな言葉も、なんというか、喉の奥が「うっ」ってなって、上手く口に出せなかった。

なんか分かんないけど、泣けてきた。

3

十月二十三日、土曜日。

鵜飼は、警視庁本部庁舎十七階の大会議室にいた。

「それでは、初回の合同捜査会議を始める」

初回だから、だろうか。今マイクを握っているのは警視庁捜査一課の管理官だ。上座には警視庁と埼玉県警、双方の刑事部長、同参事官、同捜査一課長、同管理官らが並んでいる。合同捜査本部長は警視庁刑事部長、副本部長は埼玉県警刑事部長ということだが、それ以外は水平、あくまでも立場は五分五分というスタンスのようだ。

戒名も「西多摩郡檜原村男性死体遺棄・川口市南鳩ヶ谷地内男性殺人事件合同捜査本部」と改められた。

「まず本件は、西多摩郡檜原村における、男性の……」

会議冒頭の資料読み上げは、言わばこれまでの「おさらい」だ。だが有川工業内で大量の血痕が発見されてからの四日間、五日市署と武南署の捜査本部はそれぞれ別々に会議をし、互いにその結果を報告し合うのみだった。これまでの情報共有に齟齬はなかったか、不足はなかったか。そういったことを確かめるという意味では、重要な会議ではある。

総勢百名超という大所帯に膨れ上がったが、鵜飼の隣にはこれまで通り、梶浦がいる。

「しかし、なげーな……」

確かに。資料の読み上げも長かったが、何しろ人数が多いので、その後の組分け指示もえらく長引いた。とはいえ、元五日市署特捜のペア自体に組替えはほとんどなかった。元武南署のそれがどうだったかは、鵜飼たちには分からない。

「じゃ、行くか」

愛用のボールペンをシステム手帳のホルダーに戻し、梶浦が小さく頷く。

「はい」

今日から鵜飼たちが担当するのは、これまでとは全く異なるアプローチの捜査だ。

直接「サダイの家」総本部に、事情を聴きに行く。


なぜ梶浦と鵜飼の組が「サダイの家」総本部における聴取を命じられたのか。それは分からない。警視庁側から捜査員を出すのは当然としても、担当は今野統括や本橋主任、倉持主任の組でもよかったはず。だが今回、指名されたのは梶浦だった。

日比谷線の車内。幸い、声の届く範囲に他の乗客はいない。

鵜飼は「つまらないことを訊くようですが」と前置きした。

「なぜ、総本部の聴取が、ウチの組だったんですかね」

梶浦が、苦笑いと鼻息を漏らす。

「それは、あれだろ……俺たちが、大量血痕を見つけたからだろ」

「でもそれは、流れでたまたま」

「にしたって、言ったら俺たちは、顔が売れてるわけだから、県警側に。いよいよサダイの聴取に着手するとなったら、県警側は、ちょっと待ってくれ、と言ってくるだろう。だったらこっちにも一枚噛ませてくれ、と。でもそこで、いやいや、担当はこの件をずっとリードしてきた梶浦と鵜飼ですから、みたいにウチの幹部が言えば、一応の恰好はつくと……そんなところだろ」

合捜の上座、警視庁サイドの幹部の顔を思い浮かべてみる。

捜査一課の担当管理官、宮島《みやじま》警視。小太りだが、髪を綺麗に刈り上げた、非常に実直そうな人物だ。とてもそんな「ハッタリ」をかますタイプには見えない。少なくとも鵜飼の印象はそうだった。では捜査一課長、木内《きうち》警視正はどうか。前職は刑事部捜査第三課の課長、その前は科捜研の所長。刑事畑全般を経験しており、なかなかの曲者《くせもの》と噂されてもいる。むしろ、そういう駆け引きは木内課長の方が長けていそうではある。そうでなければ参事官、里中《さとなか》警視正か。だが、つるっとした丸顔で、表情は比較的柔和。印象としては宮島に近い。

「この件をリードしてきたのは梶浦組だ、って言ったのは、誰ですか。一課長ですか」

「いや、課長ではないな」

「じゃあ、参事官」

「むしろ、もっと下だろ」

「管理官とか」

「ま、そんなとこかな」

宮島管理官か。あの人は、そういうことを言う人なのか。

それとは別に、鵜飼は今日、参事官である里中警視正の顔を初めて見たのだが、でもどうも、以前にもどこかで会っているような気がしてならない。それがいつ、どこでだったかは、まるで思い出せないが。

「次だな」

「はい」

日比谷線を入谷駅で降りたら、あとはタクシーだ。

「ええと、西浅草三丁目の方に」

「はい、西浅草三丁目……番地は、お分かりになりますか」

乗車時間は五分足らずだった。

梶浦が、あらかじめ用意していた千円札を運転手に渡す。

「はい、ありがとうございます……ではこちら、お返しとレシートになります」

「どうも」

「お忘れ物、お気をつけください」

降車し、見上げた「サダイの家」総本部ビルは、一見しただけではまるで宗教施設だなどとは思えない建物だった。金属枠と窓ガラスで構成された、印象としてはむしろ区役所や警察署に近い、極めて硬質な外観をしている。

窓の数だけでいえば六階なのだろうが、五階と六階の造りが、それより下とは少し違っているように見える。同じ外壁で覆ってはあるものの、部屋自体はそれより少し奥まっているのかもしれない。

なぜそんなことを思うのかというと、六階の窓を下から見上げると、そこに青空が透けて見えるからだ。

「行こう」

「はい」

建物内に入り、梶浦が受付カウンターにいる女性に声をかけにいく。

「恐れ入ります。警視庁の者ですが」

倣って、鵜飼も身分証を提示する。

受付の女性は、静かに会釈を返しただけだった。

梶浦が警察手帳をポケットにしまう。

「小牧総本部長に、取次いでいただけますか。お話が伺えるよう、アポイントはとってあります」

「少しお待ちください」

内線で連絡すると、すぐに確認はとれたようだった。

右手にあるエレベーターで、四階まで行くよう言われた。

「……どうも」

指示通り四階でエレベーターを降りると、濃紺のスーツの女性が迎えに来ており、

「お待ちしておりました。こちらにどうぞ」

総本部長室まで案内された。その間、鵜飼たちが誰かとすれ違うことはなかった。いくつか通過したドア、その向こうに人の気配はなかった。フロア全体に人気がないのは今日が土曜だからか。それともこの施設は、普段からこうなのか。

女性が廊下の突き当たり、【総本部長室】とプレートの掛かったドアの前で立ち止まる。

軽く、ゆっくりとノックをし、「お客様をお連れしました」と声をかけると、中からすぐに「どうぞ」との返答があった。

女性が恭しくドアを開ける。

室内は、中くらいの会社の社長室といった雰囲気だった。革張りのソファに、堅木でできた重そうなテーブル。

その向こうにある執務机からこっちに出てくる、仕立てのいい、高級そうなスーツを着た男。

あれが小牧哲生か。

梶浦から声をかける。

「お忙しいところ、申し訳ありません。警視庁捜査一課の、梶浦と申します」

「五日市署の鵜飼です」

小牧が頭を下げながら名刺を差し出してくる。

「ご苦労様です、小牧でございます」

スーツの袖口から覗く高級そうな腕時計、綺麗に整えられた顎ヒゲ。そんな身形《みなり》に反して、鼻につくくらい腰は低い。ブランド品が体に馴染んでいないのか、それとも善人の芝居が板についていないのか。あるいはその両方か。

「どうぞ、お掛けになってください」

決して事情聴取に相応《ふさわ》しいソファではないが、致し方ない。できるだけ浅く腰掛けて、向かいに座った小牧との距離を測る。

すぐに、さっきとは違う女性がお茶を運んできた。

彼女が「失礼いたします」と出ていったのをきっかけに、梶浦が切り出す。

「実は、こちらに入信しておられる方について、いくつかお聞かせ願いたく、お伺いいたしました」

小牧は「はい」と落ち着いた様子で頷いた。

梶浦が続ける。

「小牧さんは、有川健介という男性を、ご存じですか」

小牧は一瞬、目を宙に泳がせた。左、やや斜め上に。

「有川、さん……有川、健介さん。申し訳ございません、どちらの、何をしていらっしゃる、有川さんでしょうか」

「川口市で、解体業を営んでおられる、有川さんです」

「川口で、解体業……いや、申し訳ございません。建築関係も、川口という土地も、あまりご縁がないと申しますか」

「有川さんは、数年前までこちらの信者だったと思うのですが」

するとほう」と漏らしながら、小牧は背筋を伸ばした。

「信者の方で、有川さん、川口の……すると、支部は南埼玉でしょうか」

「それは、私どもには分かりませんが」

「では、今すぐ調べさせましょう」

明らかに惚けている。それは目の動きや態度から分かる。このまま喋らせておけば、この男はいずれ必ず尻尾を出す。だから今、鵜飼は一言一句聞き逃さぬよう注意していれば、それでいい。

梶浦がかぶりを振る。

「いえ、それには及びません。では、有川浩江さん、有川美祈さんというお名前に、お心当たりはありませんか」

「浩江さん、美祈さん、健介さん……ということは、そのお三方はご家族でいらっしゃいますか」

「そうです」

「分かりました。やはり、分かる者に調べさせましょう」

「いえ。私は、小牧さんはご存じありませんか、とお訊きしてるんです」

小牧が分かりやすく眉をひそめる。

「私が」

「はい」

「有川さんという、ご家族を」

「はい」

今度も、分かりやすく首を傾げる。

「いや、大変申し訳ございません。私ども『サダイの家』は、宗教法人としてはまだまだ歴史が浅くはございますが、それでも、二万人近くの信者様が、ええ、おられますもので。お名前だけで……まああと、川口というのとご職業も、お伺いしましたけれども、それだけでは、心当たりがあるかとお尋ねいただきましても、私としましては、ですから……分かる者に調べさせた方が、確実にお答えできるかと存じますが」

意外性も何もなかった。

小牧哲生とはこういう男だろうと、鵜飼は最初から思っていた。


十一年前。

鵜飼は満田真美子殺しの特捜に参加し、その娘、満田成子の所在不明について、特捜幹部に情報を上げた。

満田母娘は「サダイの家」の信者であり、娘の成子はサダイの教団施設にいる可能性が高い、目黒区内の中学に通ってきてはいるが行動は制限されている、施設内で性的虐待を受けている可能性もある、というのがその内容だった。

特捜は慎重に捜査を進め、満田成子の生存を確認、母親が死亡したという状況を考慮し、児童養護施設に入所することを提案。成子本人もこれに同意したため、そのような措置が執られた。

だが、その情報提供者である八巻貴子の所在不明について、特捜は指一本動かしてはくれなかった。

貴子に電話連絡がつかないのはもちろん、自宅マンションに帰っている様子もない。学校にも数日出勤していないと分かった。当たり前だが、行方不明者届は出した。和也に言って出させた。

しかし、それ止まりだった。

満田真美子殺しの捜査をしている最中、八巻貴子の所在不明についてばかり騒ぎ立てる鵜飼を、特捜幹部は煩わしく思ったのだろう。あるいは、最初に一緒に飲みに行った同僚辺りが、鵜飼は八巻貴子と交際していると漏らしたのか。なんにせよ鵜飼は直後に特捜から外され、目黒署少年係に戻された。

それでいいと、鵜飼も思った。事件関係者と個人的に繋がりのある警察官が、捜査に携わるべきではない。ましてや鵜飼と貴子は男女の関係にあった。

また特捜にいるより、通常勤務をしている方が時間がとれるという利点もあった。当時は目黒署も、本署当番を六班から四班態勢にしており、平時より勤務体系がタイトになってはいたが、それでも鵜飼の配置は生活安全課少年係。刑組課よりは格段に時間が作りやすかった。

貴子と行った場所、貴子が行きそうな場所。鵜飼は時間が許す限り、虱潰しに歩いて回った。警察手帳さえあれば、令状がなくても防カメ映像を見せてくれる店はいくらもあった。貴子の自宅近くのコンビニ、レンタルビデオ店、書店、コインパーキング。特にコンビニやレンタルビデオ店は、夜中でも対応してくれるので好都合だった。バックヤードに陣取り、鵜飼は何十時間分もの防カメ映像をチェックし続けた。

貴子の身長は百五十八センチ。たとえば、貴子の入会していたレンタルビデオ店だったら、自動ドア脇のガラス窓に貼ってあるポスターの上端がほぼ同じ高さだった。それを基準に見ていけば、着衣に見覚えがあろうとなかろうと、早回しだろうと、判断は容易についた。

これは貴子、じゃない、じゃない、じゃない、貴子じゃない、貴子じゃ、貴子、貴子、貴子――。

ああ見えて、彼女はホラー映画やサスペンス系のドラマが好きだった。

「道弘さん、これ見た？」

そうやって貴子が差し向けてくるDVDのパッケージは、たいてい赤黒かった。

「いや、見てない」

「見よっか、一緒に」

「なんで。もうちょっと……なんか、ハッピーな感じのにしようよ」

「ハッピーなものは、ハッピーじゃない人が見ればいいの……」

意外と大胆なところもあった。店内の棚の前で、抱きつくように腕を組んできたりした。

「……ハッピーな人たちは、こういうのを見て、キャーキャー言うのがいいの」

「たーちゃん、キャーキャー言わないじゃない」

「私はいいの。道弘さんが言うから」

「俺、キャーキャー言いたくないよ」

「私が言わせたいの。だからこれにしよ、今日は」

だが、何日分【ホラー／サスペンス】のエリアをチェックしても、貴子の姿はそこになかった。

目黒の街のどこにも、貴子の姿は、見当たらなかった。

自分でも、冷静な行動では決してなかったと思っている。だがそれほどに、当時の鵜飼は追い詰められていた。切羽詰まっていた。万策尽きていた。早くしないと、貴子までサダイに殺されてしまう可能性があった。

だから、思いきって訪ねていった。執務室にいるはずの、当時の捜査一課長、藤宮警視正を。

藤宮一課長は、ちゃんと話を聞いてくれた。

「マル害、満田真美子は、首吊り自殺に偽装した他殺、そこまでは特捜だって掴んでるわけじゃないですか。マル害の娘、満田成子が『サダイの家』の施設に囚《とら》われているという情報を上げたのは私です。その情報を私に提供したのが八巻貴子です。『サダイの家』が満田親子に何をしたのか、それを一番よく知ってるのが八巻貴子なんですよ」

途中、背後でドアが開き、何人も入ってきたのは気配で分かっていた。

「もう状況から見て、八巻貴子の口封じに『サダイの家』が動いたのは間違いないじゃないですか。無断欠勤なんてしたことないんですよ、彼女は。それがもう二週間も、連絡がつかない状態なんです。なんでですか。なんでこれを、事件として扱えないんですか。ただの行方不明じゃないんですよ。殺人事件に関わりのある行方不明なんです。お願いします、サダイを、『サダイの家』を、早く調べてください」

後ろから「おい、お前」と肩を摑んだのは誰だったのだろう。一課長の専属運転手をやっている、若い刑事か。

「サダイの総本部に、ガサを入れてくださいッ」

肩だけでなく、すでに両腕を捕えられていた。腰も、抱えられていたかもしれない。

「一課長、なぜですか一課長ッ」

必死で振り払おうとした。もしかしたら、左右のどちらか、腕をとっていた誰かに、肘打ちのようにしてしまったかもしれない。

「キサマッ」

「おい、もっと人を呼べ」

「引きずり出せ」

そうだ、あのときだ。

課長室で暴れて、左肘がたまたま口元か顎か、その辺に当たってしまったのだ。

そうか。そういうことか。

4

美祈を西東京支部から連れ出して、十日。

ようやく、待ちに待った連絡がきた。

『今日どうする……こっち来るか』

連絡というか、五郎からの誘いというか、面会の許可というか。

「行く行く、行くに決まってるッショ」

ついに潤平は、美祈と会えることになった。

これまでとは違うコンビニを指定され、でもやっぱり方々歩かされ、止まれとか進めとか、路地に入って回れ右、十数えたら出てこいとか、バラエティ番組の罰ゲームみたいなことを延々やらされた。

でもそんなの、全然気にしない。

「薬局の看板？　漢方薬の……冷え性、冷え性」

『一々復唱すんな』

「ごめん……あ、あったあった、冷え性に効く漢方」

『だからよォ』

そんなことを繰り返し、たどり着いた空地に駐まっていたのは、

「あれ、今日は世津子さんなんだ」

「悪かったな、あたしで」

「そんなこと言ってないでしょ……ところで、どうしたの、この車」

角がベコベコに凹《へこ》んだ、あちこちが傷だらけの、ところどころ錆も出始めている、完全に輝きを失った、シルバーの軽ワンボックスカーだ。

世津子がエンジンを掛ける。

「お前……運転できないくせに、車には文句つけんのな」

「文句じゃないよ。どうしたの、って訊いただけでしょ」

「さっさとシートベルト締めろよ」

「五郎さんは？」

「ちゃんといるよ……ってか、ゴチャゴチャうるせーんだよ、お前はいっつも。黙ってねえと舌嚙むぞ」

それは決して、冗談などではなかった。

「うぐっ……いぢっ」

原因はよく分からないが、何しろ車がよく跳ねる。ちょっとした路面の凹凸に乗るたび、一々車体が飛び跳ねる。

「なんで、この……むぶっ」

「分かんねえけど、やたらとサスペンションが硬い上に、空荷だからさ。路肩の段差乗り越えるときとか、下手すっと天井に頭ぶつけっから気をつけろよ」

そう言うわりに、世津子自身はよく喋った。なんで平気なんだろう、と思ったが、もしかしたらハンドルを握っている分、助手席とは踏ん張り具合が違うのかもしれない。

「五郎ちゃんと、何か話した？」

危ないので、ここは頷くだけにしておく。

「美祈と逃げろってか」

もう一度、頷いてみせる。

「それもな、いいと思うよ……あたしらはさ、サダイに人生、滅茶苦茶にされてっから。でもあんたは違うし、美祈もそこまでじゃねえから……ああ、あたし、潤平ちゃんにイッコ、謝ろうと思ってたこと、あるんだった」

なんだろう。

世津子は前方に視線を向けたまま、少し口を尖らせている。

「あの、美祈がさ……支部長のチンポしゃぶらされてるとか、なんかそういうこと、いろいろ言ったけど……あれ、ゴメンね。嘘つくつもりはなかったんだけど、想像の部分も、けっこう入ってたっていうか、あたしの……想像っつーか、経験？　他に助け出した信者の子の話とか、そういうのも勝手に当てはめて、美祈もたぶんそうだろうって、憶測で言っちゃってたところ、あんだよね……ってか、あるの」

そう、だったのか。

世津子がコクリと、頷くように頭を下げる。

「……ゴメン」

どう答えていいのか分からなかったのと、喋るのが危ないのとで、結局、潤平は首を横に振るだけになってしまった。

世津子が続ける。

「美祈がさ、天英に仕えてた時期があるのは本当だけど、それ以外は潤平ちゃん、いっぺん忘れて。それで、美祈がさ、いつか自分から話すようになったら、それを、それだけを信じてあげて。

その方が、あんたらはきっと、上手くいくから」

五郎が言ってたのは、嘘じゃなかった。

世津子は、本当は優しい人なんだ、って思った。


潤平たちが着いたとき、五郎はすでにカウンターに座っており、一服しながら缶ビールを飲んでいた。

「五郎さん、なんで……」

あとから入ってきた世津子が、潤平の背中を小突く。

「止まんなよ、一々……念のため、あたしたちの方が遠回りしてきただけだよ」

そう聞いて、潤平が「なるほど」と手を打ったときだった。

奥に長い、通路状の厨房の突き当たり。

その右手にある、開口部。

二階からの階段を下りてきたそこに、

「……」

ちょこんと、美祈が姿を見せた。

白い長袖Tシャツに、デニムの、オーバーオールのスカート。

もう一段下りてサンダルを履き、両手を前で揃え、潤平に深々と頭を下げる。

「潤平さん……こんばんは」

倣って、潤平もお辞儀をしようと思ったが、また世津子に押された。

「進めってば」

「ちょっ、世津子さん……」

よろけるようにして、一歩半くらい前に出て。美祈もなんか、一、二歩こっちに進んできて。それでもう、二人の間合は完全に、ゼロになっていた。

そのまま、美祈が抱きついてくる。

「潤平さん……」

顎のすぐ下に、美祈の頭があった。几帳面そうな真っ直ぐの分け目が、妙に近くに見えた。石鹼みたいな香りと、優しい肌の匂いがして、顎にサワサワと当たる髪の毛が、くすぐったくて気持ちよかった。腰に回された、両腕の細さを感じた。胸は、よく分からなかったけど、潤平の胸に押しつけてくる、美祈の顔の感触は分かった。頬骨って、美祈でも硬いんだなって思った。

すぐ後ろで、世津子が短く舌打ちする。

「……もういいからよ、二人で二階行けよ。邪魔だっつーんだよ。通れないだろうが」

それが世津子なりの気遣いなのだと、ようやく潤平も分かるようになってきた。

「すんません……恐縮です」

カウンターにいる五郎が、「だから、一々恐縮すんなって」と苦笑いを浮かべる。

美祈が体を離す。俯《うつむ》いたまま潤平の左手を摑んで、階段の方に向き直る。そのまま、引っ張っていこうとする。

見ると、潤平のネルシャツの、胸の辺りが少し濡れていた。

されるがまま、潤平も一歩踏み出した。美祈が脱いだサンダルの隣に、自分もスニーカーを脱いだ。

振り返るようにして見ると、世津子も五郎も、こっちを見てはいなかった。世津子は五郎を、五郎は手にしたビールの缶を見つめていた。

一段一段、幅の狭い、急な階段を上っていく。真ん中辺りで、美祈は潤平の手を放した。確かに、手を繋いだままこの階段を上るのは危ない。

目の前にある、デニムスカートの裾。初めて見る服を、こんなにも愛《いと》しく思うことがあるなんて。そんな感情が、自分の中にあったなんて。

二階は真っ暗だった。二ヶ所ある和室の窓は、両方とも雨戸を閉めてあるようだった。

美祈が、四角い笠の照明から垂れた紐を引っ張る。ピピピン、と蛍光灯が瞬《またた》き、八畳間の様子が目に入る。

窓際にふた組、畳んだ布団が寄せてある。大きな紙袋が三つ。中には衣類が詰まっている。あとは、座布団が何枚か。

美祈はその中から二枚取り、壁際に並べた。

「座り、ましょう」

「うん」

壁を背もたれにして、並んで腰を下ろした。

二人して、同じように膝を抱えた。

潤平は正面にある、雨戸の閉まった窓を指差した。

「いっぱい、読んだんだね」

窓枠を本棚代わりにして、文庫本が綺麗に並べてある。二十冊以上はある。どれも背表紙が色《いろ》褪《あ》せている。古本だろうか。

美祈が「うん」と頷く。

「……私、本読むの大好きだから」

「どういうのが好きなの？」

「なんでも。ミステリーでも、時代小説でも、恋愛小説でも……世津子さんは、お買い物行く前に、何がいい？　って訊いてくれるんですけど、お任せしますって、世津子さんのセンスでお願いします、って……そうすると、自分では選ばないようなのを買ってきてくれるから、けっこう面白くて。一番左にある『頭の体操』って、クイズとパズルの本なんですけど、すごく面白かったです。あとあれも……アガサ・クリスティーも、好きな感じでした」

美祈の声には、森の中で小鳥のさえずりを聞くような、じゃなかったら、クラシックの英語の歌を聴くような、つまり、言葉の意味よりはその響きに癒される、そんな心地好さがある。

「潤平さんは？　毎日、何してました？」

どういうわけか、六角形の、筒状のふるいがぐるぐる回転する様が脳裏に浮かんだ。

「俺は、毎日働いてたよ。美祈ちゃんの来ない、工場でさ……一人で、寂しかった……」

堪えきれず、最後の方は、声が震えてしまった。

こっちを向いた美祈も、目に涙を溜めていた。

「私も、寂しかった……」

抱き寄せた美祈は、やっぱり折れそうに細くて。唇は、思っていたよりずっと小さくて、柔らかくて。こんなふうに美祈と抱き締め合う日がくるなんて、確信していたわけでは全然ないけれど、でも不思議と、なるべくしてなったような、そんな気もしていた。

美祈の耳元だから、ほとんど、息だけの声で囁く。

「五郎さんがね、俺にさ……美祈ちゃんを連れて、逃げろって、言うんだ」

ほんの二、三センチ、美祈が頷く。

「私も、世津子さんから、その話は……私は、潤平さんが、嫌じゃなかったら、できれば……」

潤平も、同じくらい頷いてみせる。

「うん。俺もさ、つい昨日までは……いや、今日の仕事終わりまでは、そう考えてた。美祈ちゃんを連れて、どっか遠くに、知り合いなんて一人もいない土地に行って……俺、一所懸命働くから。なんでもやるから。美祈ちゃんには、夕飯作って、家で待っててもらえたらなって、そんな……そんな夢みたいなこと、考えてた」

「そうしましょう。夢なんかじゃない。私、そうしたいです」

潤平だって、本音を言ったら、今だってそうしたいと思っている。

「でも、でもさ……俺もう、五郎さんと世津子さん、ほっとけないよ。あの二人が総本部に行くの、二人だけで、あそこを襲撃しに行くの、知ってて俺……俺だけ、美祈ちゃんと逃げるなんて……美祈ちゃんと幸せになりたいなんて、俺、言えないよ……言えない」

美祈が、より一層強く、抱きついてくる。

「じゃあ、みんなで逃げればいいじゃないですか。四人で、逃げればいいじゃないですか」

「それも考えた。でもあの二人は、それじゃ……幸せになれないんだよ。過去にあったことに、サダイに壊された、これまでの人生に決着をつけないと、先に進めないんだと思う」

「そんなことない。できる、できますよ……私も、サダイのことは忘れますから。お母さんのことも、天英様のことも、総本部の秘密も、何もかも忘れますから」

急に、首の後ろ辺りで、ひゅっと冷えるものがあった。

「……美祈ちゃん、それ」

「はい？」

「総本部の秘密って、なに」

「だから、天英様と……」

そのときだった。

文庫本を並べているのとは違う、もう一方の窓。その向こうで、ガガッというか、ゴロッ、ゴゴッ、みたいな音が、した。

気のせいかもしれないが、でも、閉めてあったはずの雨戸と雨戸の間に、隙間ができているようにも、見える。

「……」

思わず立ち上がり、潤平はその隙間を見にいった。

何年も拭かれていない、白く曇った窓ガラス。

その向こうに見える、トタンでできた雨戸の裏側と、細長い暗闇。

信じ難いことに、そこには目玉があった。目玉が一つ、細長い暗闇からこっちを覗いていた。

その目玉と、目が合った。むろんよく見れば、本当に目玉一つがその暗闇に浮かんでいるのではないと分かる。瞼もあれば、眉毛も額もある。五分刈りの頭頂部も見える。

「えっ……」

右側から指が三本、いや四本、その隙間に入ってくる。今度こそ間違いなく、ガガガッ、ゴゴゴッと鳴り、右側の雨戸だけが大きく引き開けられた。

五分刈りの、カエルみたいな顔をした男が、二階の窓の柵にしがみつき、潤平を見上げていた。深緑の、作業服みたいなものを着ている。

誰だ、こいつ――。

自分の体をグイと引き上げ、こっちに上ってくる。

「……美祈ちゃん」

振り返って、美祈の顔を見たかったけれど、でも男から目を離すことはできない。

「し、下に行って、五郎さん呼んできて」

「えっ……あ、はいっ」

男は斜めになり、まず左脚を柵に掛け、そのまま体の左半分まで、こっちによじ上ってきた。何が上手くいかなかったのか、数秒グラグラしていたが、やがてもう一方の雨戸も乱暴に開け放ち、右脚も完全に柵を越えてきた。落ち着き払った様子で窓枠に立ち、柵に腰掛ける。

男は、左手で窓枠の上端を摑んだ状態で、右手を腰に回した。

拳銃でも取り出されたら、潤平は一巻の終わりだったと思う。

だが、そうではなかった。

男が背後から取り出したのは、ちょうどブーメランのような形をした道具だった。銀色のそれを「へ」の字に握っている。でもちゃんと柄があるので、ナイフの一種なのだと思う。刃の、重そうに垂れた先端の方が、大きく膨らんでいる。刃の幅が広くなっている。

なんなんだ、こいつ――。

その男が、ニッ、と口を笑いの形に広げる。

背後で足音がし、

「オイどけッ」

五郎に怒鳴られたのと、男がブーメラン状の刃物を振りかぶったのと、どっちが先だったろうか。潤平が横っ跳びで壁際に寄り、すぐに響いた銃声と、男が窓ガラスを叩き割るのと、どっちが早かっただろうか。

「逃げろッ」

五郎に言われ、頷きながら畳を這っていった。さらにガラスの割れる音が続き、五郎がもう一発撃ち、もはや、何がなんだか分からなくなった。

でも階段口までたどり着き、下に美祈の顔を見た瞬間、

「……美祈ちゃん」

不思議なくらい、潤平は冷静になれた。

「逃げてッ」

階段も、ちゃんと足から下りられた。できるだけ速く、でも踏み外さないように下りきった。スニーカーは履かなかった。そこにいた美祈の手を取り、一緒に、カウンターの向こうに出た。

世津子は厨房にいたのか、潤平と入れ替わるように階段口に立ち、二階の様子を窺っている。

「世津子さんも早くッ」

潤平はそのまま美祈と出入り口に向かった。

入ってきたときは気づかなかったが、店の出入り口には暗幕が張られていた。迷わず引き剝がすと、今度は「満腹飯店」と入った古い暖簾が出てきた。

暖簾の向こうは、上半分が曇りガラスの、アルミ製の引き違い戸だ。左右が重なったところにあるロックを解除し、右の一枚を左にすべらせた。

嫌な予感も、ないではなかった。

戸を、開けた途端だ。

暖簾を分けて、黒い何かが、ニュッとこっちに押し入ってきた。

拳銃を握った、右腕だった。

美祈がいなかったら、もし美祈の手を握っていなかったら、潤平はその場で腰を抜かしていたかもしれない。でもこの瞬間は、撃たれる恐怖心よりも、被害を最小限に喰い止めようとする思考力の方が勝っていた。

「勝負勘」に、非常に近い感覚だ。

自分は一発くらいもらっても、美祈だけは無傷で外に逃がす。

そのためには何をすべきか。

潤平は美祈の手を放した。両手で相手の右手首を摑みにいった。一発は撃たれる覚悟をしていたが、幸いそうはならなかった。

普通はここで、摑んだ右腕を巻き込むように反時計回り、背中から相手の懐に入って、最終的には腰投げや背負い投げで倒すのが定石だろう。だが潤平は、あえて時計回りに回った。相手の右腕を巻き込まない、巻き込めない方向に、自分の体を回転させた。

結果、どうなるか。

相手の右腕は伸びきる。潤平はなおも時計回りに力を加える。相手の半身は、出入り口の木枠に押し付けられて「はりつけ」状態。そこから潤平はさらに押し込む。

全身のバネを使って、相手の右肘を反対向きに圧《へ》し折る。

「……ンゴアッ」

ボリッ、と相手の右肘が鳴った。

その瞬間、潤平は急に聴覚が戻り、視界も広がった気がした。

見ると、美祈はスツールとスツールの間にへタり込んでいる。

「逃げて、美祈ちゃん逃げてッ」

頷く美祈。なんとか立ち上がり、よろけながらもこっちに来る。潤平の脇を通って、店の外に出る。

「んぬぉ……」

潤平が腕を折ったその男は、黒いスーツを着ていた。オールバックに固めた髪、薄い眉、口ヒゲ。ひと目で堅気ではないと分かる、風体と目つき。これが五郎の言っていた、サダイのヤクザ幹部か。

そうだ、五郎――。

店の奥に目を向けると、世津子を背中に庇《かば》いながら、後退《あとずさ》りしてくる五郎の後ろ姿が見えた。

くるりと回れ右、五郎はこっちを向いて、左手で、行け、とでも言うように世津子を突き飛ばす。

錯覚かもしれないが、五郎の右手が、ないように見えた。

倒れ込むように、こっちに来る世津子。

両腕を広げる五郎。

やはり黒いシャツの、右手首から先がない。

「セイコッ」

何が起こったのか、潤平にはよく分からなかった。

五郎の背後に、あのカエル顔の男が近づいてきているのは見えていた。その男が、あのブーメラン状の刃物を振りかぶる。

「……五郎さん」

ほとんど、音はしなかったように思う。

ただブーメランが、五郎の、顎の下を通り抜けていった。

一拍遅れて、五郎の頭が、今まであったところから、ゆらりと前に転げ、落下した。瞬間的には、頷いただけのようにも見えた。だが五郎の頭はどこに留まることもなく、スツールの並んだ通路の、コンクリート床まで、真っ逆さまに落ちた。

ボウリングの球を落としたときくらいの、衝撃と鈍い音が、潤平の足元まで伝わってきた。

5

こいつだけは、どうしても身元を確認しておく必要があると、唐津は思っていた。

北村製餡所に一人だけいる職人。三十歳前後の男。

勤務中は社長と見分けがつきづらくても、仕事が終わってしまえばその限りではない。社長宅は工場の上階。ということは終業後、外に出てくる男がその職人。そう考えてまず間違いない。

仕事自体は夕方五時半頃に終わるらしく、それから十分くらい経つと、着替えた従業員たちが工場から出てきた。最初に出てきたのは太った中年女。次に出てきたのが、わりと背の高い男だった。百八十センチ近くはありそうだ。

あれが職人か。確かに歳の頃は三十前後に見える。髪は盛大な癖毛、顔はサルとブタの中間くらい。垢抜けないネイビー色のブルゾンに白いインナーTシャツ、裾と膝が破けたボロボロのジーパンを穿いている。

どうにも「うだつが上がらな」そうな感じ。唐津の第一印象を言えば、そういうことになる。盃云々という話になったら、まず間違いなく断わる。そういうタイプだ。

男は三鷹駅までバスで行き、中央線に乗ってひと駅、隣の吉祥寺駅で降りた。住まいはこの辺りか、と思ったがそうではなく、男はフィットネスジムのようなところに入っていった。だが、ちょうどそこに神栄会から連絡が入り、急遽六本木まで行かなければならなくなった。本当は自宅まで突き止めたかったのだが、致し方ない。その夜の尾行は中断せざるを得なかった。

後日、また同じ時間に工場から尾行を再開すると、今度はちゃんと自宅まで帰ってくれた。徒歩十二、三分のところにある木造アパートの一階、一〇六号室。ドア周りに表札やネームプレートはなし。

集合郵便受も、帰ってきた時点で男が確認していたので何もないとは思ったが、念のため見にいった。だが、あった。取り損ねたガスの検針票が底に残っていた。

名前は【河野潤平】というらしい。部屋番号も【106】と一致している。

これも念のため、ネットで名前を検索してみた。たかが餡子工場の従業員ではあるが、実は何か特技があり、存外ネットでは人気者になっている、などという可能性もないではない。そこに何か、個人情報でも載っていれば儲けものだ。

これが、ある意味当たりだった。

河野潤平は、高校三年生のときにキックボクシングの選手としてプロデビュー、以後十一連勝という輝かしい成績を残すも、十二戦目で当時の日本ライト級王者と戦い壮絶なKO負け、そのまま復帰することはなく、惜しまれながらも二十四歳のときに引退、と書かれていた。

同姓同名の他人という可能性もあるので、当時の画像も探してみた。すると、連勝中だった頃の一枚だろう。やはりサルとブタの中間くらいのブサイクが、汗だくの半裸でガッツポーズをしている見苦しい写真が見つかった。完全に同一人物と言いきるのは難しいが、かといって赤の他人とは到底思えない、その程度には似通った顔だった。

そうか、だからか。

河野潤平は元キックボクサー。当然、パンチやキックはお手の物。西東京支部のような、一般住宅に近い小さな施設を襲撃するなら、バットや鉄パイプを持っていくよりも、拳がそのまま凶器になるメリケンサックの方が有効だったというわけだ。

ひょっとしてと思って調べてみると、まさにそうだった。先日男が行ったあそこも、実はフィットネスのジムではなく、格闘技のそれであることが分かった。唐津自身は格闘技に全く興味がないし、英語もほとんど読めないのでピンとこなかったが、神栄会の若い者だったら、あるいは少し英語が分かれば、それが格闘技のジムであることはひと目で分かったのかもしれない。

とにかく、西東京支部襲撃犯の一人は、河野潤平と見て間違いなさそうだ。

だがそこから先が、案外大変だった。

河野潤平も、何日かに一度は仲間たちと会っているようだった。それはそうだろう。河野が支部襲撃に加担したのは、他でもない有川美祈に惚れていたからだと察しはつく。連れ出したからには、それは会いたいだろう。若い二人だから、会えばそれなりのこともしたいだろう。そう何日も我慢できるものではないだろう。

だから唐津も、ここが辛抱のしどころと肚《はら》を括り、尾行を続けた。

しかし、敵も然《さ》る者だった。

コンビニ、携帯電話ショップ、百円ショップ、交差点、歩道橋、路地、公園、公衆便所、公衆電話。その辺にある、ありとあらゆるものを使って尾行を振り切ろうとしてきた。むろん、河野潤平を拘束して拷問、仲間の居場所を吐かせるという手もあったが、河野の行方が分からなくなった時点で連中は拠点を移すだろうから、それは無意味だった。唐津の目的はあくまでも、有川美祈と支部襲撃の首謀者の拘束だ。そしておそらく、首謀者の正体は八巻和也だ。

尾行を始めて五回目だったか。

ようやく、河野が月極駐車場に駐まっていた車に乗り込むところまで追うことができた。すぐにタクシーを拾い、途中までは運よくそのレクサスを追尾できたが、やはりアジトまでは無理だった。途中で撒かれてしまった。

そのときの運転手には、少し多めに渡してやった。

「こんなに……なんか、却ってすみません。じゃ、ありがたく、頂戴しておきます……ちなみにお客さん、刑事さんとかですか」

「まさか。ただのヤクザですよ」

だがその、降りた場所がよくなかった。

阿佐谷北三丁目。

吉田英夫がその昔、牧師をしていた教会があった場所の、すぐ近くだった。


唐津は「ここだけの話、神なんてのは信じなくたっていいんですよ」から始まる、英夫の説教が好きだった。親しみやすく、現代人にも受け入れやすかった。地元の信徒だけでなく、地域住民からも慕われていたように記憶している。

だが、そんな牧師が「キリスト教業界」で生きていけるわけがない。当たり前と言えば当たり前の話だ。

英夫が属していた教派はいわゆる「会衆制」で、教会員による独立自治を重んじ、教派全体を統括する中央集権的な組織はないとされていた。しかし「教派」という括りがあるのは事実であり、同じ教派に属する他の教会から睨まれれば、それなりに立場は悪くなる。信徒の間に妙な噂が出回ったり、嫌がらせを受けることも実際にあったらしい。

いつ頃からどのように、とまで具体的なことは分からないが、英夫はそんな状況を嘆き苦しみ、牧師としての在り方にも迷うようになっていった。

そんな英夫を支えたのが、娘の徹子であり、会計士の小牧だった。

二人は、周りの言うことなど気にせず、自身の思うところを説いていけばいい、と英夫を励ました。なんなら教派を完全に離脱し、この教会の、真の独立自治を実現すればいい、とも助言した。

そうして生まれたのが「サダイの家」というわけだ。

しかしここから、いくつもの歯車が音をたてて狂い始める。

唐津は今も、なぜ英夫がこんなことを認めたのだろうと不思議でならないのだが、新しい信仰の拠り所は全知全能の神「サダイ」の持つ「宇宙パワー」にある、ということになった。その宇宙パワーは個々の信者が直接サダイから享受するものであり、「先生」と呼ばれる牧師はその方法を信者に分かりやすく伝えているに過ぎない、それは教祖である永倉天英、つまり吉田徹子も同じである、と。

待て、と思った。

英夫ではなく、徹子が「教祖」というのはどういうことだ。「サダイの家」の立ち上げ当初は、間違いなく英夫が「教祖」だった。当たり前だが、教祖とは「その宗教の創始者」という意味だ。二代目という時点で、すでに「教祖」を名乗る資格はない。

唐津はこの点について小牧に問い質《ただ》した。

だが到底、納得できる答えなど返ってはこなかった。

「英世先生には、いろいろ……正直、よくない噂もありますからね。いっそ、徹子先生が前に出た方がいいんではないかと、いうことになったんですよ」

「だからって『教祖』はないだろう。ラーメン屋だって、喧嘩するときは『元祖』と『本家』を使い分けるぜ。教祖の二代目ってのは、どう考えたっておかしいだろう」

小牧は嗤った。

「それは……唐津さんがヤクザだからじゃないですか。組の代紋がどうこうとか、そういう話とは違うんですから。一般人は、一般の信者さんは、そんなことに拘ったりしませんよ。みなさん、徹子先生を新しい教祖と認めて、畏敬の念を込めて『天英様』と呼んでくださっています」

むろん、英夫にも直接確かめた。

だがこっちも、今一つピリッとしなかった。

「仕方ないんだよ。俺が甘かったんだ。俺は正直に、思うがままを、思うがままに説いてきただけなんだが、それじゃ駄目だったんだな。神なんて信じなくていいってのは、何もキリストの、教えの全てを否定してるんじゃなくてさ……だって、漫画や小説や、なんだったら映画だって、演歌みたいな流行歌だって、人の救いになることはあるわけだろう。それと一緒だって考えりゃいいんだよ、聖書も」

何度も聞いた、英夫お得意の話だった。

何度でも聞きたい、唐津が大好きな話だった。

「旧約聖書なんて、始まりは二千何百年も前だぜ。そんな時代だ。今でいう娯楽なんざ、なんもありゃしねえのさ。そんな時分に、この世界はこうやって神様が創ったとか、ダビデはこうやってゴリアテを倒したとか言えば、そりゃみんな夢中になるさ……で、その中によ、ちょっといいことも混ぜ込んでおくんだよ」

聖書の一節を諳《そら》んじるとき、英夫は目を閉じ、右手の人差し指を立てる癖があった。

「喜ぶ人と共に喜び、泣く人と共に泣きなさい。互いに思いを一つにし、高ぶらず、身分の低い人々と交わりなさい。自分を賢い者とうぬぼれてはなりません……とかな。誰かに何かを言うときさ、ちょっとこの一節を思い浮かべるだけで、言い回しは変わってくるだろう。そうしたら人と人との関わりだって、ぐんとよくなると思うんだよな、俺は。こういうのをさ、神話みたいなのと一緒に、あるいはキリストが起こした奇跡の伝説と織り交ぜてさ、面白いところと、ためになるところと、両方あるからいいんじゃない、聖書ってのは……それをだよ、これはこう解釈すべきだとか、その解釈は神の教えに反するだとか、内輪で揉めた挙句にだ、輪血はしちゃいけねえだなんてよ、大事なのはそういうこっちゃねえだろっつーんだよ」

そんな英夫の想いとは裏腹に、「サダイの家」はさらなる変貌を遂げていった。

徹子演じる「教祖・永倉天英」は絶大な霊力の持ち主であり、信者の深層心理を読み解き、的確な助言をすると評判になりつつあった。だがそれらには、全て「仕掛け」があった。

面会前に書かせたアンケートの内容をスタッフがまとめ、天英に耳打ちしたり、信者の携帯電話を盗んでメール等を閲覧したり、ひどいケースだとハッキングや盗聴まで仕掛けて信者の情報を収集し、天英に伝えていた。

それもこれも、全ては小牧の発案だったのではないかと、唐津は思っている。それについて確かめようと、唐津は何度も徹子と話をしようとした。

いや、実際に話はした。でもこれも、まるで埒が明かなかった。

「降りてくるんです……頭の中に浮かんでくる、感じでしょうか」

嘘をつけ。ただイヤホンで聞かされているだけだろうが。

「違うだろう、徹ちゃん。小牧に、そうしろって命じられただけなんだろう？　なあ」

「そんなこと、小牧さんはしません……全ては、サダイの力です。祈れば、その全てを受け取ることができるのです……」

明らかに様子がおかしい、だけではなかった。

徹子はその話の途中で泡を吹き、四肢を突っ張って痙攣し、失神してしまった。幸い処置が早かったので大事には至らなかったが、唐津は小牧のところに怒鳴り込み、思いきり絞め上げた。

「テメェ、彼女に何をしやがった」

このときも、小牧は薄笑いを浮かべながら答えた。

「もうちょっと上質な薬が、手に入れば……あと量も、二十倍くらいあれば、いろんなことが上手くいくんですけどね」

もう、怒りで脳味噌が沸騰しそうだった。

「なんの薬だ馬鹿野郎ッ」

「シロシビンですよ……唐津さん、今後はあなたが、責任を持って調達してくれませんか。今の二十倍か、三十倍くらい……そうすれば、天英にではなく、信者の方に多く吸引させて、そっちで信仰を固めることができるんですよ……固めるというか、高めるというか」

フザケるなと、唐津は小牧を殴りつけた。元会計士のインテリだ、二、三発ぶん殴れば片は付くだろうと高を括っていた。

だがどうして。小牧はなかなか強《したた》かだった。

「あなた、何も分かってないんですね。いいですか、唐津さん……もう、天英はとっくの昔に薬漬けなんですよ。そんなことが世間に知れたら、何もかも終わりでしょう」

要するに、徹子の薬物使用を脅しのネタに、言わば徹子を人質にとられる恰好で、唐津はここまで引っ張り込まれてきたと、そういうわけだ。

いや、シロシビンだけなら、まだ取り返しはついたのかもしれない。

ある夜、唐津は小牧から呼び出しを受けた。

『い……いいから、すぐ本部に来てくださいッ』

当時はまだ今の「総本部」は建設中で、阿佐ヶ谷の最初の教会が「本部」ということになっていた。

駆けつけると、

「おい、これ……なんで……」

牧師館の徹子の部屋で、英夫が死んでいた。

ベッドの上で滅多刺しにされ、大の字になっていた。徹子は部屋の隅で、膝を抱えて縮こまっていた。

「徹ちゃん……」

そう声をかけても、徹子は顔を上げることも、返事をすることもなかった。ピンクのパジャマの前側が真っ赤に染まっていた。髪の毛にも、ベッタリと粘っこいものが絡みついていた。だが見たところ、刃物のような物は握っていない。

唐津は小牧に向き直った。

「どういうことだ」

小牧は答えず、目で廊下の方を示し、歩き出した。彼のワイシャツにも、かなりの量の血が付いていた。

深い溜め息のように吐き出し、小牧は切り出した。

「私にも、何があったのかは分かりません。でも、呼ばれて来てみたら……ご覧の通りです」

ご覧の通り、って。

「徹ちゃんが、親父さんを、殺したっていうのか」

「他に、どんなふうに見えるというんですか」

「でも、そんなこと」

「このところの、英世先生の噂……あなただって、知らないわけじゃないでしょう」

確かに。英夫には小児性愛の癖《へき》がある、そういう噂はあった。唐津は、そんな馬鹿なと信じていなかったし、当人に確かめることすらしなかったが、こんなことになるくらいなら、きちんと確かめておくべきだったと、このとき初めて後悔した。

だが、それとこの状況にどんな関係がある。

「あんた、なに言ってんだよ」

「は？　だから、英世先生は信者の娘たちと同様に、つまり、実の娘とも……」

唐津は、慌てて掌で遮った。

「それ……それは、もっと小さい子供の話だろう。徹ちゃんは、もうすぐ四十だぞ。いい加減、いいオバサンだぞ」

小牧はかぶりを振った。

「あなた、やはり何も分かっていないんですね。英世先生が本当に愛してきたのは、他でもない徹子ですよ。当たり前じゃないですか。そんなの、少し見ていれば分かることでしょう。実の娘を、異性として愛してしまうという禁忌。その狂おしいまでの欲望に抗《あらが》うため、英世先生は、別の禁忌を破らざるを得なかった。信者の少女たちを、自らの性の捌け口とするしかなかった……まあ、新興宗教を立ち上げる人間のやることなんてのは、たいていそんなところですよ。洋の東西を問わずね」

「だから、それと……」

「いいから聞きなさいよ。私だって見たわけじゃないですから、本当のところは分かりませんよ。でもね、状況から判断したら、英世先生が天英様をレイプしようとした、父親である英夫が、娘の徹子を犯そうとした、だが徹子は激しく抵抗した。当たり前ですよね。だって徹子は……」

徹子がレズビアンであることは、決して口に出さない。それが二人の間では、暗黙の了解になっていた。

唐津も、その部分は省略する。

「その結果、徹ちゃんが親父さんを、刺し殺したっていうのか」

眉間に皺を寄せ、小牧は英夫の死体を睨んだ。

「……どうしますか。警察に通報しますか。そうしたら天英様は人殺し、しかも薬物使用の常習者。上手くいったら心神耗弱とか、情状酌量の余地なんかもあるのかもしれませんが、あなたはどうですかね、唐津さん」

このとき、この小牧哲生という男を絞め殺さなかったことを、唐津は今もなお、猛烈に後悔している。

「俺が、なんだってんだよ」

「徹子が使用していた薬物は誰が調達していたのか、って話ですよ。警察も馬鹿じゃない。必ずあなたにたどり着くでしょう」

「そうなったら、お前だって無事じゃ済まねえぞ」

「分かってますよ。ですからご相談申し上げているんです」

何を、と訊く間もなかった。

「こういうのはどうですか。英世先生の死体はこのまま、人知れずこの世から消し去る。決して難しいことではないはずです、あなたなら……そして、英世先生は今後も生きていることにする。サダイの布教は天英様に任せ、田舎に引っ込んで隠居暮らしとか……いや、いっそ行方不明の方がいいかもしれない。そうしたら、全ては七年でチャラになる。どうですか。悪い話じゃないでしょう」

この直後に「サダイの家」総本部ビルは完成し、教団は活動拠点を移転、旧本部は取り壊しになった。同時に、徹子による英夫殺害の証拠もこの世から消え去った。

英夫の遺体は、唐津とノブとで片づけた。ノブがククリナイフでバラバラにし、唐津が袋詰めにし、一緒に山に埋めにいった。ククリナイフというのは、あれだ。ノブが今も使っている、鉈《なた》のような、柄の付いたブーメランのような、大振りの刃物だ。

バラバラにしてしまえば、それが元は何者であったのかなど、まるで関係なくなるのだと思い知った。切り刻んでしまえば、英夫もただの肉と骨、内臓と脂肪、血液と皮膚、そんなものの集合体に過ぎなかった。

魂はどこにも行かない。ただ消え去るのみ。

神などどこにもいはしない。だから悪魔もいない。

いるのは全部、人間。

人間の言葉と、記憶がそこにあるだけだ。


追跡した車のナンバーからたどってようやく割り出したのは、多摩沿線道路から一本入ったところにある、もう何年も前に潰れたようなラーメン屋。ほとんど廃墟のような物件だった。

「ノブ。お前、あの二階の窓から入れ」

「え、どっち?」

「こっち、正面の」

「ああ、あれか……分かった」

ノブが侵入すること自体は決して難しくない。あの年代の雨戸ではまず鍵は掛からないだろうし、掛かっていたところでノブなら簡単に外せる。あとは窓だが、それも割ってよいのならなんの障害にもなりはしない。

問題は相手が銃で撃ってきた場合だが、それに関してもある程度の用意はしてきた。

「兄貴。俺こういうの、動きづらいから嫌いだよ」

防弾ベストなんてのは、着ければたいてい動きづらいものだ。

「そういうもんなんだから、仕方ねえだろう。撃たれて死ぬよりはマシだろうが」

「撃たれて死ぬより、動きづらい方が嫌だよ」

「なに訳の分かんねえこと言ってんだ。撃たれて死ぬってのはお前、すげえ痛えんだぞ」

「俺、痛いの平気だもん」

「四の五の言ってねえで、さっさと着て、とっとと行け……ただし、分かってるな。女は殺すなよ。誰も殺さないのが一番面倒がなくていいけども、仕方がないときは、男なら殺してもいい。でも、女は殺しちゃ駄目だ。いいな。分かるな」

「あーい」

案の定、ノブはなんの問題もなく侵入に成功し、想定通りドンパチが始まった。

あとは、唐津が一階の出入り口前で待っていればいい。出てきたのが河野潤平だったら撃ち殺す。八巻和也なら、しばらく痛めつけてから始末したいところだが、場合によっては即刻殺しても惜しくはない。女だったら引きずり出して、有川美祈ならば回収する。もう一人の女の仲間であれば、それも拉致か、射殺か、それはケース・バイ・ケースといったところだ。

だが唐津は、この数分後に自身の迂闊さを呪うことになる。

店の出入り口が開いた。暖簾の下に見えたのはボロボロのジーパンだった。河野潤平だ、とりあえず始末しよう、そう思って構えた拳銃ごと、いきなり右腕を持っていかれた。

息つく間も、瞬きする間もなかった。

右腕は、圧倒的な力を持つ何かに巻き込まれ、自身は顔面から出入り口の枠に叩きつけられ、ベギッ、と鳴ると同時に、悲鳴も出ないくらいの激痛が右肘を襲った。感覚的には、肘から先を捥ぎ取られたに等しかった。

しかし、まだかろうじて目だけは開けていた。

ラーメン屋のカウンター席、その奥の方。両腕を広げた八巻和也と思しき男の首を、ノブのクリナイフが薙《な》ぎ払うのが見えた。よし、いいぞ、そのままこの、キックボクサー崩れも片づけちまってくれ。

ところが、この河野潤平というのが、なかなか侮れない男だった。

「セツコさん、早く出てッ」

女を二人とも店外に出し、あろうことか唐津から奪った拳銃を唐津のこめかみに当て、

「……動くな。この親分がどうなってもいいのか」

そう、言い放ったのだ。

目の前で八巻が首を刎ねられるのを見たにも拘わらず、女たちを背中に庇い、なお初対面のヤクザ者を人質に取り、おそらく握ったこともないであろう拳銃を構え、その上での、この言い草だ。この落ち着きだ。

「そう、そのまま動くな……セツコさん、車、車回してきて」

大したもんだ。日本チャンピオンにはなり損ねたようだが、十一連勝を果たした闘魂と勝負勘

は伊達《だて》ではないと、唐津は思った。
しかし、こんな想定外な事態があるだろうか。
まさか、自身が囚われの身になるとは。
唐津は今まで、全く思ってもみなかった。

Fake Fiction

第五章

1

十月二十六日火曜日、二十三時四十分。

鵜飼はまだまだ続きそうな、夜の合同捜査会議の席にいた。

「では、次……南鳩ヶ谷、地取り七区」

「はい」

もう三週間も前の、開店休業状態の解体業者の事務所内。そんな場所で人知れず行われた殺人行為について、何か知らないかと地域住民に尋ね回ってみたところで、有益な情報など拾えるわけがない。

誰もがそう思っていながら、誰も「地取りなんて無駄だからやめませんか」とは提案しない。九十九パーセントは「無駄だ」と思っていても、一パーセントの「ひょっとしたら」が捨てきれないからだ。実際、その「ひょっとしたら」が事件解決の糸口になった例は枚挙に暇がない。

警察は、それでいい。それが正しい。勘や思い込みでその一パーセントを捨てるなどしてはならない。いや、碌《ろく》に調べずに捨てることなど、一パーセントもあってはならないのだ。

「……本日は、以上です」

「次、南鳩ヶ谷、地取り八区」

警視庁刑事部捜査第一課の、殺人犯捜査第六係長が、そう言った直後だった。

大会議室下座に設けられた、情報デスクの電話が鳴った。

それ自体は決して珍しいことではない。この時間でも、会議に戻れない捜査員から連絡が入ることはある。SSBCや科捜研から追加の報告が入ることもある。合捜という体制下では埼玉県警からという可能性もある。特に急ぎの用件でなければ、デスク担当が内容を聞いておいて、会議が終わってから幹部に報告することになる。急ぎの用件ならばメモして、上座にいる管理官か誰かに判断を仰ぎに行く。管理官もひと言「分かった」で済ませる場合もあれば、細々とデスク担当に指示を出す場合もある。

だがいきなり、席から立ち上がるのは珍しい。かなりの大事と思っていい。

隣の梶浦が、首を伸ばして前方を覗く。

「おやおや……何事かね」

壁際を小走りし、宮島管理官が下座の情報デスクへと急ぐ。まだ戻っていない捜査員もいるので百名は下回るが、それでも会議に参加している数十名がその動向を注視する。係長に指名され、報告に立っていた南鳩ヶ谷地取り八区の捜査員も、手帳を持ったまま後ろの様子を窺っている。

「もしもし……」

どこからかかってきた、どんな内容の電話なのか。外線なのか、内線なのか。そんなことも、宮島の様子からは読み取ることができない。そもそも鵜飼のいる席からでは遠過ぎて、宮島の表情の変化は見分けられない。

なんとなく分かったのは、宮島が低く「本当ですか」と訊き返し、「分かりました」と話を結んだことくらいだ。

受話器を置いた宮島は、何かしら短くデスク担当に指示し、係長に向けてだろう、上座に「待て」とでも言うように掌を向け、再びデスク担当にいくつか命じてから上座に戻った。

殺人班六係長に手を出し、マイクを受け取る。

「今し方、警察庁から入った情報だ。神奈川県、川崎市……」

それだけで鵜飼は、首の後ろがチクチクと粟立つのを感じた。ここしばらく、和也が隠れ家として使っていたのが、まさに川崎市内の潰れたラーメン屋だったからだ。

「中原区《なかはらく》中丸子《なかまるこ》△▲※、所有者不明の、元ラーメン店の二階建て家屋内で、激しく争う声や物音、銃声のような音もしたと、近隣住民から通報があり、神奈川県警中原警察署の署員が臨場したところ」

銃声までしたのか。撃ったのは誰だ。和也か、サダイの側か。

「一階店舗内にて、頸部を切断された男性の死体を発見した」

あちこちから「また首なしか」との声が上がる。

そうだとしても、まだ和也とは限らない。

「現状、マル害の身元を示すものは何も発見されていないが」

和也かもしれない。和也は、自分の身元を示すものなど絶対に持ち歩かない。

「今回は、マル害の頭部が現場内で発見されているので、身元の特定は早い段階で可能であろうと見られている」

和也なら、確かに早い段階で身元は特定されるだろう。何しろ仮釈放中の身なのだから、指紋を調べれば一発だ。

むろん、マル害の指紋が削ぎ落とされていたり、焼いて潰されたりしていれば、その限りではないが。


午前一時頃には続報が入ってきた。

「神奈川の、マル害の身元が判明した。氏名、ヤマキカズヤ、年齢、三十八歳。東京都北区出身。住居侵入等で複数回の逮捕歴があり、一昨年の七月にも逮捕、二年六月の実刑判決を受けていたが、五ヶ月前に仮釈放になっていた」

やはり、駄目だったか。

「マル害は、生きながらにして頭部を切断されたと見られており、その殺害の手口から、本件と同一の人物による犯行である可能性が出てきた。今後は、神奈川県警捜査本部とも連携を密にし、情報共有を徹底していく」

隣の梶浦が、半ば腰を浮かせながら手を挙げる。

「……梶浦主任」

「はい。今回は頭部が見つかっているので、マル害の身長等もすぐ分かると思うんですが、それについての報告は」

係長が、メガネの位置を直す。

「そういった報告は……いや、ある。ええ、マル害の身長は、約百八十五センチ。体重、約七十二キロ。遺体写真も請求してはいるが、それは現時点では届いていない」

「分かりました」

梶浦が腰を下ろす。

ゆっくりと、こっちに肩を寄せてくる。

「……どうだ。新宿の男か」

答えずにいると、重ねて訊かれた。

「新宿で消えた男か、違うのか。それだけは答えろ」

致し方ない。

「……お察しの通りです」

「じゃあ、新宿に集まった三人は、これで皆殺しになったわけだな」

それが言いたくて、わざわざ係長に確認したのか。


和也と最後に会ったのは、三日前の日曜の夜。合同捜査本部設置の翌日だった。

鵜飼はそのとき、拝島駅近くに借りた部屋に着替えを取りに帰ろうと、中央線の特別快速に乗っていた。警視庁本部から自宅までは一時間と十五分くらい。その夜のうちに戻ることはできないが、部屋で何時間か仮眠して、翌朝六時半に出れば朝の会議には充分間に合う。なんなら、溜め込んだ洗濯物もどうにかしたかった。今回はなんとかなりそうだが、次に戻ったときには着替えのストックが確実になくなる。警視庁本部の、出入りのクリーニング屋に頼むという手もあるが、あれだけの人数の捜査員が泊まり込んでいるのだ。いっぺんに頼まれたら、クリーニング屋だってパンクするだろう。だったら、自分くらいはちゃんと自分で洗濯をしよう——。

そんなことを考えていたら、メールが入った。

【今日、少し時間作れませんか。】

題名も、前置きも署名もない。実に和也らしい文面だった。

打ち返しているときの鵜飼は、ひょっとしたら、少しニヤけていたかもしれない。

【ちょうど今、家に戻っている最中だ。こっちに来られるなら好都合だけど。】

それに対する返信は【行きます。】だった。

メールをやり取りした時点で、和也がどこにいたのかは知らない。だが鵜飼が自宅に着いたとき、すでに和也は合鍵で中に入っており、トイレ付きユニットバスに閉じこもって一服していた。

「……なんだよ、こんなとこで。こっちで吸えばいいのに」

「いや、明かり、点けちゃマズいかなと思って」

確かに。鵜飼が玄関ドアを開けたとき、部屋の明かりはまだ点いていなかった。和也はそういうことに、一々注意深い男だった。

その後は普通に明かりを点け、リビングで話をした。

鵜飼は「一杯やるか」と誘ったが、和也は「車だから」と断わった。

「じゃあ、腹は。減ってないか」

「あ、ちょっと減ってます」

「って言っても、インスタントラーメンくらいしかないけど」

「……すんません、いただきます」

それでも冷凍してあった肉野菜炒めを解凍して、具としてラーメンに載せてやった。

鵜飼は、それをツマミにビールを飲んだ。

「……有川美祈は、どうだ」

和也は、勢いよく麵をすすりながら頷いた。

「いいっすよ……あんな顔して、いい度胸してますよ。もっと前に接触できてれば、総本部からいろいろ、持ち出したりさせられたんでしょうけどね。でもまあ……それを言っても始まらないし」

鵜飼はこの十一年、和也を本当の弟のように思って付き合ってきた。励ましもしたし、戒めもした。貴子のことは俺に任せて、君は自分の人生を生きろ、と諭しもした。だが、そんな言葉に説得力がないことは、誰より鵜飼が一番よく分かっていた。

そんな鵜飼に対して、和也は恨み言一つ言わず、ただ「はい」と頷くだけだった。それがまた、鵜飼には応えた。己の無力をより一層痛感させられた。

だがそうだとしても、言わずにはおれなかった。

「……総本部の計画、やめるわけにはいかないのか」

和也は、静かにかぶりを振った。

「最後っすから。これで、最後にしますから」

「成子ちゃんと、静かに暮らすってわけには、いかないのか」

短い溜め息と、苦笑い。

「成子、まだ二十四ですよ。ひと回り以上下なんです、俺より。俺みたいな前科者と、いつまでも一緒にいるのはよくないっすよ……俺なんて、次パクられたら、今度出てくるの、いつになるか分かったもんじゃないですから。この前は、住居侵入だけで済んだけど、窃盗だって傷害だって、拉致監禁だって、ほんとはやっててんですから。あっちがそれ、面倒だから訴えなかったってだけで、ほんとは十年喰らったって文句言えない身ですから……それで別に、借りができたなんて思っちゃいませんけどね、あの男に」

和也の言う「あの男」とは、つまり小牧哲生総本部長のことだ。

だが、敵は小牧だけではない。

「今尾隆利と有川健介を殺した奴は、分かってるのか」

それには、はっきりと頷く。

「唐津の舎弟で、ノブって呼ばれてる、三十歳くらいの野郎です。本名は分からないですけど……たぶん、ククリナイフだと思うんですけど、鉈みたいな刃物で、イッパツで首刎ねるんですよ。嘘だろってくらい、サクッと綺麗に」

和也自身は、それも覚悟の上だったのかもしれない。ただし、それが総本部襲撃前になるとは、本人も思っていなかったに違いない。

もう一つ、鵜飼には気になっていることがあった。

「それと、例の、餡子屋の従業員」

「ええ、河野潤平」

「そいつ、本当に大丈夫なのか。そいつから何か、足が付いたりはしないのか」

和也はそれも、軽く笑い飛ばした。

「大丈夫ですよ。もし、あいつに何かあったとしても、それでこっちにトバッチリがきたとしても、それは俺の責任ですから。美祈を連れ出せたのは、あいつがいてくれたからです。潤平がいてくれたから、美祈は大人しく、俺たちと一緒に来てくれたんです。今も大人しくしてくれてるんです。俺が考えてたより、想定より、大きいんですよ、なんか、あいつの存在感……参っちゃいますよね」

そう口で言いながらも、和也の横顔は、どこか嬉しそうだった。

出会ったとき、和也は「『アニキ』って呼べる日を、今から楽しみにしてます」と鵜飼に言った。あのときの顔を、鵜飼はなんとなく思い出していた。

もしかしたら和也も、河野潤平という男を、弟のように思い始めていたのかもしれない。

家族には、恵まれない男だったから。

そういう繋がりが、欲しくて欲しくて、仕方なかったのかもしれない。


会議中から、何度もかかってきているのは分かっていた。警視庁の貸与品ではなく、個人契約の携帯電話にだ。だが出られなかった。出られるわけがなかった。

ようやく時間ができたのは、夜中の三時を少し過ぎた頃だった。

本部庁舎から出て、内堀通りを皇居側に渡って、周りに誰もいないことを確かめてから、携帯電話を取り出した。

見覚えのない番号ではあったが、誰からかは分かっていた。

分かり過ぎるほど、分かっていた。

折り返すと案の定、聞こえてきたのは満田成子の声だった。

『……もしもし』

「ああ、遅くなって申し訳ない」

『鵜飼さん、あの……和也さんが』

気丈な成子らしからぬ、か細く震えた声だったが、今回ばかりは致し方ない。

「うん、こっちにも情報は入ってきてる」

『和也さんの身元は』

「割れた。今それで、こっちはテンヤワンヤだ」

『鵜飼さんは、あのラーメン屋には』

「いや、あそこは川崎だから、今のところ、こっちから直接行く予定はない。ただ、手口が同じだからね。今後の捜査の進み方によっては、俺が出向くこともあるかもしれない」

成子は数秒、息を整えるような間を置いた。

『あの……あたし、逃げ出すのに必死で……和也さんが、殺されるところ、ちゃんと見てなくて……そのあとも、振り返る、余裕もなくて』

「ああ、いいんだよ。しょうがないよ」

『あとから潤平に、今尾とかと同じように、殺られたって』

「分かってる。言わなくていい」

『首、刎ねられちゃったって』

「分かってるから。それ以上、言わなくていい」

『あたし、絶対……絶対』

「よしなさい」

『和也さんの仇《かたき》、取りに行くから』

「駄目だ、早まったことをしちゃ駄目だ」

『絶対やる』

「よせ、駄目だ」

『大丈夫だよ。こっちには……ちゃんと、人質だっているんだから』

なんの聞き間違いかと思った。何をどうしたらそういうことになるのか、まるで見当がつかなかった。でも何度聞き直しても、そういうことのようだった。

成子たちは、あの「サダイの家」の幹部でもある、神栄会の唐津郁夫の身柄を拘束している――。

そういうことの、ようだった。

2

車を回してきた世津子に、このまま出せと言うのはつらかった。

でも、言うしかなかった。

「世津子さん、早く、出して……」

潤平はサダイのヤクザ幹部を羽交い締めにしたまま後部座席、美祈は助手席に座った。

世津子が、ルームミラーと店の出入り口を交互に見る。

「でも、まだ五郎ちゃんが……」

カエル顔の男が店の前まで出てきていた。右手には例のブーメランみたいな刃物を、左手には、黒くて丸い物を持っている。形としては、網に入れてぶら提げたスイカに近い。

髪の毛を鷲《わし》摑みにした、五郎の首だ。

「世津子さん、五郎さんは、駄目だった。殺られた……とにかく、今は出して」

世津子がハンドルに額を押しつける。

「うそ……」

「しっかりして、世津子さん。今ちゃんとしないと、全部台無しになっちゃうから。俺たちの負けになっちゃうからッ」

美祈も、何か言おうとはしていた。だが実際にはひと言も発することなく、ただ世津子の横顔を見つめるだけになっていた。

世津子がサイドブレーキを解除し、

「……クソッ」

アクセルを踏み込む。潤平もヤクザ幹部も、後部座席の背もたれにグッと押しつけられる恰好になった。

ヤクザ幹部が低く、苦しげに呻《うめ》く。

そうだった。右肘の関節が外れたままになっているのだった。

さすがにこれは、どこかではめてやらなければ。


世津子は十分くらい走って、いったんコインパーキングに車を入れた。

「降りて。車換えるから」

視線の先を見ると、右斜め向かいの枠に例の軽自動車が駐まっている。やたらとよく跳ねる、あの褪せたシルバーのワンボックスだ。

それは、いくらなんでも無茶だろう。

「世津子さん、この人」

「そいつ？　名前はカラツ」

五郎からも、前に聞いたことがあるような。

「カラ……」

「佐賀県にカラツ市ってあるだろ。あのカラツ」

唐津、か。

「ああ……いや、この人、肘外れてっからさ……って、俺が外したんだけど。このまま、あの車に乗り換えるのは、ちょっと厳しいと思うよ。ちゃんとはめてからじゃないと、靱帯《じんたい》とか切れちゃったら、取り返しのつかないことになるかも」

世津子が潤平の方を振り返る。

「好都合じゃねえか。だったら、そのまんま外しとけよ」

「いやいや、メチャクチャ痛いんだって、肘の脱臼って。この状態であの車なんて、マジで拷問だって」

世津子の目が尖る。

「お前さ、こっちが何人殺されてっか、忘れてんじゃねえだろうな」

さすがに、それはないが。

助手席にいる美祈も、潤平を振り返る。

「私も、今はそのままでいいと思います。世津子さんの指示に、従いましょう」

二対一ではそれ以上逆らうわけにもいかず、結果的には潤平が折れ、車を換えることになった。

確かに、肘の痛みを堪えている唐津は扱いやすかった。二の腕辺りを摑んで誘導するだけで、抵抗されることなく乗せ換えることができた。

世津子は世津子で、レクサスのトランクから軽自動車の荷室に何やら荷物を載せ換えていた。やけに重そうなナイロンバッグや段ボール箱だったが、中身が何かは全く分からなかった。

そこから、今度は一時間ほど走っただろうか。

これまた真っ暗な街道沿いにある、やはり潰れたレストランの駐車場みたいなところに、世津子は車を入れた。建物の正面には、かろうじて「ドライブイン内山《うちやま》」という看板が残っている。入るのは裏口からのようだ。世津子は今回も、ちゃんと鍵を持っている。

思わず訊いてしまった。

「世津子さん、よくそんな、何軒もこういうところの鍵、持ってますね」

しかも電気も点く。元厨房なのだろう。床はザラザラした材質の茶色いタイル貼りになっており、その中央には排水溝が通っている。北村製餡所の床は緑色の樹脂コーティングをしたコンクリートだったが、この排水溝が通っている感じはよく似ている。ふと、自分はもう一度、あの工場に戻れるのだろうか、と考えてしまった。でもすぐ、頭を振って打ち消した。今それを考えても仕方がない。

世津子は奥まで進み、正面の壁に残っている、ガス管らしき金属パイプを摑んだ。

「一応、ね……あたしらにも協力してくれる人たちがいるんだよ。廃墟同然の物件を紹介してくれる、親切な不動産屋がね」

潤平の横で、唐津が「サヤマか」と呟く。潤平が右腕を摑んでいるので、無理やり絞り出すような、苦しげな声にならざるを得ない。

世津子がこっちを睨む。

「誰だってお前には関係ないだろうが……潤平ちゃん、いいからそのヤクザ、こっちに連れてきて」

言われるがまま、潤平は唐津を世津子のところまで誘導していった。

世津子が、襷《たすき》掛けにしていたナイロンバッグのジッパーを開ける。

「このパイプに背中つけて、両手は後ろ」

世津子が取り出したのは手錠だった。それを使って、唐津を金属パイプに「はりつけ」にする。しかも、

「ボサッと立ってねえで、さっさと座れやッ」

引っ掛けるようにして、唐津の両足をすくう。

とっさに「アッ」と声が出た。

足をすくわれたら、唐津は当然尻餅をつく。両手を後ろに縛られているのだから、受け身もとれない。

「……」

タイルの床に尾骶骨《びていこつ》を痛打し、肘の外れた右腕は変な角度に捩《ね》じ曲がり、顔は激痛に歪み、一瞬にして脂汗が噴き出してきた。

「世津子さんッ」

「まだまだ序の口だよ、こんなの」

すぐさま、世津子の左足が床スレスレの高さで弧を描く。バレエのターンのようにも見えたが、違った。それは空手黒帯の潤平でさえ、どこかで習ったの？　と訊きたくなるくらい、見事な下段回し蹴りだった。

その低い蹴りが、唐津の鳩尾《みぞおち》に喰い込む。

「ごフッ……」

世津子は足を下ろさず、唐津の右肩に載せる。

載せるというか、踏んづける。

「分かってるとは思うけどよ、『サダイの家』は、あたしらがブッ潰すから。今までは、シロシビン使用の証拠を摑んで、それで解散に追い込むつもりだったけど、もう……あんたらさ、いくらなんでも、やり過ぎだッツーんだよッ」

同じ足で、今度は唐津の顔面を蹴る。まさに「足蹴」だ。

それでいて、世津子は一瞬たりとも唐津から目を離さない。

「潤平ちゃん……五郎ちゃん、最期はどうなったの」

それを今、言わなければならないのか。

「えっ……と」

「イライラすっからサラッと言って。あたし、こんなとこで泣いたり喚《わめ》いたりしないから」

「あ、うん……その、だから……こう、五郎さんが、両手を広げてるところに、あの、窓から二階に入ってきた男が」

「ノブな。こいつの舎弟な」

「その男が、あの、鉈みたいな刃物で」

「ククリナイフな」

「その……それで」

首を刎ねられた、までは言わずに済んだ。

「分かった。今はそれで充分……もうさ、唐津、あんたもだけど、天英も英世も、小牧もノブも、誰一人生かしちゃおかないから。全員ブッ殺すから、このあたしが」

脂汗塗れの唐津が、それでも片頬を笑いの形に吊り上げる。

「……お前に、お前らみたいな素人に、何ができる」

「パイプに繋がれてて、言う台詞かそれがッ」

今一度、世津子が唐津の顔面を蹴る。

わりと新しいスニーカーの、ギザギザの靴底で。

繰り返し繰り返し、いたぶるように。

「あんたには、これからじっくり、いろいろ喋ってもらうから……あたしらなりに、総本部への侵入プランは立てたけど、天英と英世のいるところまで上っていくには、警備員のいる中央監視室の脇を通って行かなきゃならない。でも実はもう一つ、総本部長室から行ける階段があるだろ。あんたならそこを通る、パスを持ってるはずだ。なあ、唐津さんよォ」

潤平の視界の左で、スッと揺れるものがあった。

美祈だった。美祈が、世津子の方に進み出る。

「あの……そのこと、なんですけど」

世津子が振り返る。

「なに、そのことって」

「永倉、英世についてです。五郎さんにはお話ししたので、てっきり、世津子さんにも伝わっているものと思ってたんですけど、もしかして、お聞きになってないですか」

世津子が眉をひそめる。

「英世が、あのエロジジイが、なんだっていうの」

「たぶん、ですけど。永倉英世は、もう、この世にはいません……そうですよね、唐津さん」

なんだ。なんの話だ。

世津子も「分からない」という顔をしている。

美祈が続ける。

「世津子さんはよく、永倉英世の話をしますけど……夜中に連れ出されて、永倉英世の、お世話をさせられたって言いますけど、私それ、違うと思うんです」

世津子の表情が、一気に険しくなる。

「どういうこと」

「世津子さんの言う『お世話』って、それはいつ、どこでのことですか」

「いつ、って……十一、二年前の、総本部だけど」

美祈が唐津に向き直る。

「唐津さん。私は天英様から、今の総本部が完成するより前に、永倉英世は死んでいる、と聞いたことがあるんですが、どうなんですか」

世津子がハッと目を見開く。

「そんな、だって、あたしは確かに」

「永倉英世のお世話もさせられた……その世津子さんの記憶は、本当に間違いないんでしょうか。その当時は、世津子さんもだいぶ、体に薬物が入ってたんじゃないですか」

世津子の目が泳ぐ。

美祈が続ける。

「世津子さんと私とでは、総本部にいた時期が何年もずれているので、一概に同じとは言いきれませんけど……でも少なくとも、私が夜中に部屋から連れ出されて、お世話をさせられた相手は、永倉英世ではありませんでした」

唐津はぐったりとしながらも、目ではしっかりと、美祈の足元を見ている。世津子は、美祈が続きを喋るのを待っている。

美祈が、唐津に目を向ける。

「私がお世話をした相手は……実際には、小牧総本部長でした」

世津子が、声にならない声を漏らす。

唐津は微動だにしない。

美祈がさらに続ける。

「もしかしたら、私はもともと『超能聖水』が作用しづらい体質なのかもしれません。母や他の女の子たちの様子を見て、あの聖水が変だと気づいてからは、噴き付けられても、できるだけ吸い込まないようにしていました。ですから、世津子さんや他の子たちみたいに、幻覚を見ることも、相手の吹き込んでくる言葉を鵜呑みにすることも……多少はありましたけど、サダイを、信じる気持ちもありましたけど、でも、幻覚と現実の区別はつきました。幻覚は幻覚だって、ちゃんと見分けることができました。私や……他の子たちに、セックスを強要していた男の正体は、小牧総本部長です。自分は永倉英世だ、と暗示を掛け、英世の振りをした、小牧哲生です」

唐津が、ゆっくりと視線を上げる。

「天英は……君に、なんと言った」

「総本部完成前に、永倉英世が死んだことについてですか」

「そうだ」

「天英様も、そのときは気が動転していて、あとから考えると、いろいろ辻褄が合わないところもあると、仰ってましたけど……たぶん、天英様ご自身、自分は父親と、肉体関係にあると、そう思い込んでいたけれど、実はその相手は、小牧だったのではないか、って。あの夜も、父親に抱かれている気分になっていたけれど、途中で何か、違う気がしてきて、自分の上にいるのが、全く別の男だと気づいて……それで、叫んだか何かして、他の部屋にいた父親が入ってきて……でも気づいたら、父親が死んでいて、自分も血だらけで、なぜか小牧も近くにいたけれど、でも彼はそんなに血塗れじゃなくて……そういう話でした」

唐津は瞬き一つしない。

「天英は、なぜ君に、そんな話をした」

「話した、というか、私が聞き出したというか……お世話をするとき、天英様は大体、意識が朦朧としていて。私は逆に、ほとんど薬は効いていませんでしたから、いろいろ伺っているうちに、そんな話になって……天英様は、いつからか、父親である永倉英世を、男性として愛するようになったと……でも、錯乱状態になったあの夜に、英世は……以後も、永倉英世は生きていることになってますけど、でも、会って話したという人は、決まって、お世話をする係の女の子なんですよね。それ以外で、英世の姿を見たという人は、会ったという人は、まずいない。少なくとも私の周りにはいませんでした」

美祈が隣を見る。

「世津子さん、よく思い出してください。世津子さんが永倉英世に会ったのは、どこででしたか。本当に、西浅草にある総本部でしたか」

世津子は固く目を閉じ、記憶を探ろうとする。

「そういえば、今の総本部じゃ、なかったかも……その前の」

「阿佐ヶ谷にあったという?」

「うん、古い教会の方だったかも」

唐津が急に噎《む》せ始めた。顔や腹を蹴られ、どこかが切れて血が気道に流れ込んだのかと思った。だが、違った。

よく見ると、唐津は肩を震わせ、押し殺すように、低く笑っているのだった。


立て続けにいろんなことがあって、気持ちを整理する必要があったのだろう。世津子は「一服してくる」と出て行った。美祈もそれについて行った。「私も」と言ってはいたが、むろん美祈は一服などしないだろう。世津子が心配だから、そばにいてあげたい。そういうことだったのだと思う。

唐津と二人になり、潤平が最初にしたのは、彼の身体検査だった。だがあの拳銃以外に、特に武器になるようなものは持っていなかった。タバコの空箱とライター、携帯電話、長財布、キーケース。せいぜいそんな程度だった。

ならば、右肘は元通りにしてやってもいいと、潤平は判断した。

「かなり痛いと思いますけど、我慢してください」

外してから三時間は経っている。靱帯もかなり伸びていると思った方がいい。今後も、事あるごとにこの肘関節は外れるかもしれない。それでも、早くはめるに越したことはない。

「ふっ……んグッ……」

手錠を外すのは潤平も怖いので、したまま、後ろに手を回したままの施術にならざるを得ない。その恰好で、腕相撲のように手と手を握り合い、

「深呼吸してください」

ゆっくりと引っ張りながら、内側に捻る。決して自信があったわけではない。あるのは、たぶんこうするのだろう、という程度の知識だけだ。激痛で悲鳴をあげさせてしまうかもしれない。

上手くはまらないで、余計に傷めてしまうかもしれない。でも、潤平自身は四回はめてもらったことがある。あの通りにやれば上手くいくだろう、いくのではないか、くらいには思っていた。

実際、

「……あっ」

コクン、と鳴って右腕が短くなるのと同時に、唐津の表情が、明らかに穏やかになった。彼の肘から痛みの「核」が消えたのが、見ていて分かった。

「はまりましたか」

「たぶん……すごく、楽になった」

「だいぶ長い間外れてたので、炎症は残るでしょうけど、そのうちそれも治りますよ」

唐津は、決して礼は言わなかった。だが何か、発する「気」のようなものは変化した。少なくとも、潤平にはそう感じられた。

自分でも確かめようと、唐津は肘を動かしている。

「あんた……変わってんな」

そう、かもしれない。

潤平が、少し離れたところに腰を下ろし、黙っていると、唐津が勝手に続けた。

「あんたらは、五郎、五郎って呼んでるみたいだけど、あの男は」

「知ってます。本当は、ヤマキカズヤっていうんでしょ」

唐津が頷く。

「奴の首を刎ねた、ノブってのは、俺の舎弟だ」

「それも、聞きました。さっき」

「知ってんなら、なんで俺を助けた」

「別に、助けたわけじゃないですよ」

「肘、はめたじゃねえか」

「そこまでしなくても、外しっ放しにしとかなくても、俺はもう、大丈夫なんで。あなたには一回勝ってるし、二回やっても三回やっても負ける気はしないんで。肘くらい、何回でもはめてあげますよ」

そう言うと、唐津は笑った。

小さくだが、でもちょっと、嬉しそうに。

「……あんた、神は信じるかい」

自分も変わり者かもしれないが、この唐津という男も、けっこうな変わり者だと思った。

「分かんないです。正直、神様なんて、いてもいなくてもいいと思ってます」

唐津が頷く。

「俺も、同じだ」

意外だった。

「じゃあ、なんで『サダイの家』になんて入ったんですか」

「入ったつもりはなかったんだがな。いつのまにか、足を抜けなくなってた。ズブズブの泥沼だよ……あんた、タバコ持ってない？」

首を横に振ると、唐津は短く溜め息をついた。

「さっき話にも出た、永倉英世……本名は、ヨシダヒデオってんだけどよ。その人が言ってた。神なんて、別に信じなくたっていいって。聖書なんざ、昔の娯楽みたいなもんで、今でいったら、漫画や、小説や映画、流行歌と一緒だって……そう言って、笑ってた」

この唐津という男が、過去に何をしてきたのか、潤平は知らない。ヤクザなのだから、人を脅したり、傷つけたり、ときには殺したり、覚醒剤を売ったり、散々やってきたのだろうとは思う。でもその一方で、この人は、ヨシダヒデオという人物が好きだったのだろう、というのも感じた。神なんて信じなくていい。そう言ったヨシダヒデオという男を、この人は心から信じたのだと思う。

唐津が続ける。

「漫画や小説にだって、人の心を癒したり、救ったりすることはできる。それと同じだって……聖書は、そういう娯楽の、最古の古典だと思えばいいんだって……ただ、こうも言ってた。漫画だって小説だって、作者に無断で書き換えるのは反則だって。それがフィクションだろうがなんだろうが、勝手に書き換えちゃ駄目なんだって……」

思い出したら涙が出るくらい、唐津は、そのヨシダヒデオのことが好きだったのだ。

潤平は一つ、頷いてみせた。

「俺にも、師匠みたいな人がいて。餡子作りの、ですけど……その師匠も、似たようなこと、言ってました。甘味というのは、人を幸せにするんだ、って。安く作った餡子でも、食べた人が幸せになれるんなら、それでいい。でも着色料が入ってたり、人工甘味料とか、保存料がやたらと入ってたら、体にいいわけがない。そんな紛《まが》い物で、口に入れたときだけ幸せになっても、そんなのは、偽物の幸せだって」

また一つ、雫《しずく》が唐津の頬を伝い落ちていく。

「ほんとだな……よく似てらぁ」

ずっ、と洟《はな》を啜《すす》るのも聞こえた。

「さっきの話で、ようやく合点《がてん》がいったよ。俺も、英世を殺したのは天英だって、思い込まされてきたけど、違うな……やっぱり、違ったんだ。英世を殺したのは、天英じゃない。小牧だ。女性信者に手を出してたのも、天英を都合よく使って、教団をいいように操ってきたのも、全部……小牧の野郎だ」

ふいに、唐津が顔を上げる。

「それと、あれ……世津子って女」

唐津が何を言うのか、潤平にはもう分かっていたが、あえて黙っていた。

「あれ、本当は、ミツタセイコっていうんじゃねえのかな。昔サダイにいて……ああ、そうか。だからヤマキカズヤと、一緒に動いてたのか……そうか、そういうことか」

パイプを避けるようにして、唐津が大きく首を反らす。

ここは雨漏りがするのだろう。天井には、ところどころ錆色の染みが広がっている。

唐津は、そんな天井を見上げている。

「河野くんさ……今すぐとは言わねえから、あとでいいからさ、包丁と、輪ゴムか針金、あとなんでもいいから、布、多めに用意してもらえねえかな。あんたらには、どうでもいいことだろうけど、こっちの世界にはよ、こっちの世界なりの、ケジメの付け方ってのがあってな。それやって、踏ん切りがついたら、一緒に、総本部行こうや……いや、俺も一緒に、総本部に、連れてってくれ。ようやく……ってもう、遅いのかもしれねえけどよ、でもようやく、落とし前、付ける気になれたんだよ……な。頼むよ」

訊きたいことはいくつもあった。ケジメってなんですか。落とし前ってなんですか。一緒に総本部に行って、あなたは何をする気なんですか。

でも口にしたのは、違う問い掛けだった。

「なんで、そんなこと言うんですか」

照れ隠しか。唐津は、苦笑いを浮かべながら小首を傾げた。

「なんでだろうな……あんたの、お師匠の話、聞いたからかな」

裏口が開く音がした。

世津子と美祈が帰ってきたようだった。

3

満田成子との通話を終え、鵜飼は警視庁本部庁舎に戻った。

合同捜査本部の置かれている十七階までは、高層エレベーターに乗っていく。

時間が時間なので何も不思議はないが、エレベーターの中でも、十七階に着いて大会議室に入るまでも、誰とも会うことはなかった。またどこかで梶浦から声をかけられるかもしれない。その程度には心の準備もしていたが、今回はなかった。

大会議室にはまだ二十名ほど捜査員が残っており、梶浦はその内の一人と何やら話し込んでいた。

向こうも気づき、鵜飼に「ちょっと来い」と手招きする。

気は進まないが、致し方ない。

「……はい、何かありましたか」

「どこ行ってたんだよ」

「ちょっと、一服です」

「外まで出てか」

やはり見ていたのか。

「まあ……それより、何か」

梶浦が、それとなく周りに視線を巡らせる。

「今日の午前中には、こっちからも何人か出して、川崎の現場、見に行くことになった。どうする。志願するか」

梶浦の話し相手をしていたのは本橋主任だった。

その本橋が、からかうように鵜飼を指差す。

「せっかくだから、行って見てこいよ。ここまで捜査をリードしてきたんだからよ」

その言葉を額面通りに受け取っていいのか、それともある種の嫌味なのか、鵜飼には判断がつかない。その程度にも、鵜飼はこの本橋という男を知らない。

とりあえず、一つ頷いてみせる。

「手を挙げて、行けるものなら挙げておきますけど」

梶浦が片方だけ眉をひそめる。

「おやおや、そこまでの興味はないですよ、ってか」

「興味本位で見に行くもんでもないでしょう」

「行ってみたところで、首なし死体が置いてあるわけでもねえしな」

「そもそも、なんのために行くんですか」

「プレッシャーだろ。神奈川県警に、下手な小細工するんじゃねえぞって、睨みを利かしてこいってこったよ」

なるほど。

合同捜査本部からは八名が出向くことになった。

警視庁捜査一課統括主任の今野の組、梶浦と鵜飼の組、埼玉県警捜査一課統括主任の組と、同担当主任の組、以上の四組八名。

川崎の現場に到着したのは午前十一時。空は、排ガスをたっぷりと吸い込んだような、重たい墨色の雲に覆われている。それでも、携帯サイトで調べた降水確率は二十パーセント。この雲行きで本当に降らなかったら、やはり日本の気象予測技術は素晴らしいということになる。

事件現場自体はどこにでもありそうな、元「町のラーメン屋」だった。二階建て民家の一階を店舗にし、二階は店主か従業員が住居にしている。そんな感じの構えだ。

ただ今は、二階の窓も一階の店舗出入り口も青いビニールシートで覆われており、内部の様子は全く見えない。背中に【神奈川県警察】と入った、青い活動服姿の鑑識課員がたまに出入りしているが、彼らがシートを捲り上げた瞬間に見えるのは、アルミサッシの引き戸と、黒っぽいスツールくらいのものだ。

今野統括が、梶浦を睨むように見る。

「一緒に来い」

「え、俺ですか」

「お前が一番、悪そうな顔してるからさ」

「俺のどこが」

「目つき。いいから来い」

十人に訊いたら十人とも、悪そうな顔をしているのは今野統括の方だと答えるだろう。だとしても、鵜飼にとってはありがたかった。日中に梶浦と別行動がとれるのは、たとえ短時間でも非常に貴重な機会だ。

「ちょっと、すんません……」

鵜飼は埼玉の統括主任に断わり、その輪から離れた。神奈川県警のパンダや捜査用PC、ワンボックス車の間を抜け、聞き耳を立てられないよう、一つ先の角を曲がって電柱の陰に隠れた。

個人用の携帯電話を取り出し、電話帳を開く。誰に、というのはまだ決まっていない。誰かいないか、この中から探すのだ。だが五十音順に見始めて、鵜飼は初めて、警視庁の人間にはちゃんと名前の前に【警視庁】と付けておくべきだった、と後悔した。あるいは【友人】の欄を【警視庁】としておくとか。

鵜飼にだって、警視庁以外の知人は少なからずいる。【伊藤】何某《なにがし》は、高校の先輩の伊藤なのか、警察学校同期の伊藤なのか。【田中】何某は竹の塚署時代に通った理容室の田中なのか、小金井署時代の後輩の田中なのか。そういうことを一人一人、一瞬一瞬考えながらスクロールしていかなければならない。だが、そんなことをいま悔やんでも仕方がない。電話帳登録するときに、適当に名前だけで済ませてきた自身の杜撰《ずさん》さを恨むしかない。

とりあえず、警視庁の誰にかける。たとえば今、本部の人事畑にいるような人間がいいのか、それとも刑事総務課辺りの、刑事部内庶務に明るい人間がいいのか。そもそも、鵜飼がいま知りたい情報を、その相手が直接持っているとは限らない。その相手が、今も鵜飼の思っている部署に所属しているかどうかも分からない。だが、誰にも当たらなければ何も出てくることはない。当てずっぽうでもなんでも、かけないことには始まらない。

最初の一人は出てくれなかった。部署や職務内容によっては、勤務時間内の個人用携帯電話の使用は不可となる。無理もないと言えば無理もない。次の一人は、出てはくれたが『今ちょっと』と切られてしまった。三人目も出なかった。四人目は留守電だった。

だが次にかけた竹林《たけばやし》という先輩が、面白いことを教えてくれた。

『矢柴《やしば》が、確か今、一課の強行班二係じゃなかったかな』

矢柴賢一《けんいち》。鵜飼はてっきり、彼はまだ向島署にいるものとばかり思っていたが、いつのまにか警部補に昇任し、現在は刑事部捜査第一課強行犯捜査第二係にいるということだった。強行班二係は捜査本部の設置と初期の捜査運営を担う部署だ。鵜飼が聞きたい話が聞ける可能性は高い。

「ありがとうございます。じゃあ、矢柴さんにかけてみます」

幸い、矢柴の個人番号も知っていた。そのときは出なかったが、メッセージを残しておいたらかけ直してきてくれた。だが今度は逆に、鵜飼が移動中で出られなかった。

どうしようか迷った挙句、鵜飼は川崎からの帰り、

「ちょっとすみません、次の電車で追いかけます」

中目黒駅での乗り換えの際、発車寸前の日比谷線から降りるという策に出た。とにかく、しつこく干渉してくる梶浦と離れられればそれでいい。あとで理由を訊かれても、電車一本くらいいいでしょう、で通すつもりだった。どうせ梶浦には、再会してからずっと変な目で見られていたのだ。今さら、多少睨みがキツくなったところで痛くも痒くもない。

七人を乗せた日比谷線を見送り、エスカレーターの裏手に回って、折り返し矢柴にかける。

コールは三回で途切れた。

『はい、もしもし』

「もしもし、あの、鵜飼です」

『おお、久し振り。なんだよ急に。竹林さんに、鵜飼から電話あるかもみたいな連絡もらったけど』

「ええ、そうなんです。いろいろ、近況報告とか、したいところなんですが、ちょっと取り急ぎ」

少し年上なので自然と敬語にはなってしまうが、それでも鵜飼にとって、矢柴は比較的気の置

けない人物ではある。

『うん、なに。あんま、変なことは教えらんないよ』

本音を言ったら「そこをなんとか」と泣きつきたいところだが。

「別に、大したことじゃないんですけど、その……里中警視正、なんですが」

『どこの？』

「刑事部の。今、桜田門に合捜を置いてる、例の首なし事件を担当している」

『うんうん、あの里中参事官ね。はい』

試されたのだとは思ったが、まあいい。

「あの方って、刑事部、長いんですか」

『なんだよ。挙動が怪しいってか』

「いや、決して、そういうことでは」

矢柴が、笑いのような息を漏らす。

『お前も、アレだね、あんま変わんないね。嘘が下手っていうか、芝居ができないっていうか……でもそういうとこ、嫌いじゃないぜ。俺も立場上、言えることと言えないことはもちろんあるけども、事実関係の確認できない、噂話みたいなことでよかったら、逆に話してやってもいい』

実に「いいニオい」がした。

「どんな話ですか」

『まさにその、首なし事件よ。あれの特捜を設置するってなって、じゃあ何係を五日市署に行かせたのか、って話だよ。あの日、A在庁は殺人班二係だった。なのに、実際に向かったのはウラの六係だった』

A在庁は警視庁本部庁舎での待機、矢柴の言った「ウラ」はB在庁と同義で、自宅待機を意味する。

要するに、五日市署の特捜に参加すべきは本来、殺人班二係だったというわけだ。

「つまり、里中参事官が」

『らしいよ、とだけ言っておこうか』

参事官と捜査一課長とでは、階級は同じ「警視正」であっても、立場は参事官の方が上になる。なので、捜査一課長が指揮・監督する特捜本部にどのチームを当てるか、そういったことまで参事官が口出しするのはおかしい——とは、必ずしも言いきれない。言いきれないけれども、でも普通は口出ししない。そんなことは考えなくてもいいように、A在庁、B在庁、C在庁という待機形態はあるのだ。

もう一つだけ訊いておこう。

「里中参事官が、六係を五日市の特捜に送り込んだ理由って、なんなんですかね」

『さあ。お気に入りでもいるんじゃないの。あの人、刑事は刑事でも、元はといえばマルBだから』

なるほど。

合捜に戻ると、やはり梶浦に言われた。

「何やってんだよ、お前」

「すんませんでした」

「一本遅らせたくらいで、三十分もかかるわけないだろう」

これくらいの問答は想定済みだ。

「自分も、そんなにかかるとは思ってませんでしたよ。トイレがあんなに遠くて、混んでるとはね……逆に、あれでよく漏らさなかったなと、自分で自分を褒めてやりたいくらいです」

梶浦はつまらなそうに鼻息を吹き、それ以上は何も言わなかった。

数分すると、それこそトイレにでも行っていたのか、今野統括が、ハンカチをポケットにしまいながら大会議室に戻ってきた。

「今、刑事部長とも話したんだが、アレだな……神奈川は、やっぱり面倒クセえな」

今野統括の相方が眉をひそめる。彼も元は捜査一課員だという。

「こっちに合流するの、渋ってるんですか」

「そうあからさまに、ではないみたいだけどな。今回は、殺害現場と発見現場が一緒だから、物証もいろいろ出るだろうし、テメエらだけでも挙げられるって、高括ってんだろ、神奈川は」

梶浦も頷いて同意を示す。

「手首の話するのも、ずいぶん勿体《もったい》ぶってましたしね」

鵜飼は思わず、梶浦を見てしまった。

「……手首、ってなんですか」

それには今野が答えた。

「マル害、八巻和也はな、一階の店舗部分で首を刎ねられる前に、二階で、右手首を切り落とされてるんだよ。それも、拳銃を持ったままな」

そこまでは、埼玉の統括主任も聞いているようだった。

「首を切り落とせるんだから、そりゃ手首だって、できますよね」

今野が頷く。

「ただ……八巻だって、相手に銃口は向けてたはずだ。それを、相手はこういう角度で」

刃は右手首の外側から入って、内側に向けて斜めに切り抜けている、ということらしい。剣道だったら、非常に模範的な「コテ、一本」となりそうだ。

「一刀のもとに、八巻の手首を切断している……凶器はなんなんだろう。日本刀か、それとも鉈みたいなものなのか。あるいは元ラーメン屋だけに、中華包丁みたいなものなのか」

先走って「ククリナイフ」などと口にしないよう、鵜飼は注意している。

梶浦が訊く。

「あと確か、現場付近に見かけない車が停まってたって、目撃情報があるんですよね」

「ああ、しかも二台な。一台は、銀色のメルセデスベンツCクラス、ナンバーは解析中。もう一台は黒色のレクサスLS500、こちらもナンバーその他、解析中だそうだ」

今野が持っていた資料を確認する。

「銃声がして、近所の住人が外を覗いた時点では、ベンツが一台停まっているだけだった。レクサスはその後に乗りつけられて、それに三人か四人乗って、走り去った。もうしばらくしてから、ベンツの方も出発した、ということらしい」

今野の相方が訊く。

「しかし、ベンツのCクラスだの、レクサスのLS500だの、よくその近隣住民は見分けられましたね。車好きなんですかね」

今野が首を傾げてみせる。

「そいつぁどうだろうな。車種は住民の目撃情報じゃなくて、周辺の防カメから割り出したんじゃないかな。神奈川も、車種までは摑んでる。でもナンバーが割れない。ホシはあらかじめ、偽ナンバーでも貼り付けておいたのか、神奈川が入手した画像、映像が粗くて、ナンバーまでは読み取れないのか。なんにしろ、連中が情報を抱え込もうとしてるのは間違いなさそうだな」

和也は、ナンバープレートの偽装まではしていなかったはず。

だとすれば、成子たちの行方も遅かれ早かれ割れる可能性が高い。


夜、また時間を作って成子にかけてみた。

切ってはかけ、切ってはかけ。

だが出なかった。コールはするのに、何分待っても応答はなかった。留守電にもならなかった。

成子は近々、必ず「サダイの家」総本部を襲撃する。餡子屋の従業員がそれに加担するかどうかは分からない。神栄会の唐津郁夫をどう使うつもりなのかも分からない。でも必ず、成子は総本部に入る。

どうすべきか。

先回りして、凶行を阻止すべきか。

黙認し、思う通りに遂行させてやるべきか。

4

唐津が指を落とす、という話になった。

世津子は最初、鼻で嗤っていた。

「なんで。お前の小指なんて、そもそもあったってなくたって、どっちだっていいんだよ」

だが潤平が、厨房の隅っこで錆びた包丁を見つけ、建物裏手の空き地から針金を拾ってくると、さすがに「本気なのかも」と思い始めたようだった。

世津子が、潤平の手元を顎で示す。

「それで、指詰めようっての」

「仕方ないでしょ。他にないんだから」

「あと他に、何が要るの」

「布を多めに、って頼まれたけど」

「……待ってな」

世津子はいったん建物から出て、二、三分して戻ってきた。

右手にハンマーとノミ、左手に数枚のタオルと包帯を持っている。おそらく、あの軽自動車に積み換えた荷物の中にあったものだろう。

「こんだけありゃ、三本でも四本でも詰められんだろ」

持ってきた道具を全て美祈に託し、世津子は唐津の前まで進んできた。

襷掛けにしたナイロンバッグから、小さな鍵を取り出す。

「潤平ちゃん、これでいっぺん手錠外して、前ではめ直して……唐津、分かってるとは思うが、妙な真似したらドタマぶち抜くからな。あんたのチャカなんだから、弾が出るかどうかくらい、あんたが一番よく分かってんだろ」

言いながら、唐津のこめかみに銃口を押しつける。潤平が唐津から奪った、あの拳銃だ。潤平が持っていても仕方ないので、さっき世津子に預けたのだ。

唐津も、これには大人しく頷いていた。

世津子は、前で手錠をはめ直した唐津を、部屋の隅っこにかろうじて残っている調理台まで連れていった。

「ここでやんな。自分でノミ当てたら、あたしがこれで、上から思いきりブッ叩いてやっから……で、何本やるんだよ。まさか一本こっきりなんてケチな話じゃねえよな。なァ、唐津さんよォ」

唐津は正面、ステンレス板の貼られた壁を睨んでいる。

「……三本、落とす」

「ヨォーシ、よォーく言ったァ。聞いたかオイ、こいつ、指三本落とすってよ」

何もそこまで、と思った。一本で充分でしょ、とも言ってみた。でも止められなかった。世津子は「本人がやるって言ってんだよ」と両目を吊り上げて繰り返し、唐津も「いいんだ」と否定しなかった。

唐津の小指に針金を巻くのは、潤平がやった。付け根に巻いて、交差したところを捻って、ギュウギュウに絞めつける。

「これくらい、ですか」

小指全体が、赤く膨らんで見える。

「ああ、それでいい」

唐津が右手でノミを握り、刃先を左小指の第一関節に当てる。

世津子は右手に拳銃、左手にハンマーを持った。

「利き手じゃないから、ハズレたらごめんね……それとも潤平ちゃん、叩くのやる？」

やる、とは言えなかった。言えるわけがなかった。

結局、世津子がやった。

なんの躊躇もなく、

「うらッ」

黒く大きなハンマーの頭を、ノミの柄尻めがけて、思いきり打ち下ろした。

「ふグッ……」

小さな白豆みたいなものが、正面のステンレス壁に当たった。

白豆は跳ね返って、排水溝の近くまで飛んでいった。

ステンレス壁には、薄く血の痕が残っている。

「はい、次いってみよう」

さらに薬指にも針金を巻く。

小指の、潰れた傷口が生々しい。砕けた骨が見えている。

「しっかり巻いてやれよ、潤平ちゃん」

「うん……」

「準備できたらやるよ。いいかい……スリー、ツー、ワン」

今度の白豆は、さっきとは反対方向に飛んでいった。

さすがに痛みが半端ないのだろう。唐津は両膝を震わせていた。中腰で調理台にしがみついているのがやっと、という有り様だ。

それでも世津子は容赦しない。

「ちゃんと当てろよ。グラグラさせんなって。しっかり握れや、ボケが。自分でやるっツッたんだろうがよ……ほら、ラスト、いくぞ」

三本目を切り落とした瞬間、唐津はその場にへたり込んだ。

見ると、ワイシャツは余すところなく、びっしょりと汗で透けている。針金を巻いたままなので、小指、薬指、中指からの出血はさほどでもないが、顔には全く血の気がない。唐津の体中の血液は一体、今どこに溜まっているのだろう。

それでも唐津は、なんとか意識だけは保っていた。

「俺を……総本部に、連れて……いってくれ」

世津子がすぐ近くにしゃがむ。

銃口は唐津に向けたままだ。

「なんで」

「俺にも、付けなきゃ、ならない……落とし前が……ある」

「知らねえッツーんだよ、そんなことは」

「俺に、天英の、部屋までの……行き方を、喋らせるんじゃ、なかったのか……シロシビンの、保管場所、吐かせるんじゃ、なかったのか……その手間を、省いてやる……俺が行って、案内してやる。どうせ、こんな体だ……ンンッ……あんたらを、騙して……どうにか、するなんて、できゃしねえから……」

潤平が意見する余地はなかった。

美祈も、同じだったと思う。

これは、世津子にしか決められないことだった。

「……手錠、はめたままだぞ」

「分かってる」

「妙な真似したら、ソッコー撃ち殺すよ」

「ああ。君が、なんの躊躇も、しないだろうことは、よく……分かったから」

何をしているのか、部屋の隅で、美祈がしゃがみ込むのが見えた。

世津子が続ける。

「もう一度訊く。なんであんたは、総本部に行きたいんだい。あんたが付けたい、落とし前ってのはなんだい」

ゆっくりと室内を一周してきた美祈が、世津子の隣まできて、何か差し出す。

白いハンカチに載せた、三つの、唐津の指だった。

「……なに」

「これはとても、重たいものだと、思うから」

「放っとけよ、そんなもん。捨てちまいな」

「決して、無意味なことではないと、私は思うから」

世津子はそれを、受け取りはしなかった。

でも、振り払いもしなかった。


次の夜を待つことになった。

唐津の手の治療は、美祈がした。世津子と薬局に行き、何やらいろいろと買い込んできた。食品用のラップとか。

「美祈ちゃん、それって何に使うの？」

「ネットで調べたら、いいって書いてありました。傷口を保湿しながら止血する、みたいな」

「紙オムツは？」

「それも、止血にはけっこう役立つって」

「へえ」

交代で仮眠もとって、腹ごしらえもして。

美祈が唐津に「あーん」するのは、見ていて少し妬けたけど、でも仕方ない。

「……もういい。ありがとう」

「じゃあお水、飲みますか」

「いや」

「水分補給は大事です。飲んでください。あと、痛み止めも飲んでおきましょうか」

世津子は、黙っていることが多かった。五郎のことを想っているのか、侵入のシミュレーションをしているのか分からなかったので、なるべく話しかけないようにした。

やがて準備も整い、

「……そろそろ、行くか」

そう世津子が声をかけたのが、夜の十一時半。でも実際に出発したのは、なんだかんだで十二時過ぎだった。

ここに来たときと同じ、世津子が運転席、美祈が助手席、唐津と潤平が後部座席という並びになった。

誰も、何も話さなかった。唐津は痛みに慣れたのか、あるいは薬が効いているのか、苦しむ様子はほとんどなく、むしろぼんやりとした表情で、過ぎていく景色を目で追っていた。

美祈は終始、背筋を伸ばしたまま前を向いていた。そんな姿勢でよく疲れないな、とも思ったが、よく考えたら美祈はずっとそうだった。いつも背筋をピンと伸ばしている。そういった意味では、キリスト教系の信者より、寺の修行僧の方が合っているようにも思う。

潤平は、何も見ていなかった。強いて言うならば、これから起こるであろうことを想像していた。でも、よく分からなかった。世津子に総本部の見取り図を見せてはもらったが、具体的なイメージは湧かなかった。ただ、世津子に人殺しはさせたくないと思っていた。それは、五郎も同じだったと思う。それだけは、なんとしても避けたい。どうしたらいいのかは分からないが。

一時間半くらいかかっただろうか。

ようやく「サダイの家」総本部の近くまで来た。

あの夜、五郎と見上げた六階建てのビルが、一つ先の角にある。

唐津が斜め前、運転席に声をかける。

「俺のキーケースは、君が、持ってるんだろ」

世津子が、左肩を見るようにして頷く。

「……持ってるよ」

「それを、見てみてくれないか」

傍らに置いていた、ナイロンバッグのジッパーを世津子が引く。

中から取り出したのは、ごく普通の、黒革のキーケースだ。

「これだろ」

「その中に一本だけ、金色というか、銅色をしたのがある。その鍵を使えば、裏口から一階の礼拝堂に直接入れる。礼拝堂を抜けていけば、警備員室の前を通らずエレベーターに乗れるし、階段にも行ける。監視カメラも付いてない。一番安全な入り口だ」

世津子が開いてみると、確かに銅色の鍵が一本ある。

「この期に及んで、あたしらを騙そうってんじゃないだろうね」

「これから案内するのが、警備員室に面した入り口なのか、礼拝堂に面してるのかくらい、君なら分かるだろう」

世津子は応えず、銅色の鍵を見つめている。

いい機会だと思った。

「世津子さん。俺からも、提案があるんだけど」

「……なに」

「ピストルって、あれやっぱり、俺に持たせてもらえないかな」

「なんで」

「ピストルって、けっこう反動が大きいっていうし、ちゃんと撃つには、それを抑えるための腕力が、ある程度は必要なはずだし。それってやっぱり、世津子さんよりは、俺の方があるわけで」

「唐津から奪ったのは俺だし、ってか」

それも、ないではない。

「うん、まあ……そんなとこ」

「女はスタンガンで充分ってか」

「そうは言わないけど」

「でもそういうことだろ」

再びナイロンバッグを漁《あさ》り、世津子が拳銃を取り出す。唐津に奪い返されないためだろう。運転席の背もたれと、ドアの隙間に挿し込んでくる。それを、潤平は受け取った。

「……ありがと」

「撃つべきときは、ちゃんと撃ってくれよ」

「分かってる」

「頼りにしてっぞ、チャンピオン」

運転席のドアを開け、世津子が降りる。美祈もそれに倣う。潤平は、世津子がスライドドアを開けてくれるまで待っていた。開けてもらってから、唐津の手首を引きつつ降車する。

「……じゃ、行こうか」

「うん」

「はい」

四人で、真夜中の歩道を歩き出す。

どう考えても、どこからどう見ても、珍妙なチームだった。

リーダーは、もうこの世にいない。代理を務めるのはその元情婦。武器はスタンガンのみ。その隣には十九歳の元信者。戦闘能力は限りなくゼロに近い。スカートではなく、今日買ってきたストレッチタイプのデニムに穿き替えてはいるが、それで戦力になるかというと、やはり「ならない」としか言いようがない。

贔屓目《ひいきめ》も自惚《うぬぼ》れもなしにして、戦闘能力でいえば潤平が一番だろう。拳銃も、新品のメリケンサックもある。そもそも格闘に関してはプロ級、は過大評価にしても、まあまあそれに近いものはある。スニーカーも新しく買ってもらったのを履いている。

問題は唐津だ。

基本的に、この男は敵側の人間だ。信用には値しない。しかし、潤平はこの男の言葉を受け入れた。自身もサダイと落とし前を付けたいと言った、あのときの目に、嘘はないと思った。左手とはいえ三本の指を切り落とした胆力に、尊敬に近い感情を抱いた。

唐津。名前は「郁夫」というらしい。

この男は、只者ではない。

もう、潤平の肚は決まっていた。

「世津子さん、あの鍵」

「ああ」

「唐津さんに、開けさせたらどうかな」

「なんで」

「まずないとは思うけど、でも何かで連絡がついててさ、開けた途端、向こうがバシバシ撃ってきてこっちはハチの巣、ってなったらヤバいじゃん。でも唐津さんが盾になってくれたら、撃たれるのは唐津さんだし、もしかしたら、唐津さんだって分かった瞬間、向こうは撃つのやめるかもしんないし」

「ってか、唐津に『さん付け』すんのやめれ」

それでも世津子は、潤平の案を採用してくれた。

総本部ビルの裏手まできて、ポケットに入れていたキーケースを唐津に手渡す。

「鍵くらい、開けられんだろ」

唐津が、手錠のはまった両手で受け取る。

「ああ、できる」

頑丈そうなスチールドアの前に唐津を立たせ、潤平はその横に並んだ。左手で唐津の、腰のところでベルトを摑み、右手で拳銃を構え、唐津の側頭部に当てている。ビル裏手の路地は狭いので、潤平の後ろに世津子、その後ろに美祈と、一列に並ぶ恰好だ。

唐津が、声を低くして訊く。

「開けて、いいか」

潤平が肩越しに見ると、世津子が頷いてみせた。

ＯＫのようだ。

「……はい、お願いします」

唐津が鍵穴に、ゆっくりと銅色のそれを挿す。ズルルッ、と根元までしっかり挿し込む。慎重に右回転。四十五度か、もう少し回した辺りで、すべりのいい金属音が鳴った。カチョン、とラッチの抜ける音がした。

唐津が鍵を抜く。

「開けるぞ」

「はい」

決して勢いよくではなかった。かといって、過度にゆっくりなわけでもなかった。むしろ、拍子抜けするほど普通に、唐津はドアを引き開けた。

中は真っ暗だった。

唐津が訊く。

「どうする」

「入ってください」

ベルトの後ろを摑んだまま、銃口を向けたまま、潤平は唐津を前に押し出した。ここはゆっくりと、慎重にいく。

潤平が完全に入ったところで振り返る。

「世津子さん、通りの方、誰も来てない？」

そう訊いて、世津子が「ん？」と横を向いた、その瞬間を狙った。

潤平はベルトを摑んでいた手を離し、スチールドアを引き寄せて閉めた。真っ暗で何も見えなくなったが、サムターンというのだろうか、あの施錠するときに回すやつくらいなら、手探りで見つけられた。

世津子は驚いたに違いない。「オイ潤平ッ」と怒鳴りながら、ドアを叩こうとしたに違いない。でも実際にはしなかった。できなかったのだろう。その大声で作戦を台無しにしたくなかったから。

その想いは潤平も同じだった。

聞こえるかどうかは分からないが、これだけは伝えたい。

「世津子さん、美祈ちゃん……あとは、俺に任せて。ちゃんとやるから。シロシビンの現物と、保管場所を示す証拠、ちゃんと持ってくるから。だから、待ってて……ね、世津子さん。美祈ちゃんをよろしく」

やはり、聞こえたかどうかは分からない。

代わりに唐津が呟いた。

「……やっぱり、変わってるね、河野くん」

自分でもそう思う。

「行きましょう」

その暗闇の通路自体は短かった。二メートルほど進んだところで、唐津が次のドアを手探りで探す。手錠がカチャカチャと鳴っている。

「ここから礼拝堂に入る」

「はい」

「普通、夜中は誰もいない。というか、普段からもう、ほとんど使われていない。天英が、大人数相手の説教をしなくなってるんでな」

そのドアに鍵は掛かっておらず、唐津がノブかレバーを回し引くとそのまま開いた。

礼拝堂には、ほんの少しだが明かりがあった。右手の高いところに窓があるのと、このドア口の真上に、緑色の非常口誘導灯があるからだ。堂内には一応、十字架に掛けられたキリスト像と、聖母マリア像も飾られている。

唐津は、教卓みたいな台の前を横切り、部屋の反対側に向かった。そこには装飾が全くない、壁とほぼ変わらない見た目のドアがある。メインはあくまでも、あの右奥にある木彫の両開きドアであり、潤平たちが入ってきたところとここは、単なる非常口と通用口ということなのだろう。

ドアを開けると、そこは普通のオフィスビルみたいな廊下になっていた。右奥、ずっと先の方には明かりがある。あれが警備員室か。

唐津が目で「こっち」と正面を示す。エレベーターに乗るのかと思ったが、そうではなかった。あえて、その右手にある階段で行くようだ。

「……警備員は、警備会社から派遣されてくる一般人だが、腕っ節を買われて、小牧のボディガードみたいなのをやってる信者もいる。元プロレスラーでな……小牧が帰ってれば奴もいないはずだが、こんな状況だから、ひょっとしたら用心して、ここに残してるかもしれない。注意しろ」

ここは声に出さず、ただ頷いて済ませた。

踊り場に着いたら上の様子を窺い、二階まで上がったら次の踊り場の様子を窺う。階段室と各階の廊下を隔てるものは特にない。上からでも下からでも、階段室を覗かれたら容易に発見されてしまう状況だった。だが幸い、警備員とも元プロレスラーとも出くわすことはなかった。なんとか無事、四階まで上ってきた。

唐津が廊下の様子を窺い、小さく頷く。潤平も並んで顔を出した。確かに誰もいない。

唐津は廊下を左に歩き始めた。すぐに左への分岐があり、壁には左矢印で【総本部長室】と示してあったが、唐津は直進、明かりのない方に進んでいく。これを突き当たりまで行き、左にあるドアを開け、さらに進んで行くと恐らく、シロシビンを保管している隠し部屋に入れる。そこは総本部長室とも繋がっているが、小牧はほとんど隠し部屋には入らない、と唐津は言っていた。

「いざってときに、自分の指紋が出るのが嫌なんだろう。奴は、隠し部屋には入らないし、シロシビンにもまず手を触れない。直接扱うのは、手袋をした秘書の役目だ……もっとも、総本部長室と繋がった隠し部屋から違法薬物が出てきて、奴がお咎《とが》めなしなんてことはあり得ねえがな。俺は触ってないから関係ないなんて、そんな言い訳が通用するわけがない」

突き当たりまできた。左手に白っぽいスチールドアがある。

唐津がキーケースから、さっきのとは違う鍵を出す。

それで、当たり前のようにドアを開ける。

中に入り、ドアを閉めるとまた真っ暗闇になったが、すぐに唐津が照明のスイッチを押した。

そこは廊下の続きのようになっており、左手に一つ、正面にも一つドアがある。

唐津は左手のドア前に立った。

「ここが保管庫だ……この建物に、パスで通れるドアなんて、そんな洒落たもんはない。全部鍵。普通に鍵だ」

その全てを唐津は持たされているというわけか。完全に信用されている、ということなのか。

唐津が最後のドアを開け、照明を点ける。中は四畳半くらいの部屋になっており、金庫が二台、作業台のような机が一台設置されていた。

「この金庫、二つとも、中身は全部シロシビンだ」

唐津はその一台の前に膝をつき、手錠をかけられたまま、扉の中央にあるダイヤルを回し始めた。右に、左に、また右に。何百回も、何千回も同じ操作を繰り返してきたのだろう。手つきが異様なまでに慣れている。

最後は【60】でダイヤルを止め、レバーを握る。

なんの抵抗もなく、重厚な機械音と共にレバーが下りる。

「……あとは好きにしろ」

分厚い扉を開けると、中には茶色いガラスの小瓶や、黄色い油紙にラップをかけたような包みが、それぞれ何十個も詰め込まれていた。

「どれを、持ってったらいいんすかね」

「どれでもいいよ……ただ、瓶は、割れるかもな」

潤平もそう思ったので、包みの方を手に取った。サイズは、切り餅より少し大きいくらいだ。

「これの中身は、粉末ですか」

「それは粉末。上の段に入ってるのは、完全乾燥させた、マジックマッシュルームの現物だ」

特に理由はないが、粉末の方がいいように思った。

ウエストバッグから携帯電話を取り出し、手にした包みを撮影する。金庫の中の様子も。もう一台の金庫も開けて撮影すべきかと思ったが、告発の端緒にするだけだから、満遍なく撮る必要はないか、と思い直した。

包みと携帯電話をウエストバッグに収める。

じゃあ、戻りましょうか。

残念ながら、そう声をかけることはできなかった。

「あれ、兄貴……どしたの、その手」

見るとドア口から、あのカエル顔の男、ノブが、こっちを覗き込んでいた。この前とよく似た、ツナギの作業服を着ている。

マズい。

他には何も聞こえなくなるくらい、潤平の胸で、心臓が暴れ始めていた。深呼吸して、これを少しでも鎮めなければ、いざというとき、思ったように動き出せない。

「なあ、兄貴ぃ、なんで手錠なんてしてんだよぉ」

唐津は彼に、なんと答えるのか。

「これは、うん……なんでもねえんだ」

そんな返答があるか、と思ったが、ノブはそれで表情を和らげた。

「そっか。ならいいけど……俺さ、小牧にさ、兄貴が連れてかれちゃったって、言ったんだよ。そしたら、戻ってくるまでここにいろって、小牧がさ……お前の言うことなんて聞かねーよ、って俺、言ったんだけど、金出すからいてくれって、頼まれてさ……」

相槌を打ちながら、唐津が一歩、二歩、前に出る。ノブもなんとなく、押し返されるように後退る。結果、ドア口に人一人通れるくらいの隙間ができる。

これは唐津が、潤平に「逃げろ」と、そう言っていると、思っていいのか。

唐津の背後を、そっと抜けるようにして廊下に出る。このまま右手に走って、ドアを開けてまた右、階段を下りるか、タイミングがよければエレベーターに乗って――。

そんなに、何もかも上手くいくわけがない。

「あ、思い出した……そいつ、この前の、ラーメン屋の奴じゃね？　お前の持ってんの、兄貴のチャカじゃね？　おいよぉ……駄目だよ、それ兄貴のなんだからァ」

いきなりだった。

ノブが、唐津を押し退けてこっちに跳び掛かってくる。いつのまにか例のナイフを振りかぶっている。

とっさに銃を構えようとした。でも間に合わなかった。

「おいィィーッ」

ステップバックして一刀目を避けるのが精一杯だった。それでも刃先がウエストバッグの表面をかすった。切れたかどうかは分からない。中のシロシビンは大丈夫か。

すぐに下からナイフが襲ってくる。駄目だ。格闘技のセオリーと違い過ぎる。ノブの動きは変則的過ぎる。何より場所が狭過ぎる。潤平自身の動きも悪過ぎる。

「オラよォッ」

また刃先がかすった。今度は肩口だ。けっこう痛い。なんでだ。なんでこんなに動けない。早く撃たなきゃ、撃たなきゃ。駄目だ、引鉄《ひきがね》が引けない。安全装置か。それとも緊張で指が強張っているのか。駄目だ駄目だ。いや、逆だ。こんなものに頼ろうとするから動けないんだ。そもそも重過ぎるんだ。五郎もそうだったのか。拳銃が重いから、腕の動きそのものが鈍って、だから手首を切り落とされてしまったのか。

だったら、こんなもの——。

「イテッ」

振り回し、放り投げた拳銃が、たまたまノブの脛に当たった。だが、その動きが鈍ったのはほんの一瞬だった。

「ウソだよ、痛くなんかねェーヨ」

リングなら、もっと横の動きが使える。パンチやキックを避けながら、反撃に転ずることもできる。でもここでは無理だ。両手を広げることもできないこんな場所では、相手のサイドに回り込むことはできない。攻撃をかわすには、ただ後ろに下がるしかない。

でも、いつまでも下がり続けられるものではない。次の一撃を避けたら、もう後ろはドアだ。さっき唐津と入ってきたドアまで追い詰められる。振り返って、あるいは後ろ手でドアを開けられるならそれでもいい。だがドアを引くということは、つまりはノブの方に一歩近づくことでもある。駄目だ。どっちにしろ逃げ場はない。

またノブが、あのナイフを振りかぶるのが見えた。単にタックルに入るだけなら、できる。でもそのあとが続かない。タックルして、上手くノブの懐に入ったとしても、次の瞬間には背中にナイフを突き立てられて、ジ・エンドだ。それでも、ダメモトでやってみようか。せっかくあんなに、いっぱい練習したんだから——。

しかし、ノブがその一刀を振り下ろすことは、なかった。

一発の銃声が、狭い廊下に轟いたからだ。

「……ノブ、もうよせ」

ノブが、崩れ落ちるように、膝をつく。

その向こうには、銃を構えた唐津が立っていた。

撃ったのか。唐津が、ノブを。

「ごめんな、ノブ。お前をこんな、殺人マシンにしちまったのは、この俺だ……どんなに詫びても、赦しちゃもらえねえだろうが、今は、こうするしかねえんだ」

ノブは、降参するように両手を上げている。唐津は後ろから、ノブの後頭部に銃口を突きつけている。

「河野くん、君は行け。早くそれを、警視庁の、ウカイって刑事に渡しに行け。そいつなら誰にも、何にも惑わされずに、公表してくれるはずだ」

ノブの足元、床についた膝の周りには、黒い血溜まりができ始めている。

潤平は、慌ててポケットをまさぐった。

やっぱりあった。

「唐津さん、これ……」

摑んだそれを唐津の方に投げた。床はカーペット敷きになっているので、音はしなかった。

手錠の鍵だ。昨日、いったん唐津の手錠を外したとき、世津子から渡されたのを、たまたま返さずに持っていたのだ。

「ああ……いいから早く」

「うん。ありがと」

ドアを開け放ち、すぐさま右に走った。背後でドアが閉まる大きな音がしたが、もう気にしなかった。エレベーターは、階数表示が【1】になっていたので諦めた。階段で下りるしかない。転げ落ちたら最悪だから、足元には気をつけた。でも同時に、いつ誰に襲われるか分からないから、メリケンサックだけは用意しておいた。

三階を通過し、中二階の踊り場を折り返し、二階まで来て、一階はもうすぐだ——と、そう思ったのが油断になったとは、決して思わないが、

「フングッ」

急に喉が詰まった。首が絞まった。

ジャンパーの襟を、誰かに摑まれたみたいだった。

間髪を容《い》れず、太い脚のようなものが潤平の首に絡みついてくる。

「……お前か、悪魔は」

腕だった。美祈の胴回りよりまだ太い。首に巻き付けられただけで、もう足が階段から浮いていた。

これが、元プロレスラーの――。

「サダイが、お怒りになっている」

このまま絞め落とされるのかと思った。だが男はどういうわけか、潤平を二階の廊下に引き上げようとした。

これは――。

男は半袖、肌を多く露出している。かなり汗ばんでもいる。そして異様なまでに太い。潤平の首を絞めるにはあまりにも太過ぎる。

チャンスだ。

潤平は渾身の力を込め、顎を引いた。抜ける。絶対に抜けられる。そう信じて首に力を集中する。すると案の定、ぬるりと男の腕から、潤平の顎が抜けた。顎さえ抜ければこっちのものだ。あとは両手で男の肘を押し上げ、頭を下に抜いてしまえばいい。

「フヌゥッ」

「おっ……」

鼻と耳が引っ掛かったのは痛かったが、絞め殺されるよりはマシだ。思いきり頭を引き抜く。鼻や耳の一つや二つ、千切れてもかまわない。

やった、抜けた。

「このやろッ」

だが、敵もただの巨漢ではなかった。

すぐさま潤平にタックルしてきた。レスリング式のそれではない。ラグビーや相撲のそれに近い、肩から入ってくるスタイルの、言わば「体当たり」だ。

これを、まともに喰らってしまった。

ドーン、と頭から弾き飛ばされ、一瞬浮き上がり、だがすぐ廊下の床に叩きつけられた。

「サダイがッ」

すかさず、馬乗りになられる。

「サダイが、お怒りだッ」

ボウリングの球くらいある拳が、

「お怒りだ、この悪魔がッ」

どすん、どすんと、

「お怒り……ダッ」

潤平の顔面に、振り下ろされる。頭全体がバウンドし、後頭部が、何度も何度も床に叩きつけられる。

ああ、プロレスなんて八百長だ、あんなのはショーだって、散々馬鹿にしてたけど、いざやってみたら、このザマか。やっぱ、デカい奴には敵わないのかな。ってか実際、敵ってねえし。全然、マウントから抜けらんねえし。服着てるからとか、床がカーペットだからすべらねえとか、そんなの言い訳にもなんねえよ。エビの動きで片方ずつ膝を抜くとか、ましてや「TKシザース」なんて、そんな高度な技、いざとなったら使えねえって。いや、マジ無理だわ。

デケぇ奴、最強だわ。負けた――。

そう認め、半ば諦めかけたときだ。

ちょっと前に聞いたことがあるような、ギヂヂヂッという、金属製の蝉が鳴くような音がし、それが五秒か、十秒かは分からないが、でもけっこう長く続き、そうしたら、どういうわけか、潤平の上にあった如何《いかん》ともし難いあの重みが、優に百キロは超えているであろう巨体が、まるで天にでも召されたように、消え失せた。

何が、起こったのだろう。

なぜ元プロレスラーは、途中で攻撃をやめたのだろう。マウントを解いたのだろう。

恐る恐る、薄目を開けてみると、足元の方に、やけにスタイルのいい人影があった。逆光だからか、それとも潤平の意識が飛びかけているからか、瞬時に顔を見分けることはできなかったが、

「オメェよ……脇役が、勝手な真似すんじゃねぇよ」

それは間違いなく、世津子だった。

そうか。当初の計画通り、二階の女子更衣室の窓から、入ってきてくれたのか。

「挙句に、なんだそのザマは。情けねぇな、チャンピオンよォ」

すんません。助かりました。恐縮です。

5

苦しませたくなかった。一発で心臓を撃ち抜いて、楽にしてやるつもりだった。

だがノブは、そんなことでは死ななかった。

「兄貴……ちょっと、痛い」

唐津は潤平が放り投げていった鍵を拾い、手錠を外した。左の輪は問題なかったが、左手が使えないので、右の輪は難しかった。だがなんとか前歯で咥えて、右も外した。

「おい、小牧は今どこにいる」

「そこ……隣」

そうはいっても、もう総本部長室にはいるまい。これだけ騒いだうえ、拳銃までブッ放したのだ。とっくに逃げ出しているだろう。

ノブの背中は血塗れだ。今は両手を下ろし、ぺたんと床に尻を付けてうな垂れている。

「ノブ、お前はここにいろ。あとで病院に連れてってやるから」

それだけ言い置き、唐津はノブに背を向けた。

正面の、半開きになっていたドアを開ける。

総本部長室。マホガニーを使った執務机にも、応接セットにも人はいなかった。どこかに隠れている、わけでもなさそうだった。

照明は点いたままになっている。メビウスの輪をいくつも絡ませたようなデザインの、シーリングライト。有名デザイナーに作らせた特注品だから、これだけで三百二十万円したんだと、いつだったか小牧は自慢げに言っていた。

やはり、逃げやがったか。

悔し紛れというのではないが、唐津は天井に向けて引鉄を引いた。その一発でシーリングライトは粉々に割れ、応接セット全体に雹《ひょう》が降ってきた。岸壁に打ち寄せた波が砕け、やがて岩場に降ってくる。そんな光景をも思い起こさせる。

だがそれに交じって、鋭く悲鳴も聞こえた気がした。

徹子――。

見ると執務机の向こう、五階に上がる隠し階段室の扉が、微かに開いている。

いるのか、上に。

階段室を覗く。やはり五階には明かりがある。

斜め上に銃口を向けながら、一段一段上っていく。今この瞬間に上から撃たれたら唐津も無事では済まないが、そう簡単に殺られるつもりもない。必ず、相手にも致命傷を負わせてみせる。

五階まで上がってきた。廊下が右手に延びているが、誰もいない。このフロアにあるのは中央監視室と、天英が信者と面会するための応接室と、その控室だけだ。天英の居室と執務室、英世が「いる」とされてきた英夫用の居室は六階にある。

応接室のドアを開ける。

二人とも、そこにいた。

英国アンティーク調のテーブルが、横倒しになっている。椅子も二脚は倒れているが、もう二脚は立っている。

その立っている椅子の横、ちょうどテーブルがあった辺りに、薄紫のワンピースを着た天英が横座りしている。小牧は片膝をつき、彼女を後ろから抱きかかえている。

間の悪いことに、また始まってしまったらしい。長年浴び続けてきたシロシビンの後遺症だろう。天英はときおり錯乱状態に陥る。そうでなくても、最近は唐津の顔が分からなくなり始めていた。

唐津も、この状態の二人に銃口を向けはしない。

「よう……ニュースにもなってるし、奴からも聞いてるとは思うが、八巻和也は……ノブが、始末したよ」

這って逃げようとする天英を、小牧は力ずくで押さえ込む。

「その一方で、あなたが連れ去られたのでは、意味がないでしょう。却って騒ぎが大きくなってしまったじゃないですか」

「だからこうやって、戻ってきたんだろうが」

「どの面下げてお戻りになるのかと思ってましたが」

「こんな面で、こんなザマだよ」

左手を見せてやる。美祈が治療してくれたので、さほど包帯に血は滲んでいないが、薄手のボクシンググローブをはめたくらいには膨れ上がっている。正直、痛みはまだかなりある。

「指を、詰められたんですか」

「……られた？　いや、自分で詰めたんだよ。三本な」

小牧が眉をひそめる。

「なぜですか」

「落とし前だよ」

「なんの」

「さあ、なんのかな……強いて言うとしたら、サダイとの決別、ってことになるのかもな」

「どういう意味ですか」

「さっきまで一緒にいたのは、八巻和也の仲間だった男だ。そいつにシロシビンの現物を渡して、写真も撮らせて帰らせた。遅かれ早かれ、ブツは警視庁に持ち込まれるだろう。お前はもう、一巻の終わりってことだよ」

　暴れる天英の手を握り、小牧はなんとか彼女を繋ぎ止めようとする。

「無駄ですよ。警視庁の幹部はすでに私が手懐けてある」

「それくらい、俺が知らねえとでも思ってんのか。だからちゃんと言ってやったよ。必ず、鵜飼って刑事に手渡せよ、ってな」

　小牧が、唐津を睨む。

「……あなた、気でも狂ったんですか」

「気が狂ってんのはお前だよ。俺は、徹子が親父さんを殺したなんて、そもそも信じちゃいなかった。でも本人がそうだって言うから、たぶんそうなんだって言うから、今までは庇い立てもしてきた。あの日、親父さんをバラバラにして山に埋めたのは、俺とノブだしな。死んじまったものはしょうがねえ。諦めるしかねえと思ってた。でもよ……」

　改めて、銃があることは示しておく。銃口を向けておく。

「オメエの魂胆と、その申し開きの次第によっちゃ、お前にもここで落とし前を付けてもらうことになる……大体よ、親父さんが元の教派から睨まれるようになったのは、そりゃ『神なんざ信じなくてもいい』なんて説教をし続けたってのもあるんだろうが、決してそれだけじゃなかった。あそこの牧師は信徒の女の子に悪戯《いたずら》をする、そういう噂が一部にあったからだ。そんな噂が一度でも出回っちまったら、あとはどっちが鶏で、どっちが卵だか分かったもんじゃねえ。新団体を立ち上げたあのエロ牧師が、いよいよ好き放題やり始めた、あの宗教団体は教祖のハーレムだ……そういう噂を流したのは、お前なんだよな、小牧」

いま小牧の目は、唐津を見ているようでいて、実のところ唐津には焦点が合っていない。ここではない遠いどこかの、全くの別世界をさ迷っているかのように見える。

答える気がないのなら、唐津が続けるしかない。

「お前は俺に、親父さんと徹子の関係を仄《ほの》めかした。それがまるで、親父さんの小児性愛の原因であるかのように吹き込んだ。でも違うよな。信者の娘に手を出していたのはお前。シロシビンを使って、親父さんに成りすまして徹子を弄んでいたのもお前。そういうことなんだよな、総本部長さんよ」

いつのまにか、天英はぐったりと床に突っ伏している。

小牧だけが、中途半端に唐津を睨みつけている。

「……言いたいことは、それだけですか」

なんて言い草だ。

「あんたはエリートだから、警察で取調べなんざ受けたことはねえだろうけどよ。ああいうときでさえ、たとえ泥棒だろうと人殺しだろうと、弁解の機会ってのが与えられるんだよ。俺も、同じようにしようと思う……小牧総本部長、なぜだ。なぜ吉田英夫を利用し、徹子を担ぎ出し、

『サダイの家』なんてインチキ宗教を立ち上げた。その理由を、ぜひとも聞かせてもらいたい」

天英が大人しくなったからか。

小牧はその場に尻を付き、胡坐《あぐら》を掻いた。

「……私は、エリートなんかじゃありませんよ」

言いながら、左手首の高級時計を外し始める。

「こんなこと、一生誰にも、言うつもりはなかったんですが……お恥ずかしい話、私の実母も、だいぶ前に、新興宗教にハマりましてね。それはもう、ひどいものでした」

確かに、それは初耳だ。

小牧が続ける。

「石でしたね、うちの母親の場合は。子供騙しのアクセサリーですよ。露天商が、何百円かで売ってそうな、ひと目で安物と分かるような……私はまだ小学生でね。父親も、いるにはいましたが、帰ってきたら母親を殴り、私を殴り、見つけた現金は小銭まで全部ポケットに入れ、また出て行くような男でした。そんな境遇ですから、母親は余計、宗教にのめり込みました。水商売から風俗に落ちて、稼いだ金の全てを、石ころに換えましました。私の食事は、学校の給食だけでした。当時は給食費が払えなくても、まあなんとか、食わせてくれましたからね……でも、困るのは休みの日です。給食のない日は、トイレットペーパーを口に入れて、水で流し込みました。自分のションベンを飲んだことも、ウンコを食べたこともあります。臭いさえ我慢すれば、まあまあ食えるもんですよ、ウンコも。一応、温かいしね。自分の体温程度には……ネチョネチョしてたのは、よく覚えてますけど、味は、どうだったかな。意外と苦かったような……やっぱり、覚えてませんね。あまりいい思い出ではないので」

なんだ。結局は不幸自慢か。

「そのわりには、会計士までよく持ち直したな」

「運よく母親が手放してくれて、施設に入れたんでね。そこからはもう、死に物狂いで頑張りましたよ。勉強もした、アルバイトもした、女も騙したし、男にも抱かれた……できることはなんでもやりました。ただし母親が死んだとき、遺骨の引取りは拒否しました。そんなもん、もらったところで便所に流すだけですから」

一つ、首を傾げてみせる。

「だったらそのまま、真面目に会計士やってりゃよかったじゃないか」

小牧は、子供のように頷いて返した。

「私も、そう思ってました。でも、運命みたいなものですかね。母親がハマった宗教団体の会計処理を、どういうわけか私がやることになったんですよ。まあ、あえて言うまでもないですが、汚い連中でした。あんなインチキ商売で稼いでるような輩《やから》ですから。なので、潰してやりました。インターネットはまだなかったので、それとなく噂を流してね。どうもやってることが詐欺っぽいと、そういう噂が出回ったタイミングで、ちょっとだけ、法人税のところに細工をしてやって、虚偽申告と……今からでも、探したら週刊誌の記事とか出てくるんじゃないですかね。当時、けっこう話題になりましたから、唐津さんもご存じだと思いますよ」

悪いが、全く興味がない。

「それと、この『サダイの家』を立ち上げたこととは、なんの関係がある」

「おや、お分かりになりませんか」

「分からんな」

小牧が、億劫《おっくう》そうに立ち上がる。

「復讐ですよ……信者への」

やはり、狂っている。

「そんなことをして、なんの復讐になる」

「ところがなるんですよ、唐津さん……世の中にはね、二種類の人間がいるんです。『口から出まかせ』で、人心を思うがままに操る教祖体質の人間と、自分では何一つ考えず、ただ人に教えられたことを鵜呑みにするだけの、底の浅い、薄っぺらな信者体質の人間がね。私はこの、薄っぺらな信者体質の人間が大嫌いなんですよ。私の母親のような、ただの石ころをありがたがって、神と崇め奉るような薄気味悪い人間を見つけると、虫唾《むしず》が走るんです。吐き気がするんです。だから、できるだけ多く集めて、まとめて地獄に送ってやろうと思ったんですよ。お前らが信じた神は、お前らの幸せなんて願っちゃいないって、教えてやるんです。姦るだけ姦って、用がなくなったら無一文で路上に放り出してやればいい。三日後には、五百円で姦れる公衆便所のアイドルですよ。いい気味です」

まだ足りない。

「……じゃあなぜ、お前は吉田英夫を殺した」

小牧は眉一つ動かさない。

「邪魔だったからです」

それだけか。

「嘘を言うなよ。お前だって、親父さんの説教聞いて、涙流してたじゃねえか。跪《ひざまず》いて、赦しを乞うてたじゃねえか」

それには、小さくだが頷いてみせる。

「その通りです。あの説教には、けっこう感動しましたよ」

「だったら」

「いいえ、だからこそです。吉田英夫の説教は、私の心にも、響いてしまった……要らないんですよ、そんな本物っぽいのは。宗教なんてのはね、紛い物で、欲得塗れで、出来損ないで、利己的で、薄汚いものでいいんです。それをね……さも尊いものみたいに、真っ当な説教をしてもらっちゃ困るんです。変な話、私の中に、仏心でも芽生えてしまったらどうするんですか。何もかも台無しでしょう」

少し前から、天英が何か呟いているのは気づいていた。

「……ちゃん、抱っこして……」

それとは別に、小牧が背にしている控室のドアが、ほんの少しずつ開いてきていた。十数える間に一ミリくらい、ゆっくりとだ。

まだだ。この男に訊きたいことは山ほどある。

「教団を、大きくしてみてどうだった」

「どう、でしたかね……いい気味なのと、胸糞が悪いのと、半々でしたかね」

「もう一つ、教えてくれ……八巻貴子の、お腹の子供の父親は誰だったんだ」

しかし、その答えを聞く暇はなかった。

控室のドアが大きく開く。いつになく怠《だる》そうな目をしたノブが、ククリナイフを提げて入ってくる。ノブには、唐津が銃を向ける相手を敵と認識する、そういう習性がある。今でいえば小牧だ。

ノブが、ククリナイフを振りかぶる。

だがその手前、小牧とノブの間には、天英が横たわっている。

「お父ちゃん、抱っこしてよぉ……」

様々な後悔が、唐津の脳内を瞬時に駆け巡った。

ひと目惚れだった。他の女みたいに、俺のものになれと、引き千切ってでも衣服を剝ぎ取り、犯してやればよかった。自分はヤクザ者だから、彼女を幸せにすることなどできない、あの娘には小牧みたいに真面目な男の方がいいんだと、そんな、卑屈な忖度なんてしなければよかった。

また徹子の、小牧を見る目も、唐津を萎縮させた。

てっきり、徹子は小牧に惚れているのだと思っていた。小牧を真っ直ぐに見上げるあの目には、尊敬とか、恋心とか、あらゆる肯定的な感情が溢れている。そんなふうに、唐津には見えてしまった。でも、違った。

のちに、徹子は言った。

「私、恋愛対象、男の人じゃないからな……」

英夫も言っていた。

「徹子、ありゃ結婚できねえ女なんだ」

それがどこで、こうなってしまったのか。

「お父ちゃん、抱っこしてよォ」

天英が、まるで正気を取り戻したかのように、すっくと立ち上がる。

父親に甘える幼子のように、小牧の背中に、おぶさろうとする。

「やめろノブッ」

躊躇はなかった。もう苦しませまいと思っていた。だから頭を狙った。ノブの眉間に照準を合わせ、引鉄を引いた。だが左手を添えられなかったからか、一発目は完全に外した。その間にノブはククリナイフを振り出した。二発目は左耳の上をかすった。三発目でようやく右目を撃ち抜き、ノブの動きは止まった。

だがもう、遅かった。

「てっ……」

天英の首が、

「徹子」

ごろりと、

「徹ちゃんッ」

小牧の肩に載り、そのまま、前に転げ落ちた。

噴水のような血飛沫《ちしぶき》が上がる。

振り返った小牧が、首のない、天英の体を支える。

「徹子ォーッ」

唐津は、天英の首に手を伸べた。

ギリギリ、床に落ちる前にすくい上げることができた。

両手で胸に抱く。重たい。この女を、本気で抱き締めたことなど一度もなかったが、でも大体これくらいだろう、という体の重みのイメージはあった。それを、遥かに上回る頭の重みだった。

不思議なくらい、白い顔をしていた。

綺麗なままの、純情な目をした、徹子だった。

Fake Fiction

終章

胸騒ぎがし、もう居ても立ってもいられず、鵜飼はタクシーを拾って「サダイの家」総本部まで来てしまった。

全面窓ばかりのようなビル。五階と六階の一部には明かりがあるが、全体としては暗く静まり返っている。そんな印象だった。

特に何も起きてはいない。そう思っていいのか。昨日の今日で、さすがに総本部襲撃はないということか。いや、正確に言ったら、川崎の元ラーメン店襲撃はもう一昨日になる。

安堵したら一服したくなった。路上喫煙が褒められたことでないのは分かっているが、こんな夜中だ、咎める者もいないだろう。誰の迷惑になるわけでもなかろう。

そんなふうに考え、内ポケットに手を入れた瞬間だった。

上空で、小さくだが銃声のような音がした。映画やドラマで聞くような、迫力満点の轟音《ごうおん》ではない。どちらかといえば拍子抜けするような、爆竹に毛が生えたような、そんな程度の音だ。だが実際の銃声とは、発砲音とはそういうものだ。

しばらく様子を窺ったが、銃声はその一発だけだった。

どういうことだ。何かあったのか。あるいは空耳か。

全面ガラス張りの正面玄関には現在、ライトグレーのスチールシャッターが下りている。その右脇には同じ色に塗られたドアがある。雰囲気は営業を終えた銀行のそれに近いが、むろん夜間受付のようなものはない。

どうにかして、中に入ることはできないだろうか。それが無理なら、内部の様子を探るだけでもいい。

建物の周りを一周してみようと思ったが、道路に面した東側と南側はともかく、北側は隣のビルと近接しており、横歩きで入り込む隙間すらなかった。西側は路地のようになっており、入っていくと裏口のようなドアがあったが、当然施錠されていて入れなかった。

そんな頃になって、再び銃声が聞こえた。

何か起こっている。それは間違いなさそうだ。

鵜飼はビルの正面に戻った。

シャッター横のスチールドア。その左手にはインターホンがある。一度押して数秒待ち、次は二連打して待ってみる。反応はない。ドアノブを握ってみたが、当たり前のように施錠されている。叩いたら近所迷惑か。いや、そんなことを気にしている場合ではない。そんな土地柄でもない。

「すいません、ちょっと、誰かいませんかッ」

人の声が聞こえたような気がし、南側の道路を見に行ったが何もなく、またドア前に戻って叩いて叫んで、インターホンを連打して様子を窺った。

そうこうしているうちに、また上空で銃声が響いた。しかも今度は三発、立て続けにだった。

銃声がしたのだ。それを現役の警察官が聞いたのだから、通報すべきなのは分かっている。だが、満田成子が中にいるかもしれないと考えると、瞬時には決断できなかった。できることなら、彼女だけは逃がしたい、この場から遠ざけたい。本件に直接関わる捜査員としてあるまじき考えであるのは百も承知だが、でも、そう思ってしまう。

拳が潰れるほどドアを叩いた。警察だ、開けてくれとがなりもした。だがそれが、逆に掻き消していたのかもしれない。

手を止め、呼びかけるのをやめた瞬間、ドアの向こうに何者かの気配を感じた。

パタパタ、という足音。やがて、ドアロックを解除しようとしているのか、ノブやサムターンを弄るような音も聞こえた。

てっきり、通用口近くにいた警備員が気づいて開けてくれるのだとばかり思っていた。開いたらすぐ呈示できるよう、警察手帳の用意までしていた。

だが、ドア口に顔を覗かせたのは、

「……せっ」

他でもない、満田成子だった。しかも、誰かに肩を貸している。男だ。「ランチュウ」という名前だったか、顔面がボコボコした種類の金魚。ちょうどあんな感じに男の顔面は腫れ上がり、かつ血塗れになっている。状況から考えると、これが河野潤平ということになりそうだが。

鵜飼はドアを引き、すぐさま手を貸した。とりあえず二人を外に出す。いや、もう一人後ろにいる。その娘が、有川美祈か。

「成子ちゃん、何が」

「鵜飼さん、なんか……」

そう成子が言った瞬間、肩を貸してもらっている男が顔を上げ、鵜飼を見ようとした。

「う、かい……さん」

よく分からなかったが、とりあえず「ああ、俺が鵜飼だ」と答えておいた。

すると男は、空いている右手をウエストバッグに持っていった。拳には銀色のメリケンサックがある。

それでは無理だと思ったのか、美祈と思しき女性が男のウエストバッグに手を添え、彼の顔を覗き込む。

「これ、開けるの？」

男が微かに頷く。

彼女がジッパーを開くと、何やらゴチャゴチャと詰め込んであるのが見えた。

「これの、どれ？」

「……ラ……プ」

「ラップしてある、これ？」

頷きはしたが、ちゃんと見えているとは思えない。それくらい彼の両目は腫れ、塞がってしまっている。

「ラップのこれを、どうするの？　鵜飼さんにお渡しするの？」

それにも、頷く。

「あ、と……け……た」

「携帯電話も？」

また頷く。

「本当に？　携帯電話も、鵜飼さんにお渡ししていいの？」

「……うん」

彼女はラップされた包みと携帯電話を重ねて、鵜飼に差し出してきた。

「あの、これがたぶん、シロシビンという薬物で、携帯電話は、分からないですけど、でもたぶん、この建物内にシロシビンがあったことを示す、証拠なんだと思います。写真か何か、撮ってあるんだと思います」

うんうん、と男が繰り返し頷く。

鵜飼は包みと携帯電話を受け取り、男の肩に触れた。

「分かった。確かに、警視庁の鵜飼が、証拠品は預かった。これに関する説明は改めて……」

すると、どこかで電子音が鳴り始めた。ピロンピロン、という、やや間延びしたメロディだ。たぶん携帯電話の着信音だ。

鵜飼のではない。個人用も警視庁の貸与品も、こんな音には設定していない。かといって包みと一緒に渡された一台でもない。手にしているそれのディスプレイは、今も消灯したままだ。

美祈らしき彼女も、自身の尻に手をやり、かぶりを振る。私のではありません、ということだろう。

残りは成子だが、彼女も困った顔をしている。

だが、何か思い当たったのだろう。

「え、なに……」

急に左手で、襷掛けにしているバッグのジッパーを開けようとし始めた。しかし男に肩を貸したままでは難しそうだったので、鵜飼が代わって彼を引き受けた。見たところ顔面以外に大きな怪我はなさそうだが、足元はかなり覚束《おぼつか》ない。殴られて三半規管をやられたのか、それとも脳にダメージを負い、意識が飛びかけているのか。

成子がバッグから携帯電話を抜き出す。鳴っているのはそれで間違いなさそうだ。ディスプレイも点灯している。

表示を見た成子が、それを鵜飼にも見せる。

「……小牧だって」

確かに【小牧哲生】と出ている。

「どういうこと」

「あ、これ、唐津のケータイなんだけど」

「唐津は今どこにいる」

「まだ、中だと思う」

「なんで唐津の携帯を、君が」

「それは今いいから、これ、どうしたらいいの」

「とりあえず、出てみて」

頷いた成子が、ディスプレイに触れてから耳に当てる。

「もしもし」

『俺だ、唐津だ』

幸い、隣で聞き取れる程度には街も静かだった。

「なんだよ、自分のケータイに」

『河野くんに、シロシビンを』

「分かってるよ。もう渡したよ」

ほんの一瞬、間が空いた。

『……渡した？』

「警視庁の鵜飼刑事に、ブツもケータイも渡したよ」

『ちょっと待て。今、君はどこにいる』

「ビルの前だけど」

『鵜飼は』

「一緒にいる」

『総本部前に、一緒にいるのか』

「だから、そう言ってんだろうが」

じれったい。

鵜飼は成子から携帯電話を取り上げた。

「もしもし、警視庁の鵜飼だ。唐津郁夫か」

短い咳払いが聞こえた。

『……なんだ。役者は、勢揃いしてんじゃねえか』

「お前、今どこにいる」

『ちょうどよかったよ。俺もあんたに、話があるんだ。入ってきてくれ。俺たちは、礼拝堂にいる』

そのやり取りも聞こえたのだろう。成子が「そこ」と建物内部を示す。どうやら礼拝堂は一階にあるらしい。

「分かった。すぐに行く」

携帯電話は、いったん鵜飼が預かっておく。

肩を貸していた男は、その場に座らせた。

「君たちはここにいろ。中には入ってくるな」

成子が眉をひそめる。

「やだ、あたしも行く」

馬鹿を言うな。

「駄目だ。唐津はおそらく銃を持っている」

「分かってるよ、そんなこと」

「ならここにいてくれ」

「じゃあ……後ろの方に隠れてる」

「駄目だ。流れ弾に当たったらどうする」

「そんなの、鵜飼さんだって一緒じゃん」

「俺は警察官だ。犯人逮捕のための、説得の訓練だって積んでる。相手が撃つ瞬間だって、ある程度は読める。悪いが、そこを素人と一緒にしてもらっては困る。和也を想う気持ちは分かるが、ここは堪えてくれ。ここは……気持ちでどうこうなる話じゃないんだ」

足手まといになる。そこまで言わなければならないのか。

だが、鵜飼を睨《ね》め上げていた成子が、諦めたように視線を下ろす。

「……鵜飼さん、なんか持ってんの」

「なんかって」

「武器」

「いや、丸腰だ」

「あたしも、スタンガンしかないけど……要る？」

気持ちは嬉しいが。

「大丈夫だ。ありがとう……じゃあ、行ってくる。君たちはここで待っててくれ、な。絶対に、入ってきちゃ駄目だからな。頼むぞ」

そう言い置いて一人、通用口を入る。

中は、完全なる暗闇ではなかった。少し先の右手には開けっ放しのドアがあり、そこから白く明かりが漏れている。もっとずっと先には、小さく非常口誘導灯が見える。その近くに人影があるが、あれは何者だ。警備員か。こっちが見ていたら何か言うかと思ったが、何もなかったので鵜飼も無視することにした。

左側は、広く開けた玄関ロビーになっている。ここも照明は点いていないが、高い位置に窓があるので外光が射し込んでおり、ある程度のものは判別できる。

入り口から見て真正面の位置には、重厚そうな木彫の両開きドアがある。見たところ、どこにも「礼拝堂入り口」などとは書いてないが、左右どちらにも大きく十字架が彫刻されているので、ここが礼拝堂と思って間違いないだろう。

その両開きドアの前まで進む。

左右とも取っ手を握り、同じ力で引いたが、開いたのは左側だけだった。

右のドアに半身を隠しながら、左のドアを開けていく。ここにも明かりはないが、ロビー同様に高窓から外光が射し込んできている。こんな状況でも、宗教施設らしい神々しさは少なからず感じられる。厳か、と言ってもいい。

左右に木製のベンチが規則正しく並んでおり、中央通路の先には祭壇がある。奥の壁には十字架に掛けられたキリスト像が、祭壇の右側にはマリア像がある。意外な気がしたが、それについて考える暇はない。

電話で、唐津が『俺たち』と言った意味が、分かった。

唐津自身は、祭壇の手前に立っていた。その足元には正座をさせられ、腰に両手を回してうな垂れている男がいる。服装と髪型から小牧哲生だろうと察したが、だとしたらこれは、一体どういう状況なのだろう。

唐津は、男の後頭部に銃を向けている。

警察官として、最低限これだけは言っておくべきだろう。

「よせ唐津。銃を捨てろ」

唐津が半笑いを浮かべたように見えたのは、気のせいか。

「もうちょっと、近くまで来てくれ。声を張り上げて話すのが、ちょいと、シンドいんだ」

黙って頷き、歩を進める。ベンチ三列分、四列分。まだか。五列、六列。

距離にして四メートル、というところまで来た。

唐津が頷く。

「そんなもんでいい」

「俺に話って、なんだ」

やはり、さっきの半笑いは気のせいだったのかもしれない。

唐津は、痛々しいくらい真剣な顔をしている。

「いくつか、ある。中には、あんたの興味ない話もあるかもしれないが、一応、聞いといてくれ……まず、今尾隆利、有川健介を殺したのは、タカギノブタカ。俺の、たった一人の舎弟だ。この上の、五階の応接室で死んでる。殺したのは俺だ。この銃で撃った。奴の身元は、明日にでも、神栄会で確認してくれ……次に、今尾の死体を動かしたのは、たぶん八巻和也だ。それに関しては、俺は知らない……ああ、今尾と有川の頭、それと有川の体は、まだ出てねえんだよな。それだったら、川口市赤山の、鉄塔のある緑地に埋めてある。さっきかけたケータイに、埋めた現場の写真が残ってる。それを手掛かりに、捜してみてくれ」

一つ、唐津が頷く。

「それと……八巻和也を殺したのも、タカギ、ノブだ。凶器のナイフも、五階の応接室のどっかに転がってる。あと、ここの教祖、永倉天英の死体も、一緒にある。それもノブが殺った……本当だぜ。俺は別に、自分でやったことを、ノブになすり付けようだなんて、思っちゃいない。やらせたのは俺だからさ、同罪だってことは認めるよ。反省はしねえけどな」

この男が何を言おうとしているのか、もう、鵜飼には概ね分かっていた。

唐津が続ける。

「さっき電話に出た女、満田成子な。あの娘をサダイから救い出すために、ここに乗り込んできた中学校教師、八巻貴子。彼女についても、話しておく」

唐津が銃を握り直す。銃口を、より強く小牧の後頭部に押しつける。

「俺は正直、そんなによく知らなかった。当時もその後も、なんとなくしか、事情を分かっていなかった。成子の母親、満田真美子を自殺に見せかけて殺したのは、この俺だ。上手くやったつもりだったが、警察にはバレちまったな。捕まりはしなかったが……で、成子は児童養護施設行き。だが、八巻貴子はこの総本部内に留め置かれることになった。警察がここにガサを入れるってなったら話は違ったんだろうが、それはないって分かってたからな。こいつ……」

銃口で小牧の後頭部をつつく。

「警視庁の幹部を何人か、手懐けてやがってさ。その一人が……」

何もかも、唐津に言わせたくはなかった。

「里中尚樹《なおき》警視正、だろ」

唐津が頬を引き攣らせる。

「なんだ、知ってたのか……そう、こいつと里中は昵懇でね。ずいぶんいい思いもしたんじゃないのかな。お互いに」

鵜飼は歯を喰い縛り過ぎて、もう、顎の骨が砕けそうになっている。

「里中が、ここへのガサを、止めたっていうのか」

「そこまでは分からん。ただ『ない』という情報を、こっちは摑んでいた。だから平気で、いつまでも監禁しておけたんだ」

貴子は、すぐに殺されたんじゃないのか。

「……彼女に、何をした」

「八巻貴子は、妊娠していた」

続きを促す言葉が、口から出てこない。

黙っていると、唐津が続けた。

「俺はずっと、子供の父親は小牧なんだとばかり思ってた。彼女、小柄で、可愛い顔してたもんな。こいつが好きそうな女だなって、ひと目見て思ったよ。だから監禁して、姦りまくって、子供を取り上げるつもりだった……しかし、そうじゃねえってことが、分かっちまったんだよな、おい、総本部長さんよ」

唐津が、拳銃のグリップで小牧を小突く。

「俺も、さっきようやく聞き出したんだ……監禁し始めて、しばらく経っても生理が来ないもんだから、信者の医者に診せたら、妊娠してる、もう三ヶ月だって言う。日数が合わない気がしたが、とりあえずこいつは、生まれるまで待ってみようと思った。だが半年くらいで子供は流れちまった。念のためと、こいつは取り出した胎児と自分とでＤＮＡ鑑定をした。そこに親子関係はなかった……で、誰の子だったんだって問い詰めて、警視庁の鵜飼って刑事の子供だって聞いて、逆上して、首絞めて殺しちまったんだよな、お前はよ」

後先考えず、今すぐ突進していって、小牧の顎を蹴り上げて、倒れたら踏みつけて、馬乗りになって、頭蓋骨が粉々になるまで殴りつけてやりたかった。

だが、できなかった。

唐津が、こっちに銃口を向け直したからだ。

「……こっからは、あんたには興味のない話になるだろうが、我慢して聞いてくれ……俺にもな、歪んでようが壊れてようが、守りたいものが、守るべきものが、あったんだ。でもそれが、いつのまにか真っ黒に腐って、ドロドロに蕩けて、跡形もなくなっちまってるってことに、ようやく気づいたんだ。それに気づいて、目が覚めたんだ……あんたに詫びるつもりはない。でも、落とし前だけは、付けていく」

本当に、あっというまの出来事だった。

唐津は小牧に銃口を戻し、二度引鉄を引いた。その硝煙も収まらぬうちに、唐津は同じ銃口を、「やめろ……」

自ら咥え、もう一度引鉄を引いた。

小牧は前に、唐津は真後ろに倒れた。

銃声の残響は、礼拝堂の天井に染み渡り、消えていった。

神は、何か赦したのか。

唐津の言った通り、永倉天英こと吉田徹子と、高木信孝の死体は「サダイの家」総本部の五階で発見された。礼拝堂で唐津に撃たれた小牧哲生は即死状態だったが、唐津自身はそのときまだ息があり、病院に救急搬送された。しかし結果的に意識を取り戻すことはなく、一時間半後に死亡が確認された。

唐津郁夫と高木信孝が死亡した以上、一連の事件は被疑者死亡による不起訴という結末にならざるを得ない。だがそうと分かっていても、警察は可能な限りの捜査をしなければならない。今尾隆利、有川健介、八巻和也の二名を殺害し、今尾隆利と有川健介の死体を遺棄したのは唐津郁夫と高木信孝であると、それ以外に犯人は考えられないと、そう証明しなければ不起訴にすることもできない。長期戦になるだろうが、そこは致し方ない。

また満田成子、河野潤平、有川美祈の三名にも事情を聴かなければならない。「サダイの家」総本部へは唐津の先導で立ち入ったということなので、不法侵入の疑いはないにしても、一時的とはいえ施設内から違法薬物を持ち出し、所持したのは事実なので、これに関する釈明は何かしら必要になってくる。まず間違いなく、これも不起訴になる見通しではあるが。

もう一つ重要なのは、教団の今後だ。

「サダイの家」総本部内で違法薬物「シロシビン」が大量に押収されたことや、満田成子、有川美祈らの証言並びに告発を受け、警視庁は宗教法人「サダイの家」に対し大々的な強制捜査を行う方針を固めた。教祖や総本部長は死亡したが、現状では、それ以下の幹部が教団の建て直しを図る可能性は残る。それすらもこの機会に、一気に潰してしまおうというのが警視庁の、今のところの方針だ。

しかし、それで全てが終わるのかというと、決してそうではない。

直接事件に関わる事柄であれば、いい。鵜飼が担当しようとしまいと、結果にさしたる差異は生じない。だが、今回の事件とは直接関係ない事柄は、どうなる。鵜飼が自分で動かなければ、それらは全て闇に葬られることになる。

それだけは、絶対にできない。

警視庁本部での事情聴取を終えた満田成子からも、鵜飼は発破をかけられている。

「貴子先生と和也さんの落とし前も、きっちり付けてよね。これだけは、鵜飼さんにしかできないんだから……頼むよ、マジで」

分かっている。

鵜飼は「サダイの家」総本部銃撃殺傷事件から三日が経った、十月三十一日日曜日、二十三時三十分、警視庁のすぐ近くにある、都立日比谷公園内にいた。方角的には北端になるだろうか。祝田橋交差点にある入り口から入って、すぐのところにある喫煙所だ。

こんな時間だから明かりはほぼないに等しいし、人もまず通らない。秘密会談をするには打ってつけの場所、というわけだ。

梶浦が、さも不機嫌そうに舌打ちする。

「……なんだよ。言いたいことがあるならさっさと言えよ」

今夜ばかりは、こっちのペースで進めさせてもらう。

「梶浦主任、勘違いしないでくださいよ。私は私なりに、先輩に温情をかけて差し上げようと思ってるんですから」

ふざけたように、梶浦がうな垂れてみせる。

「マズったよな……特捜に出張ってくるところまでは致し方ないとしても、お前を相方に指名したのは、ちょっとやり過ぎだったよ。もう少し、適切な距離を保っておくべきだった」

反省はのちほど、一人になってからにしてもらいたい。

ポケットから、ポリ袋に入れた携帯電話を取り出してみせる。

「これ、死んだ唐津の携帯電話です。よかったですね、唐津がトバシのケータイ使ってくれてて。これの契約者、二年前に死んだ郵便局員だって、知ってましたか。だとしても、このケータイを唐津郁夫が使用していたこと自体は、通話履歴等から証明可能です……唐津が梶浦主任の個人契約番号にかけ、梶浦主任がこの番号にかけ直してきたことも、むろん確認済みです」

梶浦が顔を上げる。目を凝らせば、ぼんやりとではあるが表情は分かる。その程度には明かりがある。

「あれだ、八巻和也が仮釈になってるかどうか、確認してくれって、頼まれたときだ……職務倫理上問題がある行為だってのは、分かってる。でも、だったらお前の方はどうなんだよ。八巻和也と繫がってたのに、死体遺棄に関してスッ惚けてたじゃねえか」

それがどうした。

「自分はもう、警察にはなんの未練もないんで。出るとこ出ようってんなら喜んでお付き合いしますよ。ただし梶浦主任、あんた一人じゃ駄目だ。俺にはもう一人、どうしてもお付き合いいただかなきゃならない人がいる」

梶浦が、そうと分かるほどこっちを睨みつける。

「三文芝居はもうよせよ。単刀直入にいこうぜ……もう一人ってのは、どこのどちらさんだ」

「里中参事官です」

フンッ、と梶浦が鼻息を吹く。

「お前も案外人が悪いね。それ、いつ知った」

「いつだっていいでしょ」

「俺と里中参事官を、いっぺんに引きずり降ろそうって肚か」

こっちも、鼻で嗤い返してやる。

「自分だけ助かろうなんて虫が良過ぎませんか」

「おい、冗談じゃねえよ。俺とあの人を一緒にするなよ」

「傍《はた》から見れば五十歩百歩ですよ」

「いや、全然違うって」

梶浦が、体ごとこっちに向き直る。

「あの人は、信者かどうかは別にして、完全なる教団関係者だ。小牧とガッツリつるんでた。あの教団の男は、みんなそうだろう。信仰なんざそっちのけで、ただみんな、セックスセックス、金金金だ。でも俺は違う。そもそもを言ったら、俺と繋がってたのは唐津だ。奴と面識ができたのは、まだマルBだった頃で、その後……まあ女だのクスリだの、いろいろあって、縁ができちまった。その情報が小牧を経由して、里中の耳に入った。あとはもう、ただの遣いっ走りだよ。そんな俺が、どうやったら足抜けできたってんだよ」

いいだろう。

「じゃあ、百歩譲ってあんたは見逃してやってもいい。その代わり、十一年前だ。里中が『サダイの家』総本部へのガサを潰したという、証拠を揃えて持ってこい。分かってるとは思うが、俺を裏切ったら、真っ先に桜田門にいられなくなるのは梶浦さん、あんただからな。そこんとこ、よく考えて行動しろよ」

これが正真正銘、最後の戦いになる。

貴子、和也、見ていてくれ。

＊＊＊

今でも、五郎や世津子と行動を共にした数週間のことは、鮮明に覚えている。覚えてはいるけれども、どこか現実離れしているというか、何か悪夢でも見ていたような、そんな感覚がある。思い返すと、火傷《やけど》するほど胸が熱くなるのに、でも同時に、秋風のように爽やかでもあり、懐かしいというか、妙に優しい、そんな気持ちにもさせられる。潤平にとっては、忘れることのできない数週間だった。

北村製餡所の社長には、無断欠勤した理由も、警察沙汰になってしまったことも、正直に話した。話したうえで、もし迷惑でなければ、自分と美祈をもう一度使ってほしいと頼み込んだ。

社長は、潤平の二の腕をピシャンと叩いた。

「大変だったんだぞ、潤ちゃんがいない間。田所さんは、すべって転んで、釜触っちゃって火傷するし、女房は、番重運ぼうとしてぎっくり腰になっちゃうし。しばらくは、潤ちゃんと美祈ちゃんに頑張ってもらわないとな。ウチ、潰れちゃうよ」

「すんません……恐縮です」

また働かせてもらえるというだけで、この上なく嬉しかった。ありがたかった。でも、それだけではなかった。

「サダイの家」西東京支部という住居を失った美祈は、とりあえず社長宅の空き部屋に住まわせてもらうことになった。ちなみに美祈の母親は、今もあの場所で元信者たちと共同生活をしているらしい。

だが半月くらいすると、潤平のアパートの真上の部屋が空いたので、そのことを話すと、

「じゃあ、そこを借りたいです」

美祈はあっさりと入居を決め、移り住んできた。

保証人には、社長がなってくれた。

「なんだ、潤ちゃんと一緒に住むんじゃないのか」

「違いますッ」

そんなに強く否定しなくても、とは思ったが、まあいい。

それからは朝一緒に出社して、夕方一緒に帰ってくるという生活が始まった。早く出社するようになった分、美祈はより多くの仕事をこなすようになり、時給も多くもらえるようになった。いいことずくめだった。

そんな、ある日の帰り道だ。

手を繋いで歩いていたら、急に美祈がこんなことを言い始めた。

「私、最初の頃、潤平さんのこと、サダイの信者かもしれないって、疑ってたんです。潤平さんじゃなかったら、製餡所の、他の誰が信者なんだろうって、ずっと警戒してて。だって、そうじ

ゃなかったらバイトなんて、簡単には許されるはずないと思ってたから……でも、どう考えても、潤平さんは違うなって、思うようになって。社長も奥さんも、田所さんも、どう考えても信者じゃないなって、思えてきて……だったら、なんで潤平さんは、こんなに私に優しくしてくれるんだろう、何か裏があるんじゃないかって、いろいろ考えたんだけど、それも、何もなくて。結局、潤平さんは本当に優しい人で、私のことを本気で考えてくれてるから、だから……俺がサダイに代わって、君を守るって、言ってくれたんだなって……やだ、思い出したら、なんか、涙出てきちゃった」

また、二人で何か同じことにチャレンジしようと決め、自動車教習所にも通い始めた。

「潤平さん、なんであんなにクランク下手なんですか」

「下手って言わないでよ……っていうか、俺、そんなに下手？」

信じ難いことに、最終の学科試験に合格して免許を取得したのは、美祈の方が一ヶ月半も早かった。

「じゃん、これが運転免許証というものです」

「おっ、けっこう可愛く撮れてるじゃん」

美祈が大きく頷く。

「これ、田所さんがアドバイスしてくれたんです。写真撮るときに、赤いランプを見てください、って言われても、絶対に見ちゃ駄目だって。言われたら『はい』って答えておいて、でも目は絶対にレンズから逸らさないように、って。そうしたら……こんな感じに撮れました」

「よし、じゃあ俺も、撮るときはレンズ見よっと」

本番ではそんなことはすっかり忘れ、潤平の免許証写真が、実にありがちなアホ面になってしまったことは、美祈と二人の秘密にしておきたい。田所のオバサンには、絶対に知られたくない。

来年には、新しく二人で部屋を借りよう、と話していた。まだ結婚について具体的に決めてはいなかったが、でも引越したら、ちゃんと決めようと思っていた。

そんなときだった。

いつものように二人で帰ってきて、郵便受を確認すると、水道工事の案内やら、引越しやら廃品回収やらのチラシに交じって、手紙が一通届いていた。

美祈が覗き込んでくる。

「どなたから、ですか」

「えーとね」

裏返すと、美祈が小さく息を呑む。

「……世津子さんだ」

実際には「満田成子」と書いてあるのだが、そう呼ぶ方が、まだまだ自分たちにはしっくりくる。

「中で、一緒に読もう」

「はい」

二人で潤平の部屋に入り、ベッドを背もたれにして、肩を並べて座った。

世津子の筆跡を見るのは、これが初めてかもしれない。

意外と、可愛い字を書くのだなと思った。

お久し振りです。私は今、長崎県五島《ごとう》市のうどん工場で働いています。五郎ちゃんが昔、五島にいる親戚の話をしていたので、会えるかと思って来てみたんだけど、今のところそういう人には一人も会えてません。ちゃんと「八巻和也」で聞いてんのに。

こっちはみんな心の温かい、優しい人たちばかりで幸せです。海と太陽が神様です。芋焼酎が美味です。

その後も美祈ちゃんとはうまくやってますか？　サダイでのことを思い出して泣いたりしてませんか？　優しくしてあげなさい。

この前、鵜飼さんがこっちに遊びに来てくれました。もうサダイも完全に潰したから、警察辞めたんだって。辞めるとき、例の事件に関わった警察幹部を四人！　道連れにしてやった話は最高です。ザマーみろ。

二人もいつか遊びに来てください。

満田成子

美祈が、フッと笑いを漏らす。

「なんか、世津子さんらしいですね」

「ちょっとガサツな感じがね」

キッ、と美祈が潤平を睨む。

「私、そんなこと言ってません」

「じゃ何よ」

「自分の言いたいことを、パパパッと並べた感じが、世津子さんらしいなって」

「それを『ガサツ』っていうんじゃないの」

「サッパリした人、って意味です」

そう言いながら、美祈は潤平の首に両手を回してくる。

「……でも、今すぐは、行かれませんね」

「なに、五島に？」

「はい」

「そうだね。今すぐは難しいね」

「行くとしたら、船ですか、飛行機ですか」

「空港とか、あるのかな……行くとしたら、船になるんじゃないのかな。よく知らないけど」

「だったらなおさら、少し先になりますね」

「うん……」

潤平も、左腕を美祈の肩に回した。

同時に右手で、美祈のお腹を撫でる。

「この子が生まれて、首が据わってから……だとすると、早くても来年になっちゃうかな」

「ですね」

「どうする。子供が生まれてからって、返事に書く？　それとも黙っといて、いきなり連れてってびっくりさせる？」

美祈は「うーん」と首を捻るばかりで、なかなか答えを出さなかった。潤平は口を挟まず、ただその横顔を見つめていた。

いいよ、焦らなくて。

明日も、明後日も、ずっとずっと、一緒に考えよう。

二人で考えれば、誰かに頼らなくても、そのうちきっと、いい答えが出るよ。

俺たちは、そうやっていこう。

参考文献

『ニューエイジ・ムーブメントの危険　その問題点を探る』尾形守　プレイズ出版
『なんでもわかるキリスト教大事典』八木谷涼子　朝日文庫
『上馬キリスト教会の世界一ゆるい聖書入門』上馬キリスト教会　講談社
『聖書　新共同訳　旧約聖書続編つき』共同訳聖書実行委員会　日本聖書協会
『福永法源の解剖　法の華はなぜ批判されるのか』須賀一郎　フーコー
『もう、がまんできない　法の華事件の真相』蓮見恵司　サンエイト
『解毒　エホバの証人の洗脳から脱出したある女性の手記』坂根真実　ＫＡＤＯＫＡＷＡ
『カルト脱出記　エホバの証人元信者が語る25年間のすべて』佐藤典雅　河出文庫
『カルト村で生まれました。』高田かや　文藝春秋
『カルト宗教信じてました。』たもさん　彩図社

初出「小説すばる」2020年11月号～2021年7月号

単行本化にあたり、加筆・修正をおこないました。

誉田哲也（ほんだ・てつや）

1969年東京生まれ。2002年『妖の華』で
第2回ムー伝奇ノベル大賞優秀賞を受賞しデビュー。
03年『アクセス』で第4回ホラーサスペンス大賞特別賞受賞。
警察小説として
『ストロベリーナイト』をはじめとする〈姫川玲子シリーズ〉、〈ジウ・サーガ〉、
青春小説として
『武士道シックスティーン』をはじめとする〈武士道シリーズ〉など、
幅広いジャンルで話題作を発表し続けている。
他の著書に『あなたが愛した記憶』『背中の蜘蛛』
『もう、聞こえない』など多数。

装　幀　岡　孝治
写真提供　AGE／PPS通信社

フェイクフィクション

2021年11月10日　第1刷発行

著　者　誉田哲也《ほんだてつや》

発行者　徳永　真

発行所　株式会社 集英社
〒101-8050
東京都千代田区一ツ橋2-5-10
電話　03-3230-6100（編集部）
03-3230-6080（読者係）
03-3230-6393（販売部）書店専用

印刷所　凸版印刷株式会社

製本所　加藤製本株式会社

ISBN978-4-08-771770-9 C0093
定価はカバーに表示してあります。

集英社文庫

誉田哲也の本

あなたが愛した記憶

興信所を営む曽根崎栄治の前に、
女子高生・民代が現れる。
十九年前に突然姿を消した
恋人・真弓が産んだ
栄治の娘だと主張する彼女は、
二人の人物を探して欲しいと依頼する。
半信半疑ながら栄治が調査を進めるうち、
民代は、調査対象者のどちらかが
世間を騒がす残虐な連続監禁殺人事件の
犯人だと言いだし……。
この子は一体、何者なのか。
犯人の正体は何なのか。
ノンストップ恋愛ホラーサスペンス!